방패 용사 성공담 ②

아네코 유사기
Aneko Yusagi

방패 용사 성공담 인물소개

키타무라 모토야스

마인

노예 상인

무기 상점 아저씨

드래곤이 머리를 들어
포효를 내지른다.

「저게 움직이다니, 어떻게 된 거야!」

「나오후미 님, 진정하세요!」

움직이는 드래곤의 시체⋯⋯.

드래곤 좀비를 앞에 두고, 나는 절규했다.

어이, 어이, 아무리 그래도 우리에게는

너무 벅찬 상대 아냐?

목차

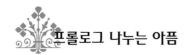# 프롤로그 나누는 아픔

그날, 나는 성 창고에서 눈을 떴다.

먼지 냄새에 넌더리가 난다. 하지만 눈을 뜨는 기분은 나쁘지 않다.

"새근…… 새근…….'

내 옆에 있는 짚더미 속에서 숨소리가 들려온다. 거기에는 라프타리아라는 소녀가 잠들어 있다.

우선 지금까지 있었던 일들을 반추해 봐야겠다.

내 이름은 이와타니 나오후미. 대학교 2학년이다.

평범하게 일본에서 태어나서, 내 입으로 말하긴 좀 그렇지만, 오타쿠 취미에 빠져 있던 일본인이었다.

무슨 인연이었는지 도서관에서 발견한 사성무기서(四聖武器書)라는 소설을 읽다 보니, 나도 모르는 사이에 그 이야기 속의 등장인물, 방패 용사로서 소환되어 있었다.

이 세계는 '파도'라고 불리는, 차원의 균열을 통해서 대량의 마물들이 나타나는 재해의 위협을 받고 있었고, 그 재해를 극복하기 위해서 용사를 소환했다고 한다. 그리고 내가 가진 방패는 무슨 저주가 걸려 있는 건지는 몰라도 절대로 장비를 해제할 수 없고, 게다가 지키는 것 말고는 아무것도 할 수 없다는 중대한 문제점을 갖고 있다.

그래도 나는 온라인 게임의 경험을 살려서, 나는 방어에 중점을 두고 공격은 동료들에게 의지하는 식으로 극복해 나가려 했다.

그런 대모험이 시작될 거라는 기대에 가슴이 부풀어 있었으나, 비열한 함정에 걸려들어서 터무니없는 누명을 뒤집어쓰고 말았다. 나는 그 탓에 사람을 믿지 못하게 되었고 동료도 만들지 못한 채 무일푼 신세로 성에서 쫓겨나는 신세가 되었다.

그럼 파도와 싸우지 않으면 그만 아니냐고 생각할지도 모르지만, 그럴 수도 없다.

용사는 이 이세계의 파도라는 재해에 의해서, 대략 한 달에 한 번씩 강제로 소환되어 그 파도에 대처하게 되어 있다는 게 문제였다.

지키고 싶지도 않은 녀석들을 목숨 바쳐 지켜줘야 한다는 사명을 억지로 떠맡은 채, 때로는 돌팔매를 맞아 가면서도, 나는 필사적으로 돈을 벌었다.

그리고 내 옆 짚더미에서 잠들어 있는 여자아이…… 라프타리아라는 아인 노예를 구입했다.

이 세계에는 노예가 존재하고, 이 나라 메르로마르크에서는 인간과 비슷하지만 동물 귀며 꼬리 따위가 달려 있는 아인이라는 자들을 노예로 부리고 있다.

라프타리아는 구입한 당시에는 어린 여자아이였지만, 어느샌가 나보다 약간 어린 정도의 외모로까지 성장해 있었다. 듣자 하니, 이 세계의 아인이라는 종족은 어릴 때 급속도로 레벨이 오르면 그에 발맞춰서 몸도 성장하게 된다고 한다.

처음에는 노예로 부려 먹을 생각이었지만, 라프타리아는 단순히 자기만족을 위해 결투를 신청해 온 모토야스와의 싸움 때 나를 믿어 주고 자신의 이익을 희생해 가면서 행동해 주었다. 그런 일이 있었던 덕분에 지금은 소중한 동료로서 신뢰하게 되었다. 솔직히 이 세계 놈들 따위 모조리 죽어 버렸으면 좋겠다고 생각하고 있었는데, 이제는 도와주고 싶다는 생각이 조금이나마 들게 되었다.

"아……."

라프타리아가 눈을 비비면서 일어난다.

"안녕히 주무셨어요, 나오후미 님."

"그래……. 잘 잤어?"

라프타리아는 상당한 미소녀다.

예술품에 필적할 정도로 가지런한 이목구비를 갖고 있어서, 미소녀라는 단어 이외의 다른 표현을 쓰기가 꺼려질 정도다.

약간 웨이브가 진 갈색 머리카락은 등까지 길게 뻗어 있다. 커다란 눈망울은 투명하게까지 보일 정도다. 눈동자의 색깔은 아름다운 홍차색. 내가 지금까지 만난 여자 중에서, 이렇게 아름다운 눈동자를 가진 여자는 본 적이 없었다.

이렇게까지 순수한 눈동자를 유지하는 건 어려운 일이다. 외모만으로는 연령을 짐작하기 힘든 순수한 눈동자가 라프타리아의 매력 포인트다.

나는 이 라프타리아와 함께 내가 겪은 첫 번째 파도…… 이 세계에서는 두 번째로 발생한 파도가 찾아올 때까지 레벨업과 돈벌이를 해 나갔다. 다행스럽게도 파도와의 싸움을 이겨냈지만, 이 이야기는 나중에 설명하기로 하자. 문제는 파도를 이겨낸 후의 일이었다.

"그럼 아침 식사를 해요."

"그래, 성안 식당에서 얻어먹을 수 있을까?"

"아마도……. 일단 가 봐요."

지금까지 있었던 일들에 대한 회상은 그쯤 해 두고, 우리는 식당으로 향했다.

참고로 내 오명은 아직 씻어지지 않은 상태라, 나를 대하는 이 나라 녀석들의 태도는 여전히 방자하기 짝이 없다. 실제로도 식당에 가니 병사가 우리 앞을 가로막고, 용사들이 식사 중이라고 지껄이는 것도 모자라서 네놈들은 병사들 식사가 끝날 때까지 기다리라고 덧붙이기까지 한다. 방패의 힘 때문에 공격을 못 한다는 제한이 없었더라면 후려 패 버렸을 텐데.

내가 그 용사 중 한 명이라는 것도 모르다니!

그렇게 식사를 마친 우리는 알현실로 안내되었다.

지금 우리가 성에 있는 것은, 파도로부터 세계를 지켜낸 것에 대한 보수를 받기 위해서다.

나 참, 보수를 다음 날에 지불할 예정이라면 미리 말해 줬으면 됐을 것을…… 이 쓰레기는 나를 괴롭히는 일에 무슨 목숨이라도 건 건가?

안 그래도 얼굴 마주치기도 싫은 녀석들과 같이 있는 마당이다. 내 위장에 구멍이라도 나면 어쩌자는 건가.

내가 마음속으로 '쓰레기'라고 부르고 있는 것은, 이 나라의 국왕 올트크레이 메르로마르크…… 몇 세였더라? 기억하고 싶지도 않다. 어쨌거나 나를 소환한 나라의 왕이다.

내가 억울한 누명을 뒤집어썼을 때, 진상 규명 따위는 안중에도 없이 오히려 나에게 죄를 뒤집어씌운 악랄한 왕이다. 그것도 모자라, 어젯밤에는 권력을 이용해서 억지로 소동을 일으키기까지 했다.

"그럼 이번 파도에 대한 보상금과 원조금을 지급하도록 하겠노라."

다음 파도에 대비하기 위한 돈이다. 쓰레기 왕은 용사 전원에게 지급하겠다고 약속했었다.

측근이 돈주머니를 들고 성큼성큼 나타난다.

"그럼 각 용사들에게 지급하도록."

돈주머니 쪽으로 시선을 향한다.

분명히 매달의 원조금으로 최소한 은화 500닢은 받을 수 있을 터.

이번 돈으로는 뭘 사 볼까.

일단은 라프타리아의 무기를 사는 게 무난하려나?

아니면 이번 기회에 좋은 방어구를 구입한다는 선택지도 있다. 아아, 하지만 이제 슬슬 약 조합에 사용되는 기자재도 새로 들이고 싶은데 말이지. 실은 그 기자재에 방패가 반응하는 걸 보고 방패에게 먹이면 뭐가 될지 궁금했었거든. 짤랑짤랑하는 돈주머니 소리에, 뭘 살까 하는 꿈이 펼쳐진다.

측근이 내용물이 잘 보이도록 내 눈앞에서 돈주머니를 열어 보인다.

하나, 둘, 셋……. 응, 꼼꼼하게 헤아려 봐도 500개가 확실하다.

"모토야스 공에게는 이번 활약과 의뢰 달성에 의한 기대치를 반영해서 은화 4000닢."

어이!

나는 어안이 벙벙해진 채, 모토야스가 가진 묵직한 돈주머니에 시선을 빼앗겼다. 불만을 늘어놓았다가는 몇 배의 빈정거림이 돌아올 것 같아서 참고는 있지만, 저도 모르게 주먹에 힘이 들어가는 건 어쩔 수가 없었다.

이 모토야스라는 녀석, 본명은 '키타무라 모토야스'. 나와 마찬가지로 이세계의 일본에서 온 용사로, 선택받은 전설의 무기는 창. 그래서 창의 용사로 불리고 있다.

나이는 21세. 나를 제외한 다른 용사들은 이 세계와 유사한 게임을 플레이한 경험과 지식을 갖고 있는 모양이다. 하지만 나에게 그 지식을 가르쳐주기는커녕, 오히려 모두 한 패가 되어 나를 함정에 빠트려서 나락에 떨어트린 것이다.

그리고 이 모토야스는 듣자 하니 여자 문제에 얽혀 칼에 찔렸다가 이 세계로 날아왔다는 모양이다. 어디까지나 본인의 진술일 뿐이니 진위는 알 수 없지만.

이 모토야스는 모두 여자로만 구성된 하렘 파티를 구성하고 있는 최고의 호색한이다.

어젯밤, 라프타리아가 내 노예라서 억지로 싸우고 있는 거라고 착각한 이 녀석은 라프타리아를 구하겠다고 기를 쓰며 반강제로 결투를 신청해 왔다.

본래 결투란 서로가 양보할 수 없는 것을 걸고 싸우는 법이다. 하지만 이 녀석은 일방적으로 내가 손해만 보는 조건을 제시하고, 나에게 공격수단이 아무것도 없다는 걸 알면서 결투를 신청해 왔다. 물론 내 입장에서는 거기 응할 이유가 없으니 거절했지만, 앞서 언급한 쓰레기 왕이 강제로 결투하게 만들었다. 게다가 내가 지면 라프타리아를 해방해야 하지만 모토야스는 패배해도 아무런 손해도 없는 불공평하기 짝이 없는 싸움을 해야 했던 것이다.

그렇다고 해서 고분고분 패배를 인정할 수는 없는 노릇이었다. 나는 없는 꾀를 쥐어짜서 모토야스를 궁지에 몰아넣었다. 그때 제3자의 비열한 기습이 들어와서, 나는 결국 패배의 구렁텅이로 내몰릴 수밖에 없었다.

최종적으로는 라프타리아가 자신의 의지로 모토야스의 손길을 뿌리치고 내 곁으로 돌아와 준 것이 그나마 다행이었다.

이 녀석은 그런 식으로 내 불행의 원흉에 일조하고 있는 적이다.

솔직히 말하자면 여자 경험 풍부한 바람둥이 같은 매끈한 외모이긴 하다.

번쩍번쩍한 은제 가슴 보호대를 덧입은 그 모습은, 그야말로 승자의 반열에 선 용사라는 표현이 딱 어울린다.

"다음은 렌 공, 마찬가지로 파도 때의 활약과 내 의뢰를 완수해 준 것에 대한 보수를 더해서, 은화 3800닢."

너도냐?!

렌은 쿨한 척을 하고 있지만, 모토야스보다 적은 것에 분해하는 기색이 역력한 얼굴로 돈 보따리를 받아 들고 있다. 게다가 작은 목소리로 "왕녀가 반한 녀석이니까……."라면서 독설을 뇌까리고 있다.

이 렌이라는 녀석의 본명은 '아마키 렌'이라고 하며, 나와 마찬가지로 이세계의 일본에서 소환된 검의 용사다. 나이는 열여섯 살이었던가.

다만, 내가 아는 일본이 아닌 이세계의 일본…… 으음, 구체적으로 말하자면 VRMMO라는 가공의 사이버 세계에 들어갈 수 있을 만큼 과학이 발달한 일본에서 이 세계로 왔다고 한다.

일본도 다양한 일본이 있는 것 같아서, 예전의 나였다면 렌의 세계에도 가 보고 싶다고 생각했을 것이다.

렌은 나이에 걸맞은 신장에 여자처럼 곱상한 얼굴을 가진 미소년 검사다. 성격은 쿨한 척을 하는 열혈……인가? 마음속으로는 남을 깔보고, '내가 아는 게임 지식으로 세계를 구할 거다. 진짜 용사는 바로 나다.'라고 생각하고 있을 것 같다.

"그리고 이츠키 공……. 귀공의 활약은 온 나라에 명성을 떨치고 있다. 그 힘든 임무를 잘 달성해 줬어. 그대에게도 은화 3800닢을 주지."

이츠키는 "이 정도면 타당하다고 생각해야겠죠."라고 뇌까렸지만, 부러운 기색으로 모토야스를 쳐다보는 걸 나도 알 수 있을 정도였다.

이츠키의 본명은 '카와스미 이츠키', 나이는 렌보다 한 살 많은 열일곱 살. 행동거지가 나긋나긋하다는 게 첫인상이다. 단지, 어딘가 좀 공허해 보인다. 소지한 전설의 무기는 활.

이 녀석과는 접점이 별로 없어서 잘은 모르겠다. 내가 알고 있는 건 모토야스나 렌과 마찬가지로 게임에 대한 지식을 갖고 있으며 나와는 다른 세계의 일본 출신이라는 것 정도다.

용사 중에서는 가장 어리게 보이는 것 같다. 실제 나이는 렌이 제일 아래지만.

그건 그렇고 렌이 수행한 의뢰라는 건 뭐지? 난 처음 듣는 소리잖아.

"흥, 방패는 좀 더 노력해 줬으면 좋겠군."

이름도 안 부르잖아! 방패는 누가 방패야?!

머릿속 혈관이 터져 버릴 것만 같은 짜증에 휩싸인다. 어제 그렇게 횡포를 부려댔던 네놈이 지껄일 소리냐?!

그리고 내가 돈 보따리를 받아 들려고 한 순간, 어째선지 돈 보따리를 거둬들인다.

"원조금은 노예문(奴隷紋) 해제 비용으로 대신하도록 하지!"

이 자식이!

"저기, 임금님……."

라프타리아가 손을 든다.

"뭐냐, 아인?"

"저…… 의뢰라는 건 무엇인지요?"

라프타리아도 알아챈 모양이다. 보수를 받지 못한다는 사실은 일단 넘어가고, 다른 시점에서 묻는 것이다.

"우리나라에서 일어난 문제 해결을 용사님들에게 부탁하고 있는 거다."

"나오후미 님은 어째서 의뢰를 받지 못하신 거죠? 저희는 처음 듣는 얘기인데요."

"훗! 방패가 뭘 할 수 있다는 거냐."

아, 열 받네!

알현실에 실소가 차오른다.

아아, 큰일이다. 분노에 날뛰어 버릴 것 같다.

"……."

그렇게 생각했는데 라프타리아 쪽에서 주먹을 꽈악 움켜쥐는 소리가 들려왔다.

돌아보니 라프타리아는 묵묵히 분노를 억누르며 부들부들 떨고 있다.

……응. 참아낼 수 있을 것 같다.

"하긴, 아무런 활약도 안 했으니까."

"그건 그래요. 파도 때는 보이지도 않던데, 어디서 뭘 하고 계셨던 거죠?"

"발목이나 잡다니, 용사 반열에 끼워 줄 수도 없는 놈이군."

세 용사가 저마다 비아냥거리며 말했다.

울분이 최고조다. 하다못해 비꼬아 주기라도 해야 성이 풀릴 것 같다.

"민간인이 죽든 말든 안중에도 없이 보스 사냥에만 열을 올렸으니 그야 당연히 대활약이었겠지, 용사님들."

그렇다. 이 녀석들은 파도 때 나타난 보스에게만 눈길이 팔려서 지금 당장 죽음의 위기에 처해 있는 자들을 무시한 채 다짜고짜 보스에게로 달려갔다. 그 불똥이 튀어서 우리는 마을 사람들을 구하러 뛰어다녀야 하는 신세가 되었다.

"헛! 그런 일은 기사단에게 맡겨 두면 그만이야."

"그 기사단이 얼간이들이라서 문제잖아. 그대로 뒀으면 몇 명이 죽어 나갔을지……. 보스밖에 안중에 없던 녀석들이 그런 걸 알 리가 없지."

모토야스, 렌, 이츠키가 기사단 단장 쪽을 돌아본다. 그러자 단장 녀석은 짜증 섞인 얼굴로 마지못해 고개를 끄덕였다.

"하지만, 용사들이 파도의 근원을 처리해 주지 않았더라면 피해가 증대되었으리라는 것 또한 사실이다. 우쭐대지 마라!"

이 자식……. 네놈이 그런 소리를 할 자격이 있냐?

성에서 우쭐대며 앉아만 있었던 주제에 잘난 척은! 애당초 나도 그 용사 중에 하나라고. 아니면 혹시 방패는 용사 축에도 못 낀다는 소리냐?

"네, 네. 그럼 우리는 여러모로 바빠서 이만 물러나 보겠습니다요~."

여기서 열을 내고 대들어 봤자 무의미한 짓이다. 이쯤에서 물러나는 게 타당하리라.

"기다려라, 방패."

"엉? 뭐야? 나는 성에서 거들먹거리고만 있는 쓰레기 왕과는 달리 바쁜 몸이라고."

"네놈은 내 기대를 한없이 저버렸다! 썩 꺼져라! 두 번 다시 얼굴을 내보이지 마라!"

크윽?! 이 녀석은 도대체 얼마나 날 불쾌하게 만들어야 직성이 풀리는 거냐!

"그것참 잘됐네요, 나오후미 님."

라프타리아가 얼굴 가득 미소를 머금고 대답한다.

"응......?"

"이제는 이런 쓸모없는 곳에 올 필요도 없어졌잖아요. 의미도 없이 시간을 소비하느니, 차라리 좀 더 필요성 있는 일에 귀중한 시간을 할애하자구요."

"그...... 그러지."

어쩐 라프타리아가 점점 더 듬직해지는 것 같은 기분이다.

라프타리아가 내 손을 꼬옥 움켜쥐었다. 아마 라프타리아도 분노하고 있는 것이리라. 혼자서는 견뎌내기 힘들었던 분노도 잦아드는 것 같은 느낌이었다.

"잠깐만 기다려 주세요."

이츠키가 손을 들어서 쓰레기에게 이의를 제기한다.

"왜 그러는가, 활의 용사 공?"

무슨 소리를 하려는 거지? 보나 마나 들을 가치도 없는 얘기겠지만.

"어제 일 말입니다만, 나오후미 씨에 대해 행해진 부정에 관한 문제를 어떻게 생각하고 계신지 여쭙고 싶어서요."

순식간에 그 자리의 공기가 굳었다.

"그게 무슨 말인가?"

"그러니까 라프타리아 양을 걸고 벌어진 용사들끼리의 결투에서 부정한 행위가 일어났음에도, 노예문이라고 했던 가요? 하여튼 그걸 멋대로 해제했으면서 원조금을 지급하지 않는 건 불합리한 일이 아닌가 하는 질문이에요."

뭐지? 이츠키가 평소보다 훨씬 더 날카로워진 눈매로 쓰레기에게 강하게 따지고 있는 것 같은데?

"맞아. 나도 다 봤는데, 규칙상으로는 나오후미가 모토야스에게 완벽하게 이겼어."

"난 안 졌다고!"

모토야스가 이의를 제기했지만 렌과 이츠키의 시선은 싸늘하다.

"임금님의 대답에 따라서는 나오후미 씨가 성범죄를 저

질렀다는 혐의의 진실 여부까지 얘기가 거슬러 올라가게 될 거예요."

"아, 으……."

쓰레기 녀석이 어쩔 줄 몰라 시선을 이리저리 옮겨대다가 입을 다문다.

"그건 아니에요, 이츠키 님, 렌 님!"

이때 화려한 의상을 걸치고 두꺼운 화장을 한 창녀 같은 여자가 끼어들어서 소리쳤다.

그렇다. 이 녀석이 만악의 근원이자, 나에게 범죄자의 오명을 뒤집어씌운 더러운 창녀다!

마인 스피아. 본명은 마르티라는 모양이지만 이름 따위 어떻든 알 바 아니다.

성격을 나타내는 것 같은 피처럼 검붉은 머리칼, 부아가 치미는 일이지만 외모 하나만은 아름답다.

국가에서 모집한 모험가 중 나와 동료가 되겠다고 나서는 사람이 단 한 명도 없던 상황에서, 유일하게 내 동료가 되어준 여자다. 하지만 지원금으로 지급받은 내 돈을 모조리 빼앗아서 모토야스 밑으로 들어간 것도 모자라 나에게 성범죄자라는 오명을 뒤집어씌우기까지 한, 그야말로 속이 시커먼 여자다.

그래서 나는 앞으로 마음속으로는 이 짜증 나는 마녀를 빗치(bitch)라고 부르기로 결심했다.

게다가 어이없게도 이 빗치는 이 나라의 왕녀라지 뭔가.

내가 이세계로 날아오기 전에 읽었던 책, 사성무기서에도 창녀 같은 공주가 나왔었다. 나는 그게 바로 이 녀석 아닐까 하고 생각하며 그쪽을 노려보았다.

"방패 용사는 1대1 대결에서 망토 속에 마물을 숨겨 두고 있었어요. 그래서 제 아버지이신 국왕께서 중재자로서 승패 판결을 뒤로 미루신 거였어요."

무슨 소리를 지껄이는 거냐. 공격 수단이 없는 나한테 1 대1로 결투를 신청한 시점에서 승패고 나발이고를 따지는 게 무의미하잖아! 당연히 국왕도 그걸 알면서 결투를 시킨 거겠지만.

"이해가 안 가는 건 아니지만……."

"수긍은 못 하겠는데."

이츠키와 렌이 불만을 드러내고 있다.

빗치 녀석도 답답한 듯 변명거리를 궁리하고 있다. 이럴 때의 빗치는 잔꾀 하나만은 잘 굴리니까 말이지.

"마인 양. 그래도 당신이 뒤에서 마법을 쏜 건 반칙이에 요."

"저 녀석이 제 할 일을 안 하고 있는 건 사실이겠지만, 보아하니 길드로부터의 의뢰도 받아 본 적 없는 것 같은데 최소한의 원조는 필요한 거 아냐? 기사단 대신 마을을 지킨 건 사실이잖아?"

빗치가 가만히 혀를 차는 소리가 들려온다.

꼴좋게 됐군. 권력으로 쉬쉬하고 넘어가려고 해도 용사를 상대로 끝까지 속여 넘길 수 없다는 건 알고 있겠지.

현재 존재하는 증거로 보아 내가 더 우세라고. 나 말고는 아무런 증인도 없어서 누명을 쓰던 때랑은 다르다 이거야.

"할 수 없지. 그럼 최소한의 원조금만은 지급해 주마. 받아 가도록 하여라."

쓰레기가 소리 높여 명령하자, 돈 주머니가 내게 전달된다.

"그럼 임금님, 저희는 이만 물러나도록 할게요. 용사님들, 올바른 판단을 내려 주셔서 고맙습니다."

그리고 라프타리아는 경쾌한 발걸음으로 나를 인도해서 성 밖으로 나선다.

"패배자 주제에 발악하기는."

사돈 남 말 하고 자빠진 모토야스와 말없이 어깨를 으쓱하는 렌과 이츠키.

……응. 억울함을 공유한다는 건, 이렇게나 마음이 편해지는 일이었구나.

렌과 이츠키도 일단은 모토야스에 대한 의혹을 품게 된 모양이다. 뭐, 보고도 못 본 척을 하고 있는 것까지 용서해 줄 생각은 없지만.

"그럼, 그 노예상 텐트에 가서 노예문을 걸어 달라고 해요."

"엉?"

성을 나서자마자, 라프타리아가 이쪽을 돌아보며 말했다.

"안 그러면 나오후미 님은 저를 진심으로 믿지 못하실 테니까요."

"아니…… 이제 딱히 노예가 아니라도 상관없어."

"안 돼요."

"응?"

"나오후미 님은 노예 이외에는 믿지 못하는 분이세요. 거짓말을 하셔도 소용없다구요."

……어쩌면 지금까지 라프타리아를 키워 온 방식이 좀 잘못됐던 건지도 모르겠다.

노예 이외에는 믿지 못한다는 말 자체는 사실이긴 하지만, 라프타리아라면 노예가 아니라도 믿을 수 있다.

만약 라프타리아가 자기만 생각하는 녀석이었다면, 결투 때 모토야스 밑으로 들어가면 그만이었다.

사실 이 나라 모든 사람의 미움을 받는 신세인 나와 같이 다녀 봤자 좋은 일 따윈 하나도 없으니까.

"있잖아, 라프타리아."

"왜 그러세요?"

"굳이 저주 같은 거 안 걸어도 상관없어."

"아뇨, 꼭 걸어야겠어요."

──이 녀석은, 왜 이렇게까지 노예문에 집착하는 거지?

"저도 나오후미 님의 신뢰를 받고 있다는 증표를 갖고 싶어요."

그 말을 듣고, 순수하게 이 아이를 지켜주고 싶다고 생각했다.

내 가슴속에 들끓는 마음. 이것이 연심인가 하는 생각도 들지만 뭔가 마음에 걸린다.

외모는 어른이긴 하지만 라프타리아는 바로 얼마 전까지만 해도 어린아이였다. 현재의 모습이 된 건 레벨이 오르면 연령 이상으로 성숙한다는 아인 종족 고유의 특성 덕분이었다.

라프타리아는 파도의 재해 때문에 부모님을 잃었다. 그러니까 그녀를 지켜주고 싶다고 생각하는 건 연심이 아니라 부모의 심정 같은 건지도 모르겠다. 지금은 단지 어린 라프타리아가 덩치만 커진 거니까…… 분명 그쪽일 것이다.

이것이 부모의 마음이라는 것이리라. 그러니까 내가 부모 구실을 해야 한다.

"자, 어서 가요."

그렇게까지 말한다면 굳이 말릴 필요는 없다. 원하는 대로 하게 해 주지.

우리는 노예를 팔고 있는, 그 텐트에 가 보기로 했다.

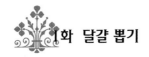# 1화 달걀 뽑기

"이거 용자님 아니십니까. 오늘은 무슨 일로 오셨는지?"

텐트에 얼굴을 내비치자, 그 신사 노예상이 거들먹거리는 포즈로 우리를 맞이한다.

"으음?"

노예상은 라프타리아를 뚫어지게 쳐다보며 감탄 어린 목소리로 말한다.

"놀라운 변화로군요. 설마 이런 상등품으로 성장할 줄이야."

그런 소리를 하며 내 쪽을 보고, 어째선지 어깨를 축 늘어뜨린다.

이 노예상이라는 인물은, 사람을 믿지 못하게 된 내가 약간의 돈은 모았지만 공격 수단이 없어서 고민하고 있을 때, 노예를 구입하지 않겠느냐고 권해 왔던 녀석이다.

생김새는 통통한 중년 신사. 그야말로 '수상함'을 그림으로 그려 놓은 것 같은 인물이다.

내 눈매가 마음에 든다는 이유로 여러모로 편의를 봐 준 모양이었다. 나는 여기서 라프타리아를 구입했다.

"왜 그래?"

"좀 더 저희와 같은 부류라고 생각했었는데, 기대가 어긋

났군요."

그게 무슨 뜻이지? 하지만 순진하게 물어보는 건 참아 두자.

한번 얕보이면 차후의 관계에 지장이 생기니까. 좀 그럴싸한 말이라도 해 둘까.

"살리지도 죽이지도 않고, 그러면서도 품질을 향상시키는 것. 그게 진정한 노예 주인다운 태도라고 대답해 주지."

으름장을 놓듯이 노예상에게 대꾸한다.

"네가 알고 있는 노예란, 1회용으로 쓰고 버리는 존재겠지만."

"나, 나오후미 님?"

라프타리아가 걱정스러운 듯 조심스럽게 이쪽을 올려다 보았다.

나 스스로도 내가 너무 우쭐대고 있다는 자각은 있다. 뭐랄까, 예전보다 약간이나마 여유가 생겼다고나 할까.

"후후후······. 그러셨습니까. 전율이 다 일 정도군요."

노예상 녀석, 내가 마음에 들었는지 보란 듯이 웃음을 짓는다.

"어디 보자, 이 노예를 감정해 달라는 말씀이죠? ······이 정도 상등품으로 컸으니, 처녀가 아니라는 조건하에 금화 20닢 정도면 어떻겠습니까?"

"왜 파는 걸 당연하다는 듯이 말씀하시는 건데요?! 그리고 저는 처녀라구요!"

라프타리아의 말에 노예상이 놀란 듯 탄성을 내지른다.

"이럴 수가! 그렇다면 금화 35닢으로 하십시다. 진짜 처녀인지 아닌지 확인해도 되겠습니까?"

"나오후미 님!"

라프타리아가 금화 35닢이라고?!

"나오후미 님?! 뭐예요, 뭐라고 한마디 해 주셔야죠!"

금화 35닢이라면 레벨 75짜리 늑대인간을 사고도 남는 금액이잖아!

그런 생각을 하고 있자니 라프타리아가 무시무시한 얼굴로 내 어깨를 꽉 움켜쥔다.

"나오후미 님…… 장난이 지나치시면 화낼 거예요."

"왜 그래? 그렇게 무서운 표정으로……."

"제가 감정받는 신세가 됐는데도, 거부의 말 한마디도 안 하시니까요."

"여유를 보여주지 않으면 얕보이게 되니까 그런 거야."

그렇게 얼버무리는 수밖에 없겠지. 이런저런 생각이 뇌리를 스쳐 지났다는 걸 들키면 라프타리아가 내게 넌더리를 낼지도 모른다. 아무리 나라도 이 세계에서 나를 믿어준 유일한 아이를 팔아넘기는 짓을 할 생각은 없다.

하지만…….

"금화 35닢이라…….."

가만히 중얼거리자, 어깨를 붙잡은 라프타리아의 손에 힘이 들어간다.

"아파, 아프다고!"

라프타리아의 공격력은…… 역시 내 방어력보다 더 강하군.

이거 믿음직한데. 전투적인 의미에서.

"저 이대로 그냥 도망가도 될까요?"

"농담이야. 라프타리아가 그렇게까지 높은 평가를 받고 있구나 하고 생각한 것뿐이야."

"벼, 별말씀을…… 나오후미 님도 참……."

어째선지 라프타리아가 갑자기 얌전해져서 수줍어한다.

"뭐, 노예상, 라프타리아는 안 팔기로 마음먹었어. 소중한 딸을 떠나보낼 순 없지."

"딸?"

"신경 쓰지 마. 그냥 혼잣말이니까."

"하아……?"

내가 아무리 부모 흉내를 내려고 해 봤자 라프타리아의 부모님은 세상에 두 명밖에 없다. 내가 갑자기 부모처럼 군다면 라프타리아도 싫어하겠지.

"그렇습니까……. 진심으로 애석하군요. 그럼 무슨 용건으로 오셨는지?"

"아아, 넌 얘기 못 들었어? 성에서 일어난 소동."

내 물음에 노예상은 다시 히죽 웃는다.

"물론 알고 있고말고요. 노예의 저주가 풀려 버렸다고 들었습니다."

"알고 있다면 길게 얘기할 거 없겠지……. 아니, 뭐 하러 온 건지 알고 있다면 애초에 감정 같은 거 하지 마."

하마터면 라프타리아가 나에게 정나미가 떨어질 뻔했잖아.

"고작 그 왕의 망언 한마디에 이 나라 노예제도가 없어지지는 않습니다, 네."

어젯밤, 그 쓰레기는 법률을 비틀어 가면서까지 내 노예였던 라프타리아를 몰수하려고 했다. 내가 라프타리아를 노예로 거느리는 걸 모토야스가 거슬려 했기 때문에 그런 거였지만.

"응? 귀족은 노예를 안 사는 거 아니었어?"

"그럴 리가요. 오히려 귀족분들이 더 많이 사러 오십니다. 용도는 이것저것 다양합죠, 네."

"그 쓰레기 자식, 괜히 모토야스…… 창의 용사 편을 든답시고 그런 소리를 했다가 귀족들에게 반감을 사거나 하지는 않을까?"

그렇게 되면 참 우스울 텐데. 아니, 오히려 그렇게 되면 이 나라도 조금이나마 나아질 텐데.

"이 나라도 제법 굳건한 나라니까요. 그런 짓을 했다가는 오히려 의견을 피력한 귀족 쪽이 쓴맛을 보게 될 겁니다, 네."

"그 쓰레기가 그렇게 강한 권력을 갖고 있는 거야?"

독재국가 같은 나라일까. 그렇다면 앞으로 10년도 못 가겠군. 언젠가 반란 같은 게 일어나서 멸망하겠지. 지금은 쓰레기가 다스리고 있고 후계자는 창녀인 나라니까.

"그게 말입죠. 이 나라에서는 왕보다——."

"저기…… 노예문 얘기는 어떻게 된 거예요?"

"그러고 보니까 그 얘길 하러 온 거였지."

얘기가 곁길로 샜었다. 생각해 보면 어차피 이제는 만날 일도 없는 쓰레기 일 따위는 내 알 바 아니지.

"그래서, 노예문을 걸어 달라고 부탁하러 오신 거로군요. 네."

"그래. 할 수 있겠어?"

"언제든지 할 수 있습죠."

노예상이 딱 하고 손가락을 튕기자 노예 인증을 했을 때 썼던 항아리를 든 부하가 나타났다.

라프타리아가 수줍어하며 가슴 보호대를 벗고 가슴을 드러낸다.

"어, 어때요?"

"뭐가?"

"하아…….."

응? 왜 그렇게 아쉬워하는 표정을 짓는 거지?

게다가 한숨까지 쉬다니. 내가 뭔가 잘못이라도 한 건가?

나는 전에 했을 때와 마찬가지로 내 피를 섞은 잉크를 라프타리아의 노예문이 있던 곳에 칠한다. 사라졌던 문양이 다시 도드라져서 라프타리아의 가슴에서 빛을 내기 시작한다.

"크윽……."

라프타리아는 고통을 참고 있다.

내 시야에서 노예의 아이콘이 부활했다. 명령이며 위약 행위에 대한 해당 항목을 체크.

……전보다 적게 설정해도 괜찮겠지. 라프타리아는 내 믿음을 얻기 위해서 노예로 돌아온 것이다. 나도 라프타리아를 믿어 줘야만 한다. 사실은 거의 걸 필요도 없는 형식적인 증표다.

"어디 보자……."

어떻게 할지 고민하고 있으려니, 문득 남아 있는 잉크가 담겨 있는 접시가 시야에 들어온다.

만져 보니 방패가 반응했다.

"이봐, 이 잉크 좀 나눠줄 수 있을까? 돈은 줄 테니까."

"네, 그렇게 하시죠."

남은 잉크를 방패에 뿌린다.

스읍…… 하고 방패는 잉크를 빨아들였다.

노예사 방패의 조건이 해방되었습니다.

노예사 방패 II 의 조건이 해방되었습니다.

노예사 방패
능력 미해방……장비 보너스, 「노예 성장 보정(소)」

노예사 방패 II
능력 미해방……장비 보너스, 「노예 스테이터스 보정(소)」

노예사 방패라……. 뭐, 그럭저럭 수긍이 가는 결과로군.

스킬트리는 독자적인 것인 듯 새로 출현했으며, 그 뿌리는 스몰 실드에서 파생되어 있다. 그런 만큼 별로 강하지는 않다. 하지만 장비 보너스가 살짝 매력적이다.

성장 보정이라.

그건 그렇고, 잉크를 살짝 뿌린 것뿐인데 왜 두 개나 해방된 거지?

이 방패는 전설의 무기라서 각종 소재를 흡수함으로써 성장하는 힘을 갖고 있다.

그리고 한 형태의 방패를 한동안 유지하고 있으면 능력 해방이라는 것이 일어나서, 내 스테이터스에 영속적인 장비 보너스를 부여해 주는 구조다. 다시 말해 다양한 방패를 손에 넣어서 다양한 장비 보너스를 얻음으로써, 용사는 보통 사람들보다 훨씬 더 강해질 수 있는 것이다.

현재까지는 스킬이며 기능, 그 외에 스테이터스 자체를 향상시키는 장비 보너스의 존재가 확인된 상태다.

아직 수수께끼가 많긴 하지만 이 방패를 제대로 사용하지 못하면 앞으로 살아남을 수 없을 것이다.

어디 보자, 하고 찬찬히 라프타리아의 얼굴을 살펴본다.

"왜 그러세요?"

그러고 보니 머리카락을 방패에 먹여 본 적이 있었지. 그때는 라쿤 실드에만 눈길이 가 있었지만 어쩌면 그때 이미 이쪽의 조건도 충족됐던 건지도 모른다. 아마 노예사 방패 Ⅱ가 그것이었으리라. 스킬트리를 충족시켰기 때문에 동시에 해방된 것이다. 대충 그렇게 추측한다.

그렇단 말이지…….

"라프타리아, 피를 좀 주면 안 될까?"

"왜 그러세요?"

"아니, 좀 실험하고 싶은 게 있어서."

고개를 갸웃거리면서도, 라프타리아는 내가 잉크에 피를 넣을 때와 마찬가지로 나이프로 손가락 끝을 살짝 찔러서 피를 내어 내가 내민 방패에 떨어뜨린다.

노예사 방패 Ⅲ의 조건이 해방되었습니다.

노예사 방패 Ⅲ

능력 미해방······장비 보너스, 「노예 성장 보정(중)」

좋았어! 내 추리가 맞았어!

"나오후미 님? 뭔가 즐거우신 것 같네요."

"아아, 재밌는 방패가 만들어졌거든."

"그거 잘됐네요."

나는 방패를 노예사 방패로 변환하고 해방을 기다리기로 했다.

"그럼 슬슬······ 응?"

이제 용건도 끝났으니 돌아가려 했을 때, 텐트 구석에 있던 알이 들어있는 나무 상자에 눈길이 멎었다.

처음 보는 물건인데. 어디에 쓰는 녀석이지?

"저건 뭐지?"

노예상에게 묻는다.

"아아, 저건 저희의 대외적인 장사 도구입니다."

"너희의 대외적인 직업이 뭔데?"

"마물상이죠."

대답하는 노예상의 목소리가 어쩐지 들떠 있다.

"마물? 그렇다면 이 세계에는 마물사(魔物使) 같은 것도 있는 거야?"

"이해력이 좋으셔서 다행이군요. 용사님은 모르고 계셨습니까?"

"만난 적이 없었던 것 같은데……."

"나오후미 님."

라프타리아가 손을 든다.

"왜 그러지?"

"필로리알은 마물사가 키우는 마물이에요."

난생처음 듣는 마물 이름이다. 도대체 필로리알이라는 게 뭐지?

"뭐야, 그게?"

"도시에서 말 대신 마차를 끄는 새 말이에요."

"아아, 그거였군."

마차를 끄는 커다란 새 말이지. 이 세계의 독자적인 동물인 줄 알았는데, 마물이었군.

"제가 살던 마을에도 마물 육성을 직업으로 하는 분이 계셨어요. 목장에서 식육용 마물을 잔뜩 기르고 있었어요."

"호오……."

그런 건가? 이 세계에서는 목장 경영 같은 직업 분류는 마물사라는 카테고리에 들어가는 건지도 모른다. 동물이라는 명칭이 따로 없이, 인간 이외의 생물을 모두 마물이라고 부르는 것일 수도 있다.

"그래서, 저 알은 뭐지?"

"마물은 알 상태일 때부터 기르지 않으면 인간에게 길들여지지 않으니까요. 그래서 이렇게 알을 거래하는 것이지요."

"그런 거야?"

"마물 우리를 보시겠습니까?"

원한다면 팔겠다는 거군. 장삿속이 대단한 노예상이야.

"아니, 이번엔 됐어. 그런데 저 알이 들어간 나무 상자 위에 기대어져 있는 간판은 뭐지?"

뭐라고 적혀 있는 건지는 읽을 수 없었지만, 나무 상자에 화살표가 쳐져 있고 숫자 같은 것이 적혀 있는 건 알 수 있었다.

"은화 100닢으로 1회 도전, 마물 추첨입니다!"

"100닢은 좀 비싼데."

우리의 소지금은 은화 508닢. 100닢은 상당한 거액이다.

"고가의 마물이라서 말입죠."

"일단 참고삼아 묻는 건데, 필로리알이었던가? 그건 당신 가게에선 평균적으로 얼마나 하지?"

"성체가 기본 200닢입니다. 깃털이나 품종에 따라서 가격이 좌우됩죠. 네."

"성체가 그 가격이라는 건, 병아리는 그보다 싸다는 거겠군. 그리고 알 가격만 쳐서 은화 100닢에 육성 비용은 제외된 거라고 치면…… 이득이긴 한 건가?"

"아뇨아뇨, 저기에 있는 것 중에는 다른 마물의 알도 있습니다."

"하긴……. 추첨이라고 했으니까."

꽝도 있고 횡재도 있다는 건가.

꽝을 뽑으면 본전도 못 찾는다. 당첨되면 원가보다 비싼 걸 얻는다.

"그리고 실은 저 중에 당첨은 없다는 거군."

"무슨 말씀을! 용사님께서는 저희가 그런 악랄한 수법으로 장사하고 있을 거라 생각하고 계신 겁니까?!"

"아니었어?"

"저는 장사에 대해서는 자부심을 갖고 있습니다. 감언이 설로 손님을 속이는 건 좋아하지만, 파는 물건 자체로 사기를 치는 건 싫어합니다."

"속이는 건 좋아하지만, 사기는 싫어한다니⋯⋯."

그런 억지가 어디 있어, 하며 반쯤 황당해하며 생각한다.

"그래서? 당첨되면 뭐가 나오지?"

"용사님이 이해하시기 쉽게 설명 드리자면, 기룡입니다."

기룡, 기룡(騎龍)⋯⋯. 어감으로 보아, 기사단의 장군 급이 타고 있던 드래곤을 말하는 건가?

"말 같은 드래곤?"

"아뇨, 이번 건 비행 타입입니다. 인기가 워낙 높아서⋯⋯ 귀족 손님들이 도전하시곤 하죠."

날아다니는 드래곤이라⋯⋯. 로망이 느껴지는 마물인데.

"나오후미 님?"

"당첨되기만 하면, 시세로 금화 20닢 가격에 필적하는 걸 얻을 수 있는 셈입죠. 드래곤치고는 싼 편이지만요. 네."

"참고로 확률은? 그 기룡의 알이 나올 확률 말이야."

"이번 추첨에서 마련한 알은 250개입니다. 그중에서 당첨은 한 개입니다."

250분의 1.

"생김새나 무게로 알아볼 수 없도록 강력한 마법을 걸어두었습니다. 꽝이 나올 가능성을 미리 양해하신 분들께만 판매하고 있습죠."

"장사 참 잘하는데."

"네, 당첨되신 분은 이름을 여쭤봐서, 선전에도 참가해 달라고 부탁드리고 있습니다."

"흠, 그래도 확률이 좀……."

"그러시다면 10개를 구입하시면 반드시 하나는 당첨되게 돼 있는, 이쪽 상자에서 하나를 선택하실 수도 있습니다, 네."

"그래도 거기에 기룡은 안 들어있을 거 아냐?"

"네, 하지만 은화 300닢에 해당하는 마물은 반드시 당첨되게 돼 있습니다."

자연스럽게 웃음이 새어 나온다.

잠깐……. 어이, 이거 *컴플릿 가챠잖아!

이런 건 결국 사업자만 득을 보게 돼 있다. 하마터면 속아

---

*컴플릿 가챠 : 특정 목록의 카드를 모두 모아서 목록을 완성하면 희귀한 카드를 주는 시스템. 과도한 현금 구매 유도로 인해, 일본에서는 2012년에 금지되었다.

넘어갈 뻔했다.

"으~음……."

하지만 생각해 보면 동료가 라프타리아 하나로는 좀 불안하게 느껴지기도 한다.

새 노예를 사는 것과 마물을 사는 것 중에 어느 쪽이 더 이득이지?

새로 등장한 노예의 방패를 시험해 보는 것도 재미있을 것 같긴 하다. 라프타리아는 레벨이 꽤 오른 상태이니 성장 보정의 효과를 보기는 좀 어려울 테니까.

다만…… 마물만의 장점도 있다. 라프타리아와 함께 여행하면서 가장 문제가 된 건 무기와 방어구였다. 마물은 아마 자기 몸만 갖고 싸울 테니, 따로 무기나 방어구를 사 줄 필요도 없을 것이다.

그리고 그만큼의 돈을 라프타리아에게 투자할 수 있다.

"좋아, 그럼 시험 삼아 한 개 사 볼까."

"감사합니다! 그럼 이번 노예문 대금은 따로 안 받겠습니다."

"배포가 큰데. 난 그런 거 아주 좋아한다고."

"나오후미 님?!"

"왜 그래?"

"마물의 알을 사실 거예요?"

"그래. 라프타리아 한 명만 가지고는 앞으로의 싸움이 힘들어질 것 같아서 말이지. 노예를 사면 장비 값도 많이 들고 하니 마물이라도 한 마리 키워 보는 것도 재미있을 것 같아서."

"하아…… 그치만, 마물을 키우는 것도 쉬운 일이 아니라구요."

"그 정도는 나도 알아. 라프타리아도 애완동물 정도는 키우고 싶을 거 아냐?"

"……드래곤을 노리고 계신 거 아니었어요?"

"최악의 경우 우사피르라도 상관없어."

작은 동물은 싫어하지 않는다. 온라인 게임에서도 펫을 길들일 수 있지 않은가. 그것과 같은 감각으로, 일종의 청량제 역할을 해 주기만 하면 된다. 무엇보다 노예와 마찬가지로 내 명령을 들어 주기만 한다면 적어도 나보다는 나은 공격력을 발휘해 줄 것이다.

약간이나마 돈에 여유가 있어서인지 씀씀이가 좀 헤퍼졌다는 건 스스로도 알고 있다. 하지만 손해 보는 투자는 아닐 것이다. 무엇보다 노예에 대응하는 방패가 있으니 마물의 방패가 있다 해도 이상할 게 없다.

"키워서 팔아도 노예보다는 마음이 덜 아플 테고."

"아아, 알겠어요. 그런 이유였군요."

애착이 일긴 하겠지만 우리에게는 돈이 필요하다. 애착은 접어 두는 수밖에 없다.

노예는 인간이다 보니 팔 때가 가장 힘들 것이다. 어쨌거나 라프타리아가 나를 따라 주는 것처럼 다른 노예도 나를 따라 준다면 그 노예를 남에게 팔아넘길 자신이 없었다. 그런 점에서, 마물은 말을 못 하니까 아무리 내게 길들여진다 해도 조금은 마음이 덜 아플 것이다.

좋은 주인 만나라, 하고 멋대로 생각해주는 척할 수도 있고.

"그쪽 방면 알선도 할 거 아냐?"

"용사님의 깊으신 안목에 제가 다 전율이 이는군요! 네!"

노예상의 흥분도도 상승 중이다.

늘어서 있는 알들을 살펴본다. 생김새나 무게로 알아볼 수 없도록 해 뒀다고 했으니, 대충 아무거나 고르면 되겠지.

"그럼 이걸로 하지."

단순히 직감으로 오른편에 있는 알 하나를 골라서 꺼낸다.

"그럼, 그 알에 표시되어 있는 증표에 피를 떨어뜨려 주십시오."

시키는 대로 알에 그려져 있는 문양에 피를 칠한다. 그러자 알이 갑자기 빨갛게 빛나고 내 시야에 마물 사역 아이콘이 나타난다. 노예와 마찬가지로 금지 항목을 설정할 수 있는 모양이다.

……내 지시를 무시하면 벌이 내려지도록 설정한다. 라프타리아에 비해 약간 엄하게 체크해 둔다. 이 녀석은 어차피 마물이다. 내 말을 이해할 수 있을지 없을지도 모르니까, 엄한 말투로 대하는 게 좋을 것이다. 아직 부화도 안 한 상태지만.

노예상은 히죽 웃으며 부화기 같은 도구를 열고 있다. 나는 그 알을 부화기에 넣는다.

"만약에 부화 안 하면 위약금 청구하러 올 테니 그리 알아."

"꽝을 뽑더라도 앉아서 손해만 보지는 않겠다는 용사님의 태도에 경의를 표합니다!"

노예상의 기분도 최고조에 달해 있다. 나 원 참, 잠재적인 피학 욕망이라도 있는 건가, 이 녀석. 남자를 괴롭히면서 즐거워하는 취미는 없는데……. 뭐, 다른 쓰레기 용사들이 괴로워하는 얼굴이라면 보고 싶긴 하지만.

"어디까지나 구두 약속이긴 하지만, 진짜로 올 거야. 시치미를 떼면 내 난폭한 노예가 날뛸 줄 알아."

"저한테 뭘 시키시려는 거예요!"

"물론 명심하고 있습지요."

노예상 녀석, 굉장히 들떠 있다.

"이거 언제쯤 부활하지?"

은화 100닢을 노예상에게 넘기며 묻는다.

"부화기에 적혀 있습니다."

"흐~응……."

뭔가 숫자처럼 보이는 이 세계의 문자가 움직이고 있다.

"라프타리아는 저거 읽을 줄 알아?"

"으음, 어느 정도는요……. 내일 정도면 숫자가 사라질 것 같아요."

"금방이잖아. 뭐, 상관없지."

내일이면 모종의 마물이 부화하는 건가. 기대가 부풀어 오르는데.

"용사님의 내방을 항상 기다리고 있겠습니다."

이렇게 해서 우리는 알을 가지고 텐트를 떠났다.

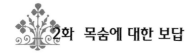 **2화 목숨에 대한 보답**

자, 그럼 이제 어떻게 할까.

그런 고민을 하고 있다 보니 파도 때 쓰고 남은 회복약이 떠오른다. 만약의 경우에 대비해서 상비하고 다니던 것이지만 이제 쓸 일이 없으니 약재상에 팔아서 현금화하는 게 이득이다.

"약재상에 갔다가 그 후에 무기상에 가자."

"나오후미 님, 씀씀이가 너무 헤퍼지시면 안 돼요. 이번 같은 행동은 언젠가 자신의 목을 조르게 될 거예요."

"나도 알아."

"장비는 아직 현재 걸로 충분해요. 새 장비 구입은, 나중에 필요해졌을 때나 생각해 보세요."

"……"

흐음, 이것도 일리 있는 얘기군. 하지만 우리가 갖고 있는 장비는 다른 용사들에 비하면 싸구려다. 이 기회에, 더 강한 적과 싸울 수 있도록 라프타리아에게 좋은 장비를 갖춰 주는 게 좋을 것 같은데…….

"그리고 새 무기를 산 지 아직 며칠 되지도 않았잖아요? 아저씨가 어떤 표정을 지을지 생각 좀 해 보시라구요."

"으~응……."

하긴 무기상 아저씨한테는 여러모로 서비스를 받고 있다. 중고 재판매를 염두에 두고 값을 깎아 주는 거니까, 현재 소지금으로는 대단한 전력 강화는 기대하기 힘들긴 하다.

무기상 아저씨는 내가 누명을 쓴 후에도 힘을 빌려준 유일한 사람으로, 마음씨 좋은 아저씨다. 내가 갖고 있는 장비며 라프타리아의 무기, 갑옷 등은 모두 그 무기상에서 구입한 물건들이다.

최대한 도움이 되고 싶고, 은혜에 보답하고 싶다.

"알았어. 그럼 일단은 저금해 두지."

"네!"

어느 정도 돈에 여유가 생긴 후에 장비를 갖추는 것도 나쁜 생각은 아니다.

"그럼 약재상에 가자."

약재상에 얼굴을 내밀자, 약재상 주인은 내 얼굴을 보자마자 친근한 미소를 짓는다.

"뭐야? 왜 그래?"

평소에는 항상 떨떠름한 얼굴로 약을 매입했었는데, 갑자기 이렇게 웃으면서 대하니 등골이 오싹해지는 기분이다.

"그게 말이지. 당신이 오면 감사 인사를 해야겠다고 생각하던 참이어서 말이야."

"엉?"

나와 라프타리아가 동시에 고개를 갸웃거린다.

"류트 마을에 사는 친척이 당신 덕분에 목숨을 건졌거든. 가능한 한 힘이 돼 달라고 부탁을 하더구려."

"아아…… 그런 거였군."

어제 일어난 파도는, 내가 거점으로 삼고 있었던 류트 마을 근처에서 일어났다. 거기서 우리는 주민들에 대한 피난 유도를 우선시했다. 덕분에 피해를 최소한으로 줄일 수 있었다. 파도가 끝났을 때, 류트 마을 사람들은 하나같이 내게 감사 인사를 전했는데 그중에 약재상의 친척도 있었던 모양이다.

"그러니까 이번에는 그 보답으로——."

약재상 점주는 찬장에서 책 한 권을 꺼내 나에게 건넨다.

"뭐지?"

"당신이 만들어 오는 초급 약들보다 높은 레벨의 중급 레시피를 모아 둔 책이야. 이제 슬슬 도전해 봐도 좋을 때일 것 같아서 말이지."

"……."

나는 천천히 중급 레시피 책을 펴 본다. 살짝 너덜너덜하고 표지도 색이 약간 바래 있었지만, 문자가 적혀 있다는 건 알 수 있었다.

응. 못 읽겠군.

"고, 고마워. 한번 도전해 보지."

모처럼 호의를 베풀어 줬으니 감사 인사는 해야겠지. 아마 여기 적힌 레시피 중에는 비싼 값에 팔리는 약도 있을 테니까.

"그렇게 말해 주니 나도 기쁘군."

으으……. 타인의 선의에 부응할 수 없는 데에서 오는 압박감이 나를 자극한다. 어차피 이 세계의 문자는 못 익힐 거라고 포기하고 있었는데…… 아무래도 배우는 편이 낫겠구나.

"마법상 녀석도 와 달라고 전해 달라던데."

"마법상?"

"나오후미 님, 마법을 배울 때 필요한 서적을 취급하는 가게예요."

"아아, 그런 거였군."

책방인 줄 알았던 곳이 마법상이었던 모양이군……. 하긴, 돌이켜 보면 가게 안쪽에 수정 구슬이 놓여 있었다.

"어느 가게지?"

"큰길에 있는 큰 가게야."

아아…… 성 밑 도시에서 첫 번째인가 두 번째로 큰 책방, 아니, 마법상 말이지.

"그나저나, 오늘은 무슨 일로 왔지?"

"아아, 이번에는——."

약재상은 회복약을 평소보다 비싼 값에 매입해 주었다.

그 돈으로 기자재를 새로 구입하고, 약재상이 말한 대로 마법상으로 가 본다.

"아아, 당신이 방패 용사구려. 우리 손자가 신세를 졌다지?"

"하아……."

그 손자가 누구인지는 모르겠지만, 아마 류트 마을 주민이리라. 마법상 아줌마는 우리를 정중하게 맞이해 주었다.

아줌마는 뭐랄까, 통통한 체격에 마녀 같은 복장을 하고 있다.

"그래서, 무슨 용건으로 날 보자고 한 거지?"

책방인 줄 알았던 마법상 안을 둘러본다. 낡은 책들이 즐비하게 늘어서 있고, 카운터 안쪽에는 수정 구슬이 잔뜩 놓여 있다. 그 외에도 지팡이 따위가 놓여 있어서, 누가 봐도 마법을 다루는 가게 같은 분위기를 자아냈다.

그러고 보니 마법이라는 건 어떻게 배우는 거지?

"그 전에, 방패 용사님의 동료는 이 아가씨 한 명만 가지고 충분하우?"

"응. 그래."

라프타리아와 서로를 마주 보고 나서 고개를 끄덕인다.

"그럼 조금만 기다려 보구려."

아줌마는 그렇게 말하고 카운터에서 수정 구슬을 꺼내더니, 뭔가 주문을 외우기 시작했다.

"좋아, 그럼 방패 용사님, 수정 구슬을 한번 들여다보겠수?"

"아, 그러지."

도대체 뭘 하자는 거지? 그렇게 생각하며, 나는 수정 구슬을 들여다보았다.

……뭔가 빛나고 있긴 하지만 딱히 뭔가가 보이거나 하는 건 아니군.

"어디 보자……. 방패 용사님께선 회복과 원호의 마법이 적성에 맞는 것 같구려."

"엉?"

마법의 적성 진단을 해 준 거였어?!

미리 얘기해 줬더라면 이해할 수 있었으련만……. 뭐, 투덜거릴 상황은 아니긴 하지만 설명이 너무 생략됐잖아.

"다음은 뒤에 있는 아가씨."

"아, 네."

나는 옆으로 물러서고, 이번에는 라프타리아가 수정 구슬을 들여다본다.

"으~응. 역시 라쿤 종 아가씨는 빛과 어둠의 마법이 적성에 맞는다고 나오는군."

"그 말은, 그렇게 나오는 게 상식이라는 거야?"

"그야 뭐…… 빛의 굴절과 어둠의 모호함을 이용한 환영을 구사하는 마법에 능통한 종족이니까."

대충 이해가 간다. 라쿤 종은 너구리나 미국너구리 부류와 닮아 있다. 내 세계의 일본에서도 너구리는 사람을 홀리는 요괴라는 믿음이 전해져 오고 있다. 그런 점에서는 이 세계도 비슷한 건지도 모른다.

"그래서, 결국 왜 부른 건데?"

"자. 이게 이 마법상 아줌마가 주려던 물건이라우."

그러면서 아줌마가 우리에게 준 것은, 세 권의 책이었다.

또 책이냐! 나는 읽지도 못하는데, 왜 이렇게 책으로 친절을 베풀려는 건지.

"마음 같아서는 수정 구슬을 주고 싶지만, 그랬다가는 이 아줌마의 생활에 애로사항이 생기니까 말이지."

"무슨 뜻이지?"

"방패 용사님은 모르고 있었수? 수정 구슬에 봉인된 마법을 해제하면, 그에 상응하는 마법을 하나 익힐 수 있다오."

뭐라고? 그럼 문자를 못 읽더라도 마법을 사용할 수 있다는 거야?

"꽤 오래전에 국가에서 용사님 용으로…… 대량 발주해서 상당한 양이 출하됐었는데, 방패 용사님은 모르고 계셨수?"

"난 처음 듣는 얘기야."

그 쓰레기 녀석이 하는 짓이 뻔하지 뭐. 보나 마나, 나 이외의 다른 용사들에게만 따로 준 것이리라.

나 원 참, 나만 의도적으로 따돌리다니……. 살의가 솟구쳐 오른다.

"마법서는 익히기가 제법 힘들지만 진지하게 파고들면 결과적으로는 더 많은 마법을 익힐 수 있다오."

수정 구슬은 하나의 마법을, 마법서는 더 많은 마법을 익힐 수 있다는 건가. 뭐, 그것도 문자를 읽을 수 있을 때의 얘기지만.

"미안하게 됐구려."

"아뇨, 공짜로 마법서를 주신 것만으로도 충분해요."

라프타리아가 웃으며 대답하고, 나도 고개를 끄덕인다.

"대충 어느 정도 마법까지 쓸 수 있는 거지?"

"이 책들은 다 초급이라오. 이것보다 더 고위 마법서는…… 돈을 내고 사 주지 않겠수?"

"아, 알았어."

"가르쳐주면 좋겠지만, 방패 용사님은 바쁠 테니까 말이지. 계속 성 밑 도시에 있을 수도 없는 노릇일 테고."

"하긴 그렇지."

이 아줌마도 먹고살자고 하는 장사다. 뼈를 깎는 심정으로 나한테 책을 넘겨준 거니까, 이 이상 떼를 쓸 수는 없다.

"감사하지."

저도 모르게 딱딱한 감사의 표현을 쓰긴 했지만, 결국 우리는 마법상으로부터 마법서를 받아 왔다.

"하아……."

저도 모르게 한숨이 나온다. 난 공부를 썩 좋아하는 성격이 아닌데, 이걸 어쩌면 좋담.

나도 안다. 이 서적을 열심히 해독해서 레시피며 마법을 익히는 게 나을 거라는 것 정도는.

뭐라고 해야 좋을지.

스킬 중에 '이세계 문자 해독' 같은 게 있으면 좋을 텐데, 하는 생각이 든다. 약의 레시피 같은 건 방패에도 있을 가능성이 높다. 열심히 찾아보면 찾아낼 수도 있을 것이다. 하지만 그에 대응하는 방패를 찾는 노력과, 문자를 익히고 책을 읽어서 제조법을 익히는 것. 둘 중에 어느 쪽이 더 효율이 좋을지…….

후자는 비용이 저렴한 것은 물론 다른 것에도 도전할 수 있게 된다는 이점이 있다.

하지만 말이지……. 역시 이세계 문자 번역 같은 게 존재

할 가능성을 생각해 보면, 쓸데없는 노력이 되고 말 것 같아서 배울 의욕이 사그라진다.

"같이 마법을 익혀요."

라프타리아가 명랑하게 내게 말을 건다.

"난 이 세계 문자를 못 읽으니까 말이지······."

"네, 그러니까 같이 배우는 거예요."

"뭐····· 그래야 하겠지."

약을 만드는 틈틈이 익혀 둬서 손해 볼 건 없을 테니.

"그러고 보니 다음 파도는 언제 올까요?"

"응? 아아, 잠깐만 기다려 봐."

시야 구석에 있는 아이콘을 표시시킨다.

이건 스테이터스 마법이라고 부르는 모양인데, 이 세계 사람이라면 누구나 쓸 수 있다고 한다.

내 경우, 공격을 관장하는 스테이터스가 극단적으로 낮고, 반대로 방어력이 높다.

그 가운데는 용자에게만 표시되는 아이콘도 있었고, 나는 거기에 의식을 집중시킨다. 그렇게 해서 튀어나온 아이콘에서 파도의 습격 시간을 불러낸다.

—앞으로 45일 14시간.

"45일이나 있잖아!"

한 달마다 오는 것 아니었어?!

아니, 뭐, 그렇다고 두 달인 건 아니지만······. 그리고 생각해 보면, 이 나라 녀석들은 파도가 한 번 일어난 후에 우리를 소환했었지. 그렇다면 파도의 주기는 생각보다 긴 건지도 모른다. 라프타리아가 노예가 되고 나서 나와 만날 때까지의 날짜 수를 생각해 보면 자연스러운 결과 같기도 하다.

한 달 후라고 한 건…… 대략적인 범위로 한 얘기인 모양이다.

"뭐, 시간이 있다는 건 좋은 일이긴 하지만 말이야."

그때까지 최대한 많은 일을 해 둬야 한다고 생각하면, 오히려 시간이 부족한 건지도 모른다.

"일단, 여기서 할 수 있는 준비는 다 끝난 거지?"

"어디 보자……. 노예문 재등록과 약 처분, 그리고 책도 샀으니까 당장 더 할 일은 없네요."

라프타리아가 확인을 취한다. 뭔가 깜박 잊고 떠났다가 다시 돌아오는 건 시간 낭비니까.

"그럼, 밥이라도 먹고 레벨을 올리러 가 볼까."

"네."

오늘 아침 식사 때는 얼마나 놀랐는지 모른다. 미각이 회복돼 있었기 때문이다.

맛있는 밥을 먹는다는 것은 활력을 불어넣어 준다.

사발 방패의 조건이 해방되었습니다.

비커 방패의 조건이 해방되었습니다.

약연 방패의 조건이 해방되었습니다.

사발 방패
능력 미해방······장비 보너스, 「신규 조합」

비커 방패
능력 미해방······장비 보너스, 「액체조합 보너스」

약연 방패
능력 미해방······장비 보너스, 「채취 기능2」

식사를 마친 우리는 그길로 성 밑 도시를 떠나서 류트 마을 쪽으로 향한다. 그 마을 너머의 지역에 만만한 마물들이 생식하고 있기 때문이다. 나는 다른 용자들이 알고 있는 명당 사냥터 같은 곳을 모른다. 그러니까 이 세계 주민들에게 물어보거나 자기 발로 찾아다니는 수밖에 없다.

지도만 펼쳐 놓고 적절한 장소를 찾아낸다는 건 상당히 힘든 일이지만, 그만큼 보람 있는 일이라고도 할 수 있다. 딱히 경쟁할 생각은 없지만 그 용사 놈들보다 뒤처져 있는 건 약간 분하다. 하지만 처음 만나는 마물과의 싸움에서 승리하면 방패가 성장하게 되니, 꼭 나쁜 것만도 아니다.

설명이 지나치게 생략된 감이 있긴 하지만, 지금까지 다양한 능력을 가진 방패가 나와 있는 것이다. 대부분이 능력 상승계 방패라는 게 고민거리이긴 하지만.

방어력 상승 계열이 많은 건 전설 장비가 방패이기 때문이리라. 그 외에도 민첩성이며 스태미나, 마력, SP 등, 공격력 이외의 스테이터스는 꽤 상승해 있다. 이 덕분에 지난번 파도를 거의 부상 없이 넘길 수 있었다.

류트 마을로 가는 길…….

"그러고 보니 파도 때 나온 적은 방패에 흡수할 수 있는 건가?"

싸움이 끝나자마자 바로 떠나는 바람에 잊고 있었지만, 방패의 성장을 위해서라도 꼭 한번 시험해 보고 싶었다.

그리고 슬슬 류트 마을이 눈에 들어오기 시작할 무렵이 되자 파도 때 출몰한 괴물들의 시체들이 여기저기 눈에 띄었다.

차원의 메뚜기 방패의 조건이 해방되었습니다.

차원의 하급 벌 방패의 조건이 해방되었습니다.

차원의 시식귀(屍食鬼) 방패의 조건이 해방되었습니다.

차원의 메뚜기 방패

능력 미해방……장비 보너스, 방어력6

차원의 하급 벌 방패

능력 미해방……장비 보너스, 민첩6

차원의 시식귀 방패

능력 미해방……장비 보너스, 「소지물 부패 방지(소)」

기왕 하는 김에, 분해해서 다른 방패가 나오지 않는지 도전해 보았다.

하지만, 아마도 이 시리즈 중에서 조건이 충족되는 건 거의 없는 듯, 하나밖에 해방되지 않았다.

비 니들 실드의 조건이 해방되었습니다.

비 니들 실드

능력 미해방……장비 보너스, 공격력1

전용 효과 「바늘 방패(소)」 「벌의 독(마비)」

결과에 어느 정도 납득하며 걸어가다 보니, 키메라의 시체를 치우는 마을 사람들이 눈에 들어왔다.

"여어."

"아, 방패 용사님."

어제 일의 영향 때문인지, 마을 녀석들은 나를 보자마자 반갑게 맞이해 준다.

"이 녀석이 파도의 보스였나?"

나는 키메라의 시체를 보며 오도카니 뇌까린다.

뭐랄까……. 키메라라고는 하지만, 자세히 보면 어째 이 세계 마물과는 다른 인상이 느껴진다. 색깔 조합 때문인지, 아니면 생물적 특징 때문인지를 구체적으로 설명하기는 어렵지만.

"무시무시한 녀석입니다."

"그러게 말이야……."

촌민의 말에 나도 동의를 표한다. 하지만 이미 다른 용사들이나 기사단이 소재를 벗겨내 간 모양이다. 가까스로 원형은 유지하고 있지만, 가죽이며 살점이 몽땅 도려내져 있다.

"나도 조금 얻어 가도 될까?"

"얼마든지 가져가시지요. 안 그래도 어떻게 처분할지 고민하던 참이었으니까, 아예 마을에서 가공해서 장비하시는 건 어떻습니까?"

"그것도 나쁘지는 않지만…… 쓸 만한 부분은 얼마 없는 것 같은데?"

가죽이 벗겨져 있으니, 갑옷으로 만들 수도 없다. 살점과 뼈…… 그리고 뱀으로 이루어진 꼬리 부분 정도일까.

머리 부분은 잘려 나가고 없었다. 멀리서 보기에, 세 개 정도 돋아나 있었던 것 같았는데…….

뭐, 그건 알 바 아니다. 나는 라프타리아와 함께 키메라의 시체를 분해해서 방패에게 먹였다.

키메라 미트 실드의 조건이 해방되었습니다.
키메라 본 실드의 조건이 해방되었습니다.
키메라 레더 실드의 조건이 해방되었습니다.
키메라 바이퍼 실드의 조건이 해방되었습니다.

키메라 미트 실드
능력 미해방⋯⋯장비 보너스, 「요리 품질 향상」

키메라 본 실드
능력 미해방⋯⋯장비 보너스, 「어둠 내성(중)」

키메라 레더 실드
능력 미해방⋯⋯장비 보너스, 방어력 10

키메라 바이퍼 실드
능력 미해방⋯⋯장비 보너스, 스킬 「체인지 실드」「해독조합 향상」「독 내성(중)」
전용효과 「뱀의 독니(중)」「후크」

마지막 건 이런저런 편리한 보너스가 붙어 있다. 방어력도 제법 높다.

하지만 변화시키기 위한 필요 레벨이 꽤 높고, 게다가 키메라 시리즈를 몇 개인가 해방시키지 않으면 변화가 불가능한 모양이다. 나중으로 미뤄 둬도 상관없을지 모르지만, 다음 파도 때 주력 방패가 될 가능성이 높다.

"남은 건 어떻게 할 거지?"

"어차피 묻어 버리면 끝이니 원하는 대로 쓰십시오."

"으~음……."

다소 아까운 것 같은 느낌도 들지만, 남은 부분은 거의 살점과 뼈다. 뭐, 뼈는 그냥 둬도 오래 보관할 수 있지만, 살점은 말리는 것 말고 다른 보관법이 떠오르지 않는다. 어차피 식용으로 쓸 수는 없을 것 같지만.

아, 맞아. 마법약의 재료 같은 걸로 쓸 수는 있을 것 같기도 하다. 그렇다고는 해도, 이 마을에 매입해 줄 사람이 있을지 확신할 수가 없으니……. 썩으면 곤란하고 섣불리 보존해 뒀다가 재생이라도 하면 생각만 해도 끔찍하다.

그 점에서는 뼈도 마찬가지지만 그래도 살점보다는 안전할 것 같은 이미지가 있다. 하지만…… 그렇다고 그렇게까지 경계하는 것도 좀 어리석은 짓 같은 기분도 든다.

"그럼, 최대한 얻어 가기로 하지."

"아, 하지만 꽤 많은 양이 될 텐데요."

"이 마을에서 맡아 주는 거 아냐?"

"네? 방패 용사님께서 그렇게 말씀하신다면야……."

"뭐, 살점은 말려 뒀다가 내 몫만 조금 남기고 원하는 녀석에게 팔도록 해. 마을 재건에 보탬이 될 테니까. 파도 때 출몰한 거물이라고 얘기하면 연구 목적으로 사겠다는 녀석도 있을 거고."

"하긴, 그런 목적이라면 구입하시는 분도 계실 것 같군요."

마을 사람들도 재건 비용이 궁했던 듯 내 제안을 받아들인다.

내장처럼 빨리 썩는 부분을 방패에 흡수시켜서 우선적으로 처분한 다음, 우리가 류트 마을에 도착했을 무렵에는 어느덧 해도 저물어 가고 있었다.

마을은 반파당해 있었고, 살아남은 사람들은 그나마 파손이 덜한 집에 모여서 생활하고 있다. 비교적 안전하게 보존된 여관방 한 칸을 점주가 비워 준 덕분에, 그날은 푹 쉴 수 있었다.

"마을 재건을 도와주고 싶긴 하지만, 지금은 남 걱정을 하고 있을 여유가 없으니까."

오늘은 류트 마을 사람들에게 신세만 졌다. 키메라의 시체를 살점과 **뼈**로 처분해 준 것에 대해서는 마을 사람들이 고마워하긴 했지만, 식사와 숙소를 무료로 제공받는 건 그 대가치고는 좀 지나친 것 같기도 하다.

"그러게 말이에요. 우리와 마을 사람들 양쪽 모두에게 이득이 되는 일을 할 수 있으면 좋으련만……."

마을 사람들 가운데 글을 읽고 쓸 줄 아는 녀석에게 부탁해서, 이 세계의 문자를 읽는 데 필요한 표를 얻었다.

알기 쉽게 얘기하자면, 일본어의 아이우에오 표 같은 것. 영어로 말하자면 알파벳 표.

그리고 조금이나마 글자를 읽을 줄 아는 라프타리아에게 문자를 발음하도록 시켜서, 내 세계의 문자로 치환해서 해독표를 만든다.

아마 이 외에 단어 같은 것도 외워야 할 테니, 해독하는 데에는 상당한 곤란이 뒤따를 것이다. 하지만 일단은…… 익혀 두는 게 최선일 테니까.

나는 약을 만드는 틈틈이 문자를 외우느라 악전고투해야 했다.

 **3화 필로**

이튿날 낮, 간밤에 너무 늦게 잠들었던 라프타리아가 늦잠을 자고 간신히 눈을 떴다. 한 손에 마법서를 들고 꾸벅꾸벅 졸고 있었으니까 그럴 만도 하다. 나는 어떠냐고? 약초

를 달여서 약을 만들고 있었지.

늦잠으로 허비한 시간을 만회하기 위해서 외출 준비를 서두르고 있으려니.

"아, 알이 부화하려는 모양이에요."

여관방 창가에 놓아두었던, 어제 구입한 알에 균열이 생겨나 있는 것을 라프타리아가 발견했다.

뭔가 생물의 털 같은, 깃털 같은 부드러운 물체가 균열 틈새로 엿보인다.

"그래?"

뭐가 태어날지 궁금하다. 금이 간 알을 살펴보러 간다.

빠직빠직 알의 균열이 늘어나는가 싶더니, 와작 하는 소리와 함께 알 속의 새끼 마물이 고개를 내밀었다.

"삐이!"

푹신푹신한 깃털, 머리에 알 조각을 얹은 핑크색 병아리 같은 마물과 나의 시선이 마주친다.

"삐이!"

활기차게 도약했다가, 내 얼굴에 부딪혔다. 전혀 아프지 않았지만, 뭐 이렇게 태어나자마자 기운이 넘치는 마물이 다 있나 싶다.

"이건 무슨 마물이지? 새 계열인 걸 보면 피큐피큐인가?"

피큐피큐는 별로 높이 날지 못하는, 변형된 콘도르 같은 마물이다. 그것의 새끼라면 납득이 갈 만한 생김새를 갖고 있다. 벌룬 같은 것과 비교하면 몸도 민첩하고, 부리가 있으니 성장 후의 공격력도 기대할 수 있을 것이다.

"으~응······. 저도 마물에 대해서 잘 아는 건 아니라서요."

라프타리아도 난감한 듯 대답했다.

"어쩔 수 없지. 마을 녀석들한테 물어봐야겠군."

마물상이 팔고 있는 마물이니 그렇게까지 위험한 마물은 아닐 것이다. 물어보면 대답해 줄지도 모른다. 내가 마물 병아리에게 손을 내밀자, 병아리는 내 손에 올라타서 어깨까지 달음질쳐 올라가더니 도약해서 머리 위에 도달한다.

"삐이이이."

부비적부비적 뺨을 문대고 있다. 뭔가······ 태도가 제법 깜찍하잖아.

"후후, 나오후미 님을 부모님이라고 생각하고 있는 거예요."

"뭐, 각인 효과라는 거겠지."

사전에 등록을 해 두기도 했고, 처음 본 움직이는 생물이 나였으니까 나를 부모로 여기고 있는 것이리라.

알 조각을 치워 주려 하자 방패가 반응했다. 곰곰이 생각해 보면 방패에 알 조각을 흡수시키면 마물의 종류를 알 수 있을지도 모른다. 그런 생각에, 알 조각을 방패에 먹여 보았다.

마물사 방패의 조건이 해방되었습니다.
마물 알 방패의 조건이 해방되었습니다.

마물사 방패
능력 미해방……장비 보너스, 「마물 성장 보정(소)」

마물 알 방패
능력 미해방……장비 보너스, 「요리 기능2」

……어째 생각했던 것과는 다른 방패가 나왔다. 그래도 편리해 보였으므로, 해방 중이었던 노예사 방패Ⅱ를 마물사 방패로 변화시킨다.

"뭐 좀 알아내셨어요?"

"아니, 엉뚱한 방패가 나와서 못 알아냈어."

결국 이 병아리는 무슨 마물일까. 마을 녀석들이 알고 있으면 좋을 텐데.

재건 중인 마을 안을 걸으며, 오늘은 어디서 레벨을 올릴지를 궁리한다.

역시 제일 적절한 선은 마을 서쪽에 있는 늪지대 부근이려나? 지난번에는 북서부 산을 탐색했으니 그곳 이외에 만만한 마물이 출몰하는 곳을 찾고 싶다. 그렇게 생각하던 차에 마침 마을 사람과 마주쳤다.

"아, 방패 용사님."

"좋은 아침."

"좋은 아침입니다."

이 마을에는 1주일 정도 머물렀었으니까. 파도 때 지켜준 일도 있고 해서 낯익은 얼굴이 꽤 된다.

마을 사람은 깊숙이 고개를 숙인다. 어째 괜스레 쑥스러워진다.

"삐이!"

머리 위에서 병아리가 활기차게 운다.

"오호?"

마을 사람이 내 머리 위에 얹혀 있는 병아리에게로 눈길을 돌린다.

"이건 어디서 나셨습니까?"

병아리를 가리키며 묻는다.

"마물상한테서 알을 샀거든."

"아아, 그러시군요."

"이 마물이 뭔지 알 수 있겠어?"

마을 사람은 병아리를 찬찬히 살펴본다.

"어디 보자……. 아마, 필로리알의 새끼인 것 같습니다만?"

"그 마차를 끄는 새 말이야?"

그렇다면 원래 가격보다 비싼 녀석이니 약간 이득을 본

셈이 되는데……. 뭐, 어디까지나 마을 사람의 말이 사실일 때의 얘기지만.

"네. 마을 외곽에 목장이 있으니, 원하신다면 한번 보도록 하시지요."

"그럼 한번 가 볼까."

나는 라프타리아와 함께, 그 목장을 경영하고 있는 녀석의 집을 찾아간다.

목장은 파도의 피해를 꽤 심하게 받아서 사육하고 있던 마물이 반 정도 죽고 말았다고 한다.

"그래서 결국, 이 마물은 정말 필로리알 맞아?"

목장주에게 묻자, 그는 고개를 끄덕였다.

"그렇군요. 생김새로 보아 필로리알의 새끼가 맞습니다."

목장주는 병아리를 들고 찬찬히 감정하면서 말했다.

"품종은 가장 흔한 종류인 필로알리아 종인데, 짐마차를 끌지 않으면 흥분이 가라앉지 않는 생태적 특징이 있지요."

"……그거, 생물치고는 좀 이상한 성질 아냐?"

"뭔가 문제라도?"

아아, 이자는 이 세계에서 태어난 후 지금까지 그걸 당연한 일로 여기며 생활해 왔으니 이상하다고 생각하지도 않는 건가.

으~음……. 알이나 둥지처럼 지켜야만 하는 대상을, 편리하게 운반할 수 있는 짐차 같은 무언가를 이용해서 보호하는 생태 같은 게 있는 거겠지.

"뭐, 꽝은 아니고 꽤 괜찮은 게 걸렸다는 거군."

성체 가격이 은화 200닢인 마물을 은화 100닢으로 샀다고 생각하면 딱히 나쁜 결과는 아니다.

"삐이!"

필로리알 병아리는 내 머리 위에서 울었다.

"이 녀석은 뭘 먹고 살지?"

"처음에는 콩을 삶아서 부드럽게 만든 걸 먹이지요. 잡식성이라서 조금 더 크면 아무거나 잘 먹습니다."

"그렇군. 고마워."

스스로도 놀랄 만큼 고분고분 감사를 표했다. 솔직히 지금까지는 이 세계 녀석들은 모두 적이라고만 생각해 왔었기 때문이다. 어쩌면 성에서 일어난 일…… 라프타리아에게 구원을 받은 덕분에 마음에 여유가 생겨난 건지도 모른다.

일단 마을에서 팔고 있는 삶은 콩 같은 것만 먹여도 되는 모양이다.

"이름은 어떻게 하시겠어요?"

라프타리아가 병아리를 쓰다듬으며 묻는다.

"나중에 팔지도 모르는 애완동물한테 이름까지 붙이자는 거야?"

이런 건 이름을 붙이면 애착이 생겨서 결국에는 못 팔게 되기 십상이라고 들었다.

"계속 병아리나 필로리알이라고만 부르시려구요?"

"으음……."

하긴 그건 좀 성가시긴 하다.

"그럼…… 그래, 필로라고 부르기로 할까."

"……간단하네요."

"내 맘이야."

"삐이!"

이름이 생겼다는 걸 이해한 건지, 병아리는 들뜬 목소리로 울었다.

목장주에게 감사를 전한 후, 우리는 필로용 먹이를 사고, 그 김에 아침 겸 점심 식사를 해결하고 길을 나섰다.

"오늘은 어디로 가시겠어요?"

"삐이?"

"글쎄……. 어디가 좋은 사냥터인지 아직 잘 모르니까, 내 발로 찾아다니는 수밖에 없지. 평소에 가던 것처럼 가자고."

"네."

라프타리아에게 의지할 수 있으니, 예전보다는 싸우기가 용이할 터였다.

필로는 내 머리 위에서 삐이삐이 울고 있었다. 시끄럽지만, 어쩐지 기분 좋은 시끄러움이었다.

"뭐야! 무슨 개구리가 저렇게 커!"

오늘은 류트 마을 서쪽에 있는 작은 늪지에서 마물을 사냥하기로 했는데, 처음 맞닥뜨린 마물을 본 나는 경악을 감출 수 없었다.

아니, 게임 속에서라면 종종 거대 개구리 같은 괴물과 조우하곤 했지만 그걸 현실에서 보면 놀라는 게 당연하지 않은가.

화들짝 놀랄 정도로 거대한 개구리. 빅 프로그와 조우한 나는, 저도 모르게 고함을 질렀다.

"그럼 가서 공격할게요!"

"아, 잠깐, 라프타리아!"

내가 빅 프로그의 발을 묶기도 전에 라프타리아가 앞으로 나선다.

작전상으로는 기본적으로 내가 앞서 가기로 되어 있었다. 온라인 게임에서는 처음 보는 마물에 대한 부주의한 접근은 위험을 초래한다. 우리보다 훨씬 높은 수준의 강력한 마물일지도 모르기 때문이다.

그렇게 되면 그저 부상 정도로만 끝나지 않을 것이다. 최악의 경우, 목숨으로 값을 치러야 할지도 모른다.

"에잇!"

라프타리아는 내 저지를 뿌리치고 앞장서서 빅 프로그에게 검을 휘둘렀다.

빅 프로그는 라프타리아의 공격에 흥분한 듯 포효를 내지른다.

칫! 도대체 왜 이러는 거지? 내가 앞장서서 움직임을 봉쇄한 뒤에 공격하기로 한 작전을 잊어버리기라도 한 건가?

빅 프로그가 볼을 크게 부풀리고, 라프타리아를 향해서 뾰족한 혀를 내쏜다.

"위험해!"

나는 재빨리 앞으로 나서서 빅 프로그의 공격을 막아낸다.

라프타리아가 부상을 입는 건 막아야 한다.

"삐이!"

필로도 흥분했는지, 내 머리 위에서 섀도복싱이라도 하듯이 날뛰어댄다.

"일단 내가 움직임을 봉쇄할 테니까, 좀 진정해!"

"하지만……."

"내 말 들어!"

왜 이러지? 라프타리아와 호흡이 맞질 않는다. 파도 이전에는 이렇게 호흡이 어긋난 적이 한 번도 없었는데, 이건 도대체 어떻게 된 일인가.

라프타리아가 다치기라도 하면, 죽기라도 하면, 라프타리아의 부모님을 뵐 낯이 없어지건만. 나는 라프타리아의 부모 역할을 대신하겠다고 다짐했단 말이다.

빅 프로그가 타깃을 나로 변경하고 혀를 재발사했다.

좋아! 나는 그 혀를 있는 힘껏 붙잡는다. 붙잡는 순간 쨍하는 소리가 났다.

"지금이야!"

"……알았어요!"

기다렸다는 듯이, 라프타리아는 눈을 끔벅거리는 빅 프로그에게 검을 휘둘렀다.

빅 프로그는 맥없이 절명했고, 우리에게 경험치가 들어왔다.

흐음……. 야마아라보다는 경험치가 높은 것 같다.

"후우……."

라프타리아는 어쩐지 불만스러운 표정으로 내 얼굴을 쳐다보고 있다. 보아하니 의욕이 너무 앞섰던 게 분명하다. 주의를 줘야겠다. 이럴 때일수록 자만심이 생겨나서 큰 부상을 당하기 십상이다.

"라프타리아, 최대한 조심하면서 나가자고."

"그치만 다음 파도까지 시간이 얼마 없잖아요. 한 마리라도 더 많은 마물을 물리쳐서, 더 강해지고 싶다구요!"

"아직 한 달 반이나 남았어. 무리하다가 아예 싸우지도 못하게 되는 것보다는 낫잖아."

"……그건 그렇죠. 그치만 저는 더더욱 강해지고 싶은걸요!"

일단 납득은 한 건가……?

나는 다른 용사 놈들처럼 약한 마물들이 살고 있는 곳을 모른다. 그러니까 착실하게 마물을 물리쳐 나가는 수밖에 없다.

"꾸에에에에엑!"

뭐지?! 익숙한 울음소리에 소리가 난 쪽을 돌아보니, 빅 프로그를 두 배로 확대한 것 같은 보라색 빅 프로그와 회색 도롱뇽 같은 마물이 이쪽을 향해 다가오는 게 보였다.

"삐이!"

필로가 다시 내 머리 위에서 전투태세를 취하고 있다.

너는 싸움에 아무 도움도 안 된다고. 머리 위에서 날뛰면 괜히 더 성가시기만 하기에, 갑옷 안쪽에 쑤셔 넣는다.

"삐——."

"갈게요!"

"안 돼! 내가 앞장설게!"

"나오후미 님이 다치시면 어쩌려고 그러세요?! 싸움을 시키려고 저를 사신 게 아니었냐구요!"

"내가 부상을 당할 정도의 적이라면 라프타리아는 더 심한 부상을 입을 거야. 그런 짓을 하려고 널 산 건 아냐! 처음에는 그랬지만 지금은 아니니까…… 좀 더 스스로를 소중히 여겨 줘."

"나오후미 님……."

그 순간, 나는 방패를 치켜든 채, 눈앞의 적, 애미시스트 빅 프로그와 그레이 우팔을 향해서 내달렸다. 다행히도 내 방어력을 돌파할 수 있을 정도의 공력력은 아니다. 다만 독이 있어 보이는 점액을 내쏘았으므로, 방패를 이용해서 옆으로 쳐냈다.

"됐어!"

"네!"

라프타리아의 검이 두 마리의 마물을 찌르고 베자 마물들은 손쉽게 쓰러졌다. 아마 새로 구입한 무기 덕분이리라. 갑옷도 기대한 것보다 우수한 것 같으니 무기상 아저씨에게는 고마울 따름이다.

일단 마물을 해체해서 방패에 흡수시킨다.

개구리 고기는…… 뭔가 맛도 없어 보이고, 독도 있을 것 같으니 팔 수는 없겠는데.

"삐이!"

필로가 갑옷 틈새로 기어 나오더니 마물의 시체 위에서 승리의 포즈를 취한다.

너는 아무 보탬도 안 됐잖아, 하고 한마디 해 주고 싶은 상황이지만 한창 귀여울 때니까 넘어가 주기로 하자.

오늘은 생각 외로 마물과의 조우가 잦았고, 게다가 효율적으로 사냥해 나갈 수 있었다.

이윽고 저녁 무렵에 다다랐을 때쯤 나는 필로의 변화를 깨달았다.

오늘의 결과는 다음과 같다.

나 레벨 23
라프타리아 레벨 27
필로 레벨 12

필로는 제대로 싸우지 않았는데도 경험치가 들어와서 레벨이 급상승해 있었고, 외모도 눈에 띄게 변화해 있었다.

거기까지는 좋다. 어린 아인은 레벨이 오르면 육체가 급성장한다는 얘기를 들은 바 있으니, 마물도 같은 원리로 성장이 빠른 것이리라.

하지만…… 아무리 그래도 좀…….

작은 병아리 같았던 필로가 지금은 양손으로 안아 들어도 묵직하게 느껴질 만큼 덩치가 커지고, 뭐랄까, 둥글둥글한 만두 같은 체형으로 변해 있다. 그리고 듬성듬성 깃털도 털갈이를 해서, 전체적으로 엷은 핑크색이었던 것이 복숭아색으로 변해 있었다.

천천히 깃털을 방패에 먹여 본다.

마물사 방패 II 의 조건이 해방되었습니다.

마물사 방패 II

능력 미해방……장비 보너스, 「마물 스테이터스 보정(소)」

아무리 라프타리아의 성장도 알아채지 못할 만큼 둔한 나라도 알 수 있을 만큼의 변화다.

"삐요."

울음소리도 변해 있다. 무거워서 내려놓으니 제 발로 아장아장 걷기 시작했다.

꼬르르륵…….

아까부터 계속 필로한테서 들려오는 소리에 불길한 예감이 물밀 듯이 몰려온다. 일단 먹이는 넉넉하게 사 오긴 했지만 그것도 벌써 바닥난 상태라, 잡식이라는 얘기를 믿고 길가의 풀이며 목초 같은 것을 먹이고 있다. 먹여도 먹여도 그칠 줄 모르는 식욕……. 이건 급성장의 증거이리라.

"저기…… 나오후미 님."

"나도 알아. 마물이란 참 대단하단 말이야."

하루 만에 이렇게 성장하다니……. 이만하면 이동수단 구실을 하는 것도 시간문제이리라.

그런 기대가 드는 건 좋지만 덩치만 커지고 정신은 미숙한 마물이 될 것 같아서 두렵다. 그래서 상당히 엄격한 제한을 걸어 두었다.

숙소로 돌아온 우리는 점주에게 필로를 보여주고 어디서 재우면 좋을지를 물어봤다. 그랬더니 점주는 여관 마구간으

로 우리를 안내해서, 지푸라기를 둥지 삼아 필로를 재우도
록 했다.

"응? 키메라 살점이랑 뼈를 여기에 보관해 뒀었군."

아직 부패하지 않은 걸 보면 보존성은 괜찮은 모양이다.
아니면 이세계의 괴물이라 썩지도 않는 건가?

"일단은 이렇게 매달아 둬서, 가공하기 편하게 부드러워
지기를 기다리고 있는 겁니다."

"호오……."

식용은 아니지만, 일단은 다루기 쉽게 가공은 해 두겠다
는 거군.

"그러고 나서 훈제를 하거나 말려 두고, 구입자를 모아 볼
생각입니다. 지금도 원하시는 분들께는 판매하고 있지요."

"괜찮은 것 같은데?"

꽤 큰 키메라였던 만큼 재고는 아직 꽤 남아 있는 모양이
다. 소 두 마리 분량쯤은 될까. 식용으로 쓰기에는 힘들고,
그렇다고 해서 연구 자료로 가져가기에는 양이 너무 많다.

"삐요."

꼬르륵…….

아직도 배가 고픈 건가. 마을에서 추가로 먹이를 구해다
가 먹이고 있었는데 눈 깜짝할 사이에 먹어치워 버렸다. 그
많은 먹이가 저 몸속 어디로 들어가는 건지…….

빠득…… 빠드득빠드득…….

뼈와 살이 삐걱대는 소리? 아직도 성장하고 있는 건가?

"하루 만에 이렇게까지 성장하다니……. 좀 심하게 무리하신 건 아닌지?"

점주가 걱정스러운 얼굴로 나를 보며 묻는다.

"아직 레벨 12밖에 안 됐는데 말이지."

"호? 레벨 12?"

내 대답에, 점주는 필로를 보며 놀란다.

"생후 며칠 만에 이 정도까지 성장하려면 레벨 20 이상은 필요할 것 같은데, 역시 용사님은 뭐가 달라도 다르시군요."

으~음……. 뭐, 「성장 보정(소)」가 있으니, 그 영향을 받고 있을 가능성도 부정할 수는 없겠군. 스테이터스를 확인해 보면, 볼 때마다 변동이 생긴다. 한창 성장 중인 것이리라.

"삐요!"

활기차게 우는 필로에게, 어서 쑥쑥 자라 달라고 기원한다.

필로의 머리를 쓰다듬으며 잠들기를 기다렸다가, 나는 라프타리아와 함께 방으로 돌아갔다. 그 후에는 이 세계의 문자를 익히기 위해 공부한다. 할 일이 너무 많아서 큰일이다.

4화 성장 중

이튿날 아침, 눈을 뜬 나는 밤늦게까지 공부하다 잠든 라프타리아가 깨지 않도록 조심스럽게 방을 빠져나와서 필로의 상태를 살피러 갔다.

"그아!"

내가 마구간으로 가자 굵직한 목소리가 들려온다. 필로를 살펴보니, 만두 같았던 체형이 다시 변해서 다리가 길게 뻗어 나오고 목도 길어져 있었다. 뭐랄까, 타조 같은 생김새다. 엄청난 변화다. 내가 아는 조류와는 전혀 다른 성장 속도다. 키는 내 가슴 정도. 아직 사람을 태우기는 힘들겠군.

꼬륵…….

배가 고픈 모양이다. 그래서 아침 댓바람부터 목장에 가서 먹이를 사 왔다.

하루 만에 이 정도까지 크다니……. 어쩐 무시무시할 지경이다.

"야, 넌 아직 태어난 지 하루도 안 지났다고."

"그아!"

내 몸에 살갑게 몸을 비벼대는 필로의 모습에 자연스럽게 미소가 새어 나온다.

딱히 동물에 대한 애정에 눈을 뜬 건 아니다. 더 크면 뭘 시킬까 하는 상상에 좀 고양되어 있는 것뿐이다. 마차를 끌 수 있다니까 꼭 시켜 보고 싶다.

그러고 보니 또 깃털이 새로 돋아난 듯, 자세히 보니 흰색과 연분홍색으로 이루어진 얼룩무늬가 생겨나 있었다.

청소도 할 겸 깃털을 방패에 먹여 본다.

마물사 방패Ⅲ의 조건이 해방되었습니다.

마물사 방패Ⅲ
능력 미해방……장비 보너스, 「성장 보정(중)」

으음……. 피가 아니어도 상관없었던 건가. 그럼 라프타리아의 머리카락을 한 번 더 잘라서 먹여 보는 것도 괜찮을지도 모르겠다.

필로는 태어난 지 얼마 되지 않은 새끼인데도, 활달하게 뛰어다니고, 장난을 걸어 댄다.

"그아!"

개는 아니지만, 내가 나뭇가지를 멀찌감치 집어 던지고 필로가 그걸 주워오는 놀이를 한다. 발은 상당히 빠른 듯, 나뭇가지가 바닥에 떨어지기도 전에 받아 물고 돌아왔다. 지능도 제법 뛰어나다. 그런 식으로, 라프타리아가 일어날 때까지 필로와 함께 놀았다. 일종의 청량제와도 같다니까. 이런 애완동물을 키우는 건.

생각해 보면 내 세계에도 개나 고양이 같은 건 있었고, 그것들을 보면서 귀엽다고 생각하기도 했었다.

예전에 학교에 다닐 때도, 들고양이는 경계심이 강해서 먹이를 안 주면 다가오지 않는다고 한 녀석도 있었지만 나는 순순히 잘 따랐었단 말이지. 초등학생 때는 사육부장을 했었는데, 닭에게 쪼이는 게 싫어서 꺼리던 녀석도 있었지만 나는 한 번도 쪼인 적이 없었다. 그래서 동물은 비교적 좋아하는 편이다.

"우우······. 나오후미 님이 지금까지 한 번도 보여준 적 없는 상큼한 미소를 짓고 계시다니······."

잠에서 깬 라프타리아가 나를 찾으러 와서 뭔가 불만스러운 표정으로 중얼거린다.

굳이 표현하자면 사악한 미소였을 텐데.

"왜 그래?"

"아무것도 아니에요."

"그아?"

콕콕 하고, 필로가 부리로 가볍게 라프타리아를 쫀다.

"하아······. 못 당하겠네요."

라프타리아는 웃음을 머금으며 양손으로 필로의 얼굴을 어루만진다.

"그아아······."

필로는 기분이 좋은 듯 반달 같은 눈이 되어, 자신을 쓰다듬는 라프타리아에게 다가가 몸을 비볐다.

"그럼, 오늘은 어느 쪽을 탐색해 볼까."

"글쎄요, 필로의 먹이 값도 절약할 겸, 남쪽 초원으로 가보는 건 어떨까요?"

"흐음……. 남쪽 초원이라……."

그 부근은 잡초가 우거져 있고 약초류도 풍부하다. 라프타리아의 말마따나 괜찮은 장소일 것 같다. 당장의 목적은 좋은 장비를 갖추는 데 필요한 금전이니까.

"좋아, 그럼 가 볼까."

"그아!"

"네!"

대강 이런 식으로 느긋하게 초원으로 가서 마물과 싸웠고, 레벨도 약간 올랐다.

나 레벨 25

라프타리아 레벨 28

필로 레벨 15

약초 채취와 필로의 먹이 확보에 중점을 두고 돌아다닌 탓에, 오늘의 수확은 신통치 않다. 여러 마물들을 해치워서 방패의 조건을 해방시키고는 있지만, 기껏해야 스테이터스 보너스 +1이나 +2 정도가 고작이었고.

……중급 조합 레시피가 나오는 방패는 아직 찾을 수 없

었다.

그날 저녁, 필로가 어엿한 필로리알로 성장했다.

"빠르네요……. 보통은 이 정도까지 크려면 석 달은 걸리
는데."

숙소 점주와 목장주도 놀라고 있다. 성장이 빨라도 너무
빠르다면서.

아마 「성장 보정(소)」와 「성장 보정(중)」이 걸려 있기 때
문이리라.

"라프타리아를 샀을 때 잉크를 방패에 먹여 봤으면 좋았
을 텐데……."

"그건……."

라프타리아도, 이런 식으로 성장하고 싶다고 생각하려나.

빠드득…….

뭔가 뼈가 삐걱대는 소리가 울려 퍼지고 있다. 이런 걸 성
장음이라고 하는 건가.

"그아!"

어느덧 사람을 태울 수 있을 정도로 성장한 필로가 내 앞
에 앉는다.

"태워 주려는 거야?"

"그아!"

당연한 소리라는 듯 울고, 필로는 나를 돌아보며 등에 타

라고 재촉한다.

"그럼 실례하지."

고삐나 안장 같은 것도 안 달았는데 괜찮으려나? 그런 걱정도 들었지만, 타라면 타 주는 수밖에. 방패 덕분에 몸도 튼튼해졌으니 떨어져도 다치지는 않을 테니.

탑승감은…… 깃털 덕분에 나쁘지 않다. 균형만 제대로 잡으면 문제없을 것 같다.

말은 타 본 적이 없지만, 개의 등에는 타 본 적이 있다. 어린 시절, 이웃 친구 중에 커다란 개를 키우던 녀석이 태워 주었었다. 주인도 등에 태운 적이 없었다고 했는데, 나는 흔쾌하게 태워 줬단 말이지, 그 개.

"——아!"

스윽 하고 필로가 일어선다.

"우와!"

시야가 상당히 높아졌다. 그렇구나……. 이게 필로 위에서 보이는 풍경이구나.

"그아아아!"

필로가 기분 좋게 우는가 싶더니, 내달리기 시작했다.

"어, 어이!"

"나, 나오후미 님——."

쿵쾅쿵쾅쿵쾅!

빠르다! 풍경이 순식간에 뒤로 흘러간다. 라프타리아의

목소리가 한순간에 멀어졌다.

쿵쾅쿵쾅쿵쾅!

마을을 가볍게 한 바퀴 돌고, 마구간 앞에서 멈추었다. 그
리고 필로는 주저앉아서 나를 내려준다.

"괘, 괜찮으세요?"

라프타리아가 걱정스러운 얼굴로 황급히 다가온다.

"그, 그래. 괜찮아. 그나저나 무지 빠른데."

필로는 딱히 지친 기색도 없이 자신의 깃털을 손질하기
시작했다.

생각보다 스피드가 빨라서 깜짝 놀랐다. 어쩌면 싼값에
꽤 괜찮은 마물을 건진 건지도 모르겠다.

"그럼, 오늘은 이쯤 해 두고 방으로 돌아갈까."

콱 하고 누군가가 갑옷 옷깃을 붙잡는다. 돌아보니 필로
가 부리로 내 옷깃을 물고 있었다.

"왜 그래?"

"그아아아!"

뭔가 우는 것 같은 목소리로 나를 불러 세운다.

"응?"

뭐, 별거 아니겠지, 하고 떠나려 하자 다시 옷깃을 물었다.

"왜 그래?"

"그아아!"

발을 동동 구르며, 필로는 언짢은 듯 울었다.

"으음, 더 놀고 싶어서 그래?"

라프타리아가 묻자, 필로는 고개를 가로젓는다. 말을 알아듣는 건가?

"외롭니?"

꾸벅 고개를 끄덕였다.

"그아아!"

날개를 펼쳐서 어필을 시작한다.

"아무리 그래도 말이지……."

마구간에서 자는 건 내가 싫고, 그렇다고 이렇게 큰 마물을 방까지 데려갈 수도 없다.

"잠들 때까지 여기서 같이 있어 주자구요."

"으음……. 뭐, 알았어."

이 녀석은 덩치는 크지만, 이제 고작 생후 2일. 아무래도 밤에 마구간에 홀로 방치해 두기에는 너무 이른 걸까. 그날은 마구간에서, 라프타리아와 함께 이세계의 문자를 공부했다.

필로는 우리를 쳐다보며 잠자코 둥지에 들어앉아 있다.

빠드득…….

"아……. 진짜 좀 편하게 문자를 외울 수 있는 방법 좀 없으려나!"

"그런 방법을 못 찾았으니 어쩔 수 없잖아요. 사사건건 전설의 방패에만 의존하는 건 나오후미 님을 위해서도 안 좋을 걸요."

"라프타리아. 너도 말대꾸가 많이 늘었는데."

"네. 그러니까 같이 문자랑 마법을 공부하자구요."

젠장……. 편한 길만 골라 가 봤자 좋을 건 없다는 건가.
이런 노력이 물거품이 되는 일이 없기를 기원하면서, 우리
는 필로가 완전히 잠에 들 때까지 마구간에서 공부를 계속
했다.

그 후, 방으로 들어가서 새로 얻은 약초로 약 제작에 도전
한다.

결과는……. 뭐, 레시피를 해독하지 못했으니, 예상했던
범주를 벗어나지 않았다.

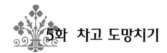

5화 차고 도망치기

이튿날 아침. 오늘은 라프타리아도 일찍 일어났으므로
같이 마구간으로 간다.

"그아!"

우리가 나타나자, 필로는 반가움 가득한 목소리와 함께
달려왔다.

"몸은 이제 어른이 된 건가?"

기분 탓인지…… 어제보다 머리 하나 크기 정도 더 커진

것 같다.

성 밑 도시며 가도에서 보던 필로리알의 외모와 별반 다를 게 없는 외모다.

색깔은 흰색⋯⋯. 그리고 약간 연분홍색이 섞여 있다. 어여쁜 색 조합이다.

"배는 안 고파?"

"그아?"

필로는 고개를 갸우뚱하며 웃는다. 응, 성장기는 이미 다 끝난 것 같군.

빠드득⋯⋯.

여전히 이상한 소리가 들린다. 너무 급성장한 탓에, 아직 몸이 성장 속도를 따라잡지 못하고 있는 건지도 모르겠다.

그 후, 아침 식사를 마친 우리는 오늘의 일정에 대해 논의했다.

마을은 현재 재건 작업에 정신없이 바쁘다.

"그아⋯⋯."

필로는 마을 안을 지나는 목제 짐차를 부러움 가득한 눈길로 쳐다보고 있었다.

"역시 저걸 끌고 싶은 건가?"

"그런 걸까요."

"무슨 일입니까, 용사님?"

내가 짐차를 가리키며 라프타리아와 의논하고 있으려니

마을 남자가 물었다.

"아아, 내 필로리알이 짐차를 쳐다보고 있기에, 끌고 싶어서 그러는 건가 하고 얘기하고 있던 참이야."

"하긴⋯⋯. 필로리알은 그런 습성을 가진 마물이니까요."

남자는 납득한 듯 고개를 끄덕이고, 내 필로리알에게로 눈길을 돌린다.

"지금 이 마을은 건물 재건이 한창이라 일손이 모자란 상태예요. 용사님, 원하신다면 짐차를 한 대 제공하는 조건으로 일을 좀 거들어주시지 않겠습니까?"

"으음⋯⋯."

나쁜 제안은 아니다. 모처럼 적합한 마물을 얻은 마당이니, 그걸 활용하지 않는 건 바보 같은 짓이다. 잘만 되면 이동 중에도 다른 작업을 할 수 있게 된다.

"무슨 일을 하면 되지?"

"재목으로 쓸 나무가 부족해서, 지금 인근 숲에서 나무를 베고 있습니다. 그걸 마을로 좀 가져다 주셨으면 합니다만."

"숲이라⋯⋯."

그러고 보니 아직 그 숲에는 가 본 적이 없었다.

"돌아오는 시간은 좀 늦어질 텐데 그래도 괜찮겠어?"

"네."

그런 얘기를 하고 있으려니, 마을 밖에서 낯익은 녀석 하나가 기룡이 끄는 마차에 타고 이쪽으로 달려왔다.

사슬갑옷에 은색 가슴 보호대를 받쳐 입고, 손에는 유난히 눈에 띄는 창.

그렇다. 모토야스와 빗치가 마차에서 내렸다.

"어~이! 마을 사람들 모두 여기 모여 봐!"

이렇게, 재건 중인 마을 한가운데서 대대적으로 사람들을 모으기 시작했다. 뒤이어 빗치가 대표로 양피지를 펼쳐 들고 대대적으로 선언한다.

"국민 여러분. 이번 파도에서 거둔 공적을 기려, 창의 용사이신 모토야스 키타무라 님이 임금님으로부터 이 땅의 영주로 임명받았음을 전해 드립니다."

하아? 영주라니, 모토야스가?

내 의문은 안중에도 없이, 모토야스는 득의양양한 얼굴로 말했다.

"자, 내가 바로, 새로운 영주로 부임한 창의 용사 키타무라 모토야스다. 왕께서는 내게 마을 재건을 부탁하셨다! 앞으로 잘 부탁한다! 우선은 재원 확보를 한 후에 자재를 구입하겠다!"

""""하?!""""

마을 사람들 대부분이 미간을 찌푸리며 곤혹스러운 표정을 지었다.

그야 그럴 만도 하다. 파도 때의 활약을 기린다고 했지만, 마을에 피해가 발생하던 때에는 아무 도움도 되지 않은 창의 용사가 뜬금없이 영주가 되겠다고 나서니 받아들일 수 있을 리가 없다.

그나저나 그 정도 공적으로 영주 자리까지 주다니. 도대체 얼마나 우대해 주는 거냐.

"영주는 저입니다만?"

이 마을 대표를 맡고 있는 녀석이 손을 들어서 질문한다. 그럴 만도 하다. 밑도 끝도 없이 그런 소리를 하는데 '네, 그러시군요.' 하면서 순순히 납득할 수는 없는 노릇이니.

아니, 국가의 결정이니 결국은 납득할 수밖에 없겠지만, 그래도 아닌 밤중에 홍두깨가 따로 없으리라.

"뭐예요? 촌민 주제에 왕의 결정에 이의라도 제기하겠다는 건가요?"

"어찌 그럴 수가 있겠습니까만 워낙 갑작스러운 말씀이고, 게다가……."

"입 다물어요!"

빗치 녀석은 여전히 건방지기 짝이 없군. 정말로 후려 패 주고 싶다.

그건 그렇고, 이 마을은 이제 모토야스 거라는 건가? 크 윽…… 그럼 또 이동해야 한다는 얘기잖아. 숙박비를 절약할 수 있으니 한동안은 여기를 거점으로 삼고 싶었는데.

"뭐야? 나오후미가 왜 여기 있는 거지?"

모토야스가 나를 발견하고 말을 건다.

"여기를 거점으로 하고 있었으니까."

"어머나? 아직도 이런 곳에 있었어요? 누가 방패 아니랄까 봐 한참 뒤처져 계시네요. 하지만 이제 이 마을은 모토야스 님이 통치하시게 됐어요. 범죄자는 냉큼 마을에서 나가세요."

열 받아!

실질적으로는 이 빗치가 지배하는 거나 다름없는 상황이잖아? 그렇다면 먼저 상상이 되는 건…….

"우선은 이 마을에 대한 출입세를 거두겠어요. 그렇게 안 하면 재건의 길이 더더욱 멀어지니까요. 세금은 마을에 들어갈 때 은화 50닢, 나갈 때 은화 50닢, 합계 금화 한 닢으로 하죠."

"안 됩니다! 그랬다가는 저희는 살아갈 길이 없습니다!"

"그게 그렇게 큰돈이야?"

모토야스 녀석, 금전 감각이 결여돼 있군.

금화 한 닢이라면…… 상당한 돈이다. 적어도 이 마을에서는, 좀 아껴서 살면 동화 스무 닢 정도면 어른 하나가 하루를 생활할 수 있다. 여관을 잡는다 해도 식사까지 포함해서 은화 한 닢이면 충분하다.

그런데 그것의 100배나 되는 금액을 출입세로 걷겠다니. 솔직히 하루 벌어 하루 먹고살기도 힘들 만큼 무거운 세율이다.

"왜 그러시죠? 우리 얘기를 받아들이지 못하겠다는 건가요?"

"그야 당연하지."

내가 이의를 제기하자 빗치가 나를 쏘아본다.

"다짜고짜 마을에 나타나서 이제부터 자기가 영주라느니, 세금을 거두겠다느니……. 생각이란 걸 좀 해 보라고."

"그러고 보니 그렇긴 해. 마인, 마을 사람들의 생활에 지장이 없을 정도만 걷어도 되지 않을까?"

모토야스가 내 말에 고개를 끄덕이고 빗치에게 묻는다.

그러자 빗치 녀석이 순간적으로 마귀 같은 얼굴로 나를 쏘아본 후, 모토야스를 향해 미소를 지어 보인다.

"이럴 때 마을 재건을 위해서는 고통을 동반한 개혁이 필수적이에요. 전임 영주는 왕의 권한으로 해고하겠어요."

"세상에 그런 횡포가 어디 있습니까!"

영주가 해고에 대해 이의를 제기한다. 물론 마을 사람들도 마찬가지다.

"헛소리 집어치워!"

"당신들이 우리한테 해준 게 뭔데?!"

"어머나, 국가의 결정에 이의를 제기하다니……. 몸으로 그 죗값을 치르게 해 드려야겠네요."

빗치가 손을 들자, 마을 외곽에서 기룡을 탄 기사가 달려온다.

무력행사에 나설 작정인가? 완전 폭군이 따로 없잖아.

모토야스 녀석도 이 사태에 당황한 표정이다. 범인은 네 놈이라고!

"정도껏 좀——."

내가 고함을 내지른 것과 거의 동시였던 것 같다.

빗치 주위에 닌자 같은 차림을 한 시커먼 집단이 나타났다.

"이건……."

"마인 양이시죠? 저희에 대해서는 알고 계시리라 믿습니다. 서찰 한 통을 가져왔습니다."

"뭐라구요?"

그리고 닌자 같은 자 중 하나가 빗치에게 양피지 한 장을 건넨다.

밀정이나 암살자 같은 건가? 이 나라에도 이런 게 있었다니.

언짢은 얼굴로 그 양피지를 읽어 나가는 빗치. 그 안색이 순식간에 창백해져 간다.

뭐야? 무슨 내용이 적혀 있는 거지?

"너희는 대체 뭐지?"

"저희는 어떤 분의 명에 따라 움직이고 있습니다. 언젠가 아시게 될 겁니다."

"아니……."

당장 대답해. 답답하게 뜸들이지 말고. 그렇게 말하려 했을 때.

"대결해요!"

빗치가 소리 높여 선언한다.

"하아?"

밑도 끝도 없이 대결이라니, 도대체 무슨 헛소리야. 모토야스도 사태 파악이 안 되는 듯 고개만 갸웃거리고 있잖아.

"우리가 소지한 드래곤과, 마을에 대한 권리를 걸고 경주 대결을 하는 거예요!"

"이봐, 무슨 소리를 하는 거야?"

그 양피지에 어떤 내용이 적혀 있는지는 모르지만 그런 억지가 통할 리 없잖아.

"안 그러면 양보 못 해요!"

빗치의 선언에 닌자 집단이 숙덕숙덕 의논을 시작한다. 그리고 영주까지 불러서 얘기를 나눈다.

"그럼 대결 제안을 받아들이겠습니다. 마을에서 제일 빠른 마물을 출전시키도록 하죠."

"아니에요."

어째선지 빗치가 내 쪽을 삿대질하며, 내가 고삐를 쥐고 있는 필로를 가리킨다.

"방패 용사를 지명하겠어요."

"그게 무슨……."

아무 상관도 없는 외부인인 나를 지명하다니, 무슨 말도 안 되는 소린데?!

영주가 내 쪽을 돌아보며 히죽 웃는다.

"방패 용사님, 모쪼록 협조를 부탁드릴 수 없을는지요? 어제 보니 용사님의 필로리알은 달리기에 상당히 자신이 있어 보였습니다만?"

"싫어!"

내가 왜 그런 성가신 일을 해야 한다는 거지?

"승리하신다면 여러모로 보수를 제공해 드리겠습니다."

"패배할 경우에는?"

"패배했을 때의 조건은 딱히……. 그리고 용사님의 필로리알은 의욕이 있어 보입니다만."

필로가 뭔가 기룡을 상대로 빠직빠직 불똥을 튀기며 눈싸움을 벌이고 있는 모양이다. 이대로 고삐를 놓으면 당장에라도 덤벼들 것 같은 기세로, 모토야스가 가진 기룡과 서로를 노려보고 있다.

"필로리알과 드래곤은 서로 사이가 나쁜 종족이라, 이렇게 대결이 벌어지면 승부욕을 불태우곤 하지요."

그것참 성가신 습성이군. 하지만, 일단 져도 손해는 없다는 얘긴가…….

"어떻게 하시겠어요, 나오후미 님?"

"으~음……."

모토야스의 영지에 있기는 싫으니, 만일 이곳이 모토야스의 영지가 된다면 마을 사람들에게는 미안하지만 거점을 옮기는 수밖에 없다.

그렇게 되지 않도록 승리해서, 한동안 여기를 거점으로 삼고 싶은 상황이다.

"알았어. 그럼 상대해 주도록 하지."

나는 마지못해 필로의 등에 올라타서 경주를 준비한다. 그리고 모토야스 쪽으로 다가간다.

"푸핫! 이런, 완전 빵 터졌네. 푸왓하하하하하핫하하!"

녀석은 그런 내 모습을 보자마자 배꼽을 부여잡고 웃음을 터뜨렸다.

도대체 뭘 보고 빵 터졌다는 건지는 모르지만, 웃음거리가 됐다는 사실만으로도 부아가 솟구친다.

"갑자기 왜 그러는 건데, 모토야스."

"아, 안 웃을 수가 없잖아! 처음에는 그냥 웬 괴상한 새를 데리고 있나 싶었는데, 설마 그걸로 대결을 할 줄은 생각도 못 했다고!"

"뭐가?"

필로리알을 타는 자세에는 문제가 없을 텐데? 그럼 내가 데리고 있던 필로리알을 뭐라고 생각했던 거지?

"촌스러워어어어어어! 드래곤도 아닌 새인 데다, 그 색깔은 또 뭐야? 그나마 회색이라면 몰라도, 연한 핑크색도 섞여 있고. 보통은 순백색이잖아. 완전히 싸구려 아냐, 이거?!"

"뭐가 보통이라는 건지는 모르겠지만……."

이 녀석의 웃음 포인트를 도무지 모르겠다.

그렇게 생각하고 있으려니 모토야스는 필로를 가리키며 다가왔다.

"그아아아아!"

필로가 모토야스의 사타구니를 겨냥해서 강인한 발길질을 날렸다.

나는 똑똑히 보았다. 싱글싱글 웃던 모토야스가 충격으로 얼굴을 괴상하게 일그러뜨린 채 나선형으로 회전하며 5미터가량 후방으로 나가떨어지는 모습을.

"으헉……."

정말이지…… 최고의 순간. 이런 장면을 목격하게 되리라고는 꿈에도 생각 못 했었다.

"꺄, 꺄아아아아아아아아아아아! 모토야스 님!"

하하, 이건 확실히 알이 터졌겠는데.

이렇게 상쾌할 수가. 이걸 본 것만으로도 필로를 산 가치는 충분했어. 역시 내 마물이라니까. 내 대신 복수를 해 준거군. 필로, 오늘 밤은 특별히 맛있는 걸 사 주마.

"그아아아아아아아아!"

"비겁해요! 모토야스 님을 공격하다니!"

"아직 경주는 시작도 안 했잖아. 애초에 함부로 접근한 저 녀석이 잘못이야."

"크윽……. 이 자식."

사타구니를 부여잡은 채 일어서는 모토야스. 비지땀으로 범벅이 돼 있는 걸 보면 꽤나 아팠던 모양이다.

나는 필로의 머리를 쓰다듬으며 맞받아친다.

"그래서? 경주는 할 거야?"

"당연하지!"

비겁한 수단을 쓰지 않는지 경계하면서 승부에 임하는 게 좋겠군.

빗치는 기룡에게서 마차를 분리하고, 모토야스가 그 기룡의 등에 올라탄다.

"대결 종목은 마을 주위 세 바퀴 돌기!"

마을 사람이 땅바닥에 선을 그어서 즉석 코스를 만든다.

"나오후미 님, 힘내세요. 필로도, 나오후미 님을 잘 부탁해요."

"알았어."

"그아!"

"기필코 이기고 말 테다!"

영주가 우리 앞에 서서 드높이 손을 치켜든다. 그 손을 내리는 게 경주 개시 신호다.

"그럼…… 시작!"

휙 하고 손을 내리는 순간에 맞추어, 우리는 내달렸다!

좋아! 스타트 대시는 거의 동시다.

성큼성큼성큼, 필로는 경쾌하게 달려간다.

응? 기본 속도에서는 모토야스의 기룡보다도 훨씬 빠른 거 아냐?

이거 완승이겠는데. 뒤를 돌아볼 수 있을 정도의 여유까지 있잖아.

"뭐 하고 있는 거야! 어서! 더 빨리 달려!"

모토야스가 필사적으로 기룡에게 명령하고 있다. 기룡도 필로에게 지지 않으려 앞으로 몸을 움직여 보지만, 아무리 애를 써도 당해내지 못한다.

스펙 면에서는 압도적으로 유리하다.

굳이 표현하자면 전동 자전거로 오토바이에 덤비는 것 같은 꼴이다. 물론 내가 오토바이이고 모토야스가 전동 자전거다. 그 정도로 속도의 차가 난다.

"그아아아아아아아아아!"

필로도 여유롭게 울음소리를 내면서 달려간다. 문자 그대로 오토바이를 타듯 바람이 갈라지고, 주위 풍경들이 순식간에 뒤로 흘러간다. 그렇게 해서 첫 바퀴는 말 다섯 마리 정도의 거리를 벌린 채 종료되었다.

"크윽!"

빗치가 부아가 치민 듯 소리를 지르는 모습이 보인다.

하하하, 이렇게 상쾌할 수가. 여유가 있다 못해 넘칠 지경이다.

그리고 마을 외곽의 관중이 시야에 들어왔을 무렵.

『힘의 근원인 내가 명한다. 다시금 이치를 깨우쳐, 내 앞에 구멍을 만들라!』

"어스 홀!"

성의 기사가 코스 이탈 여부를 감시하고 있는 부근에서, 길에 구멍이 파여 버렸다!

"비겁한 놈!"

기사는 휙 하고 고개를 돌려서 못 본 척을 한다.

덜컥하고 필로가 고꾸라져서 하마터면 낙마할 뻔했다.

"그아?!"

"기회다!"

"기회 좋아하시네! 웃기지 마!"

모토야스 녀석, 자기는 알 바 아니라는 듯이 냉큼 달려가 버린다.

그뿐만이 아니다.

『힘의 근원인 내가 명한다. 다시금 이치를 깨우쳐, 저자의 속도를 올려라!』

"패스트 스피드!"

속도 상승 원호 마법까지 걸어 주고 있다. 게다가 증거를 인멸할 꿍꿍이인 듯, 필로를 자빠트렸던 구멍은 마법으로 메워 버렸다. 이 나라 녀석들은 왜 다들 이렇게 약삭빠른 거야!

"필로, 저딴 녀석들한테 질 수는 없어! 간다!"

"그아아아아아아아아아아아!"

내 말에 필로는 벌떡 일어섰다. 그리고 아직 얼마든지 뛸 수 있다는 듯 투지를 불태우며, 아까보다도 훨씬 더 빠른 속도로 내달렸다.

눈 깜짝할 사이에 모토야스 옆을 지나 앞지른다.

"뭐야?!"

비겁한 짓을 당한다고 해서 내가 질 줄 알아?!

내 마음에 부응하듯 필로가 힘차게 내달리고, 원호 마법을 받은 기룡의 속도 따위를 가뿐하게 제치고 두 바퀴째에 돌입. 좁혀졌던 거리를 가까스로 회복한다.

나는 마침 마을 사람들이 보이기 시작한 시점에서, 항의 의사를 드러내며 기사를 삿대질한다.

이상한 낌새를 알아챈 마을 사람이 기사 쪽으로 움직인다.

『힘의 근원인 내가 명한다. 다시금 이치를 깨우쳐, 저자의 속도를 늦추어라!』

"패스트 스피드 다운!"

"그아?!"

필로의 속도가 눈에 띄게 떨어진다.

"이 자식, 작작 좀 해!"

기사를 비롯한 관계자들이 시선을 외면한다.

속도가 느려진 우리를 모토야스가 따라잡고 앞질러 나간다.

아무리 둔한 놈이라도 이쯤 되면 무슨 일이 있었는지 눈치챘을 거 아냐? 뭐 저렇게 비열한 놈이 다 있어?!

제기랄……. 이대로 일방적으로 당하기만 하는 건 열불이 뻗친다. 어떻게 한 방 먹여 줄 방법은 없는 걸까?

"그아아아아!"

이쯤 되니 필로도 짜증이 솟구쳤는지, 분노가 역력한 표정으로 고개를 깊이 숙여서 몸을 앞으로 쑥 내민 자세로 날개를 펼친다.

오! 속도가 빨라졌다. 그 대신 방향 전환이 어려워졌다. 커브에서 구석 쪽으로 밀려나고 만다.

하지만 내 게임 경험을 우습게 보면 곤란하단 말씀! 바이크 레이싱 게임에서는 체중을 실어서 회전하는 것까지 재현돼 있다 이거야!

나는 필로의 코너링을 지원하기 위해서 코너 안쪽을 향해 온몸의 체중을 싣는다. 남들이 보기에는 필로의 옆구리에 매달려 있는 것처럼 보이리라.

하지만 내 덕분에 필로는 속도를 유지한 채로 코너를 도는 데 성공했다.

좋아! 세 바퀴째에 돌입하는 동시에 모토야스를 바짝 따라잡았다.

이제 남은 건, 최고 속도로 앞지르는 것뿐.

기사 녀석도 마을 사람들의 감시 때문에 방해하지 못할

것 같으니 이제 이길 수 있을 것 같다……. 그렇게 생각했을 때, 기사가 적반하장으로 성을 내며 칼을 뽑아 들고 마을 사람들을 쫓아냈다.

아주 갈 데까지 간 놈이군. 기사가 또 방해하려고 마법을 영창하기 시작했다.

그쪽이 그렇게 나온다면 나도 다 생각이 있다.

"에어스트 실드!"

기사가 아까보다 큰 구멍을 만들어냈으므로, 나는 그 자리에 방패를 소환했다.

"달려! 필로, 그리고 네 속도를 마음껏 선보이는 거다!"

"그아아아아아아아아아아아아아!"

좋아, 이 정도면 낙승이겠군. 그럼, 이렇게 된 김에──.

"필로!"

"그아!"

약간 코스를 이탈해서 날 방해했던 기사 앞에 착지한 나는, 기사를 쏘아본다.

"우, 아……."

필로도 방해에 대한 분노를 노골적으로 드러내며 기사를 노려본다. 기사의 눈에는 아마 내가 세기말 패자(覇者)처럼 보였을지도 모르겠군.

지금껏 훼방을 놓아 온 기사를 필로의 뒷발질로 퍽 걷어차서 기절시킨다.

"Go!"

필로가 드높은 목소리로 울고, 우리는 압승이라는 형태로 골인했다.

"져, 졌다……."

"비겁해요! 부정행위예요! 재경기를 요구하겠어요!"

"비겁? 사돈 남 말 하고 있네. 네가 지시한 거 아냐?"

나는 기절해 있는 기사를 가리키며 말한다.

"무슨 소리예요?"

"저기 저 녀석이 레이스 도중에 방해 공작을 벌였다고."

"그랬었어?!"

모토야스가 자기는 전혀 모르는 얘기라는 듯 새삼스럽게 소리친다.

기회다! 라고 외친 걸 누가 잊었을 줄 알고?

"난 그런 거 몰라요. 저 사람들이 멋대로 벌인 일이니까. 그것보다 부정행위에 대한 처벌이 먼저예요!"

자기들이 지면 반칙이라는 건가? 헛소리도 작작 좀 해.

"……부정행위는 전혀 볼 수 없었습니다만."

영주의 말에, 촌민들이 하나같이 고개를 끄덕인다.

"방패 용사님의 증언대로 코스 상에 마법의 흔적이 있다고. 게다가 기사가 우리를 쫓아내려고 하기까지 했으니까, 증언도 얼마든지 해 줄 수 있어."

그렇다. 내가 기사를 걷어찬 건 증거인멸을 방해하기 위해서였다. 요란하게 날려 버린 덕분에 마을 사람들이 금방 달려왔다. 코스 상에 있는 커다란 구멍을 보면, 범인이 누군지 누구나 쉽게 알 수 있을 터였다.

"바, 방패 용사가 증거를 조작한 거예요!"

"그럴 가능성은 없수."

응? 마법상이 인파 속에서 나타나서 주의를 준다. 그러고 보니 이 마을에 손자가 있다고 그랬었지.

"방패 용사님의 마법 적성은 회복과 원호라오. 같이 다니는 아이도 빛과 어둠의 마법계니까 흙을 다루는 마법은 불가능하지."

"고작 마법상 주제에 건방지게!"

빗치가 그렇게 말했을 때, 닌자 집단이 빗치를 둘러싼다.

"보아하니 창 용사의 지지자가 부정행위를 저지른 게 명백하군요. 동행을 부탁드리죠."

모토야스가 빗치를 다독이며 내뱉는다.

"오늘은 우리가 졌어. 약속대로 이 마을을 영지로 삼는 건 포기하지."

"그래, 냉큼 꺼져 버려."

"다음엔 안 질 줄 알아."

"항상 지기만 하는 주제에 입만 살았군. 비겁한 놈!"

"난 비겁한 짓 안 했어!"

"창의 용사님, 싸움은 그만하시지요. 방패 용사님도."

닌자 집단이 제지하자 모토야스 일행은 마을을 떠나간다.

아니, 기룡이 남겨져 있다.

"방패한테 진 녀석 따위는 필요 없어요. 그냥 버리고 가세요."

뀨유…… 하고 구슬프게 울며, 기룡은 그 자리에 방치되었다.

어째 좀 불쌍한데. 딱히 이 녀석이 잘못한 것도 아니건만.

그러자 마을 사람들이 와서 기룡을 다독이고 고삐를 쥔다.

"일단은 마을에서 맡아 두기로 하지요."

"그러는 게 좋겠네요."

패배한 기룡은 타박타박 마을 사람들에게 끌려갔다.

"그럼, 승리에 대한 보수를 내놔."

"나오후미 님, 이렇게 다짜고짜요?"

"방패 용사님은 이 마을의 은인이십니다. 그렇게 무거운 세금이 부과됐더라면, 이 마을은 완전히 파멸하고 말았을 겁니다. 하지만, 며칠만 더 말미를 주실 수 없겠습니까? 그 후에 금전을 드릴 테니……."

"재건에 돈을 쓰고 있는 거 아니었어?"

"……아픈 구석을 찌르시는군요."

"재건 비용을 깎아서 나한테 보수를 주면 말짱 도루묵이잖아. 돈은 마음만 받아 두지."

쓸데없이 악연을 만들면 곤란하다. 나는 안 그래도 악명을 떨치고 있는 신세인 것이다. 이 마을에서 돈을 뜯어냈다는 소문까지 돈다면 분통 터지는 일이다.

"그럼, 확실히 편리하게 쓰실 수 있는 걸 드리지요……. 용사님께선 행상에 관심 없으신지?"

"행상?"

"네. 마을에서 마을로, 도시에서 도시로 상품을 팔러 다니는 장사꾼이죠. 용사님께선 약이며 소재를 팔아서 돈벌이를 하고 계신 것 같더군요. 관심이 있으시다면 그 부분에서 도움을 드릴 수 있을 것 같습니다만."

"흐음."

행상이라. 한마디로 약을 약재상에게 납품하는 게 아니라, 직접 팔 수 있는 이점이 있다는 건가.

이건 생각해 볼 만한 가치가 있겠는데.

지금까지는 생산자 입장에 있었지만, 행상 일을 하게 되면 판매자 측에도 들어갈 수 있게 된다. 이건 큰 이점이 될 것이다.

"다행스럽게도 방패 용사님께는 빠르고 튼튼한 필로리알이 있습니다. 마차와 행상을 하면서 도움이 될 만한 상업 통행증서를 드리겠습니다."

"상업 통행증서?"

"네. 이 나라에서는 행상을 할 때는 각 마을과 도시에 도착할 때마다 그 지역의 영주에게 일정 금액을 지불하게 돼 있습니다. 제가 드릴 상업 통행증서는 그럴 때 필요한 것이지요. 이것만 있으면 기본적으로 영주에게 돈을 지불할 필요가 없게 됩니다. 모쪼록 유용하게 사용해 주십시오."

생각해 보면 여기는 메르로마르크 국 근처에 있는 농촌이다. 교통편도 제법 괜찮은 곳이니, 이곳에서 영주 노릇을 하려면 그만한 권력이며 위엄이 필요할 것이다. 내가 파도 때마을의 피해를 최소한으로 억눌렀다는 건 류트 마을 사람이라면 누구나 알고 있다. 악명이 퍼지고 왕국의 미움을 받는 걸 감수해 가면서까지 마을 사람들을 위해 쓰디쓴 결단을 내려야만 했던 것이다. 난폭한 왕국의 폭거를 내가 물리쳐 준 덕분에, 내게 협조적인 태도를 취하게 된 걸까.

"당신의 악명이 행상에 장애가 되지 않도록 하기 위한 배려입니다. 이제 돈벌이도 수월해질 겁니다."

내 행동을 선의로 받아들여 주고 있다. 그러니 나도 솔직하게 감사를 표하기로 한다.

"고마워. 그럼 잘 쓰지."

확실히 이건 상당히 편리한 보수다. 게다가 가까운 시일 내에 필로에게 마차까지 만들어 주겠다고 했다.

다행이야. 짐차가 아니라서.

"뭐, 일단은 재건 작업에 복귀하도록 할까."

“네.”

마을 녀석들은 라프타리아와 함께 고개를 끄덕이고, 재건 작업으로 복귀해 갔다.

“그아♪”

자신이 끌 짐차가 생겨서 필로도 기분이 좋아 보인다.

“좋아! 오늘은 숲으로 출발하는 거야!”

“네!”

“그아!”

내가 갈 방향을 가리키자, 필로는 활기차게 짐차를 끌기 시작했다.

덜그럭덜그럭!

이렇게 느긋하게…….

덜그럭덜그럭덜그럭! 덜컹덜컹덜컹덜컹덜컹!

바퀴가 점점 요란한 소리를 내기 시작하고, 풍경이 순식간에 뒤로 흘러간다.

“빨라! 너무 빨라! 속도 좀 줄여!”

“그아…….”

속도를 줄이고, 필로는 불만스러운 울음소리와 함께 타박타박 걷는다.

“어째 속이 좀 울렁거려요…….”

라프타리아는 멀미가 왔는지, 짐차에 기운 없이 드러누워 있다.

"괜찮아?"

"네……. 그치만, 너무 심하게 흔들리면 좀……."

"그래? 라프타리아는 멀미를 심하게 하나 보네."

"그런 것 같아요……. 나오후미 님은 괜찮으세요?"

"나는 지금껏 멀미를 해 본 적이 없어서 말이지……."

술을 먹을 때도 안 취하고, 탈것에 타도 멀미와도 인연이 없다.

초등학교 때 버스를 타고 소풍을 간 적이 있었는데, 가방 속에 넣어 둔 만화와 라이트노벨을 읽고 있자니 옆자리에 앉았던 녀석이 내 쪽을 보면서 속이 울렁거린다고 하는 바람에 할 수 없이 자리를 바꿔 줘야 했던 적이 있었다. 그 외에도, 친척 집에 가기 위해 가족 전원이 하루 종일 배를 타고 간 적이 있었는데, 다른 가족들 모두가 뱃멀미에 쓰러진 와중에 혼자 선내에서 휴대폰 게임을 하면서 갔던 기억도 있다.

"뭐, 가는 동안 편히 쉬고 있어. 필로랑 내가 목적지까지 데려다 줄 테니까."

"그럼 그 말씀만 믿고 좀 쉴게요……."

"그아아아아아아아아아!"

"저기…… 좀 더 천천히 달려 주세요."

라프타리아의 목소리가 귀에 들어오지 않을 만큼 신난 발걸음으로, 필로는 힘차게 내달렸다.

그 후, 라프타리아는 도중에 한 번 구토를 했고, 숲에 도착했을 때는 아예 한계를 넘은 상태였다.

"우…… 우우……."

파랗게 질린 얼굴로 신음하는 라프타리아에게, 내가 좀 지나쳤구나 하고 반성한다.

"미안."

"그아……."

그건 필로도 마찬가지였던 듯, 의기소침한 표정으로 미안해하고 있다.

"저, 저는 괜찮아요……."

"전혀 그렇게 안 보이잖아. 어디 좀 쉴 만한 곳이 있으면 좋을 텐데."

"아, 방패 용사님이시군요."

숲 근처에 오두막이 있고, 거기서 나무꾼으로 보이는 마을 사람이 나왔다.

"아아, 마을 녀석들한테 부탁을 받아서 목재를 좀 얻으러 왔는데."

"저…… 일행분은 괜찮으십니까?"

"아마 안 괜찮을 거야. 좀 쉬게 해 주고 싶은데 어디 괜찮은 곳 좀 없을까?"

"그럼 이쪽에 침상이 있으니 눕히도록 하죠."

라프타리아에게 어깨를 빌려주고, 나무꾼이 안내하는 오

두막으로 걸어가서 침대에 뉘었다.

"오늘은 필로가 싸울 수 있는 범위의 적들만 가볍게 상대하는 정도만 해 두고, 되도록 화물 운반에 종사하는 게 좋겠군."

라프타리아는 멀미를 심하게 하는 것 같으니, 한동안 짐차로 폭주하는 건 자제해야겠다.

"그러니까, 미안하지만 짐차에 목재를 실어 줘. 좀 있다가 다시 돌아올 테니까."

"아, 네."

필로는 짐차를 분리한 채, 오두막 밖에서 이쪽의 모습을 쳐다보고 있었다.

"그럼 가자."

"그아!"

모토야스를 그렇게 걷어차 버릴 정도였으니까 공격력은 꽤 기대해 볼 만하다.

가볍게 숲 속을 돌아다녀 보고 와야겠다.

숲 속에 들어섰으나 의외로 마물과는 조우하지 않았다. 조용한 숲 속을 필로와 함께 돌아다닌다. 사람들이 삼림욕을 하는 게 이해가 갈 만큼, 어쩐지 공기가 유난히 맑게 느껴졌다.

그러고 보니 이 세계에 와서 이렇게 느긋하게 경치를 감상하면서 돌아다녀 본 적은 한 번도 없었던 것 같다.

왜 이렇게 여유가 생긴 걸까. 어쨌거나 고통에 일그러진 모토야스의 얼굴을 본 덕분에 지금껏 쌓였던 응어리들이 모두 날아가 버린 것일까.

……아니다.

라프타리아가 나를 믿어 줬기 때문일 것이다.

그 라프타리아가, 지금은 멀미 때문에 여기 없다.

어쩐지 쓸쓸하다.

생각해 보면 둘이 함께한 시간이라고는 고작 반달, 3주일 정도밖에 되지 않았건만, 어느새 함께 있는 것이 당연한 관계가 되어 버렸다. 라프타리아가 꼬마였던 시절이 벌써 한참 지난 과거처럼 느껴질 정도다.

라프타리아의 부모 역할을 대신하겠다고 다짐한 것까지는 좋지만, 뭘 어떻게 해야 하는 걸까. 물론 파도 문제도 걱정이다. 아직 한 달 반이나 남긴 했지만…… 어떻게 대비해야 하려나.

"멀미에 잘 듣는 약도 있으면 좋을 텐데 말이지."

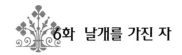

6화 날개를 가진 자

숲 산책을 마치고, 멀미 때문에 축 늘어져 있는 라프타리아를 오두막에 둔 채로, 먼저 마을에 가서 짐을 내려놓고 돌아오니, 라프타리아는 완전히 기운을 되찾았다.

"이제 좀 괜찮아?"

"네."

"빠, 빨리도 다녀오셨군요……."

나무꾼은 우리가 너무도 빨리 돌아온 것에 놀란 모양이었다.

"이 녀석 다리가 워낙 튼튼해서 말이지."

필로를 쓰다듬으면서 나무꾼에게 대답한다.

"그아!"

기운차게 대답하는 필로. 응, 넌 진짜 빨라.

"그럼 본격적으로 숲을 탐색해 볼까."

"네."

"돌아갈 때는 천천히 달려야 해."

"그아!"

빠드득…….

뭐지, 이 소리는? 성장은 분명 끝났을 텐데. 필로에게서 이상한 소리가 들려온다. 이상한 병 같은 것에 걸린 게 아니어야 할 텐데.

그날의 수확은 제법 짭짤했다. 라프타리아의 활약은 말할 것도 없고, 필로의 움직임이며 공격력에는 절로 눈이 휘둥그레질 지경이었다. 솔직히 속도와 일격의 위력만 따지자면 라프타리아보다 강할지도 모른다.

다만, 역시 라프타리아는 지나치게 앞으로 나서려고 하는 경향이 눈에 띈다.

나 레벨 26
라프타리아 레벨 29
필로 레벨 19

화이트 우사피르 실드의 조건이 해방되었습니다.
다크 야마아라 실드의 조건이 해방되었습니다.
우사피르 본 실드의 조건이 해방되었습니다.
야마아라 본 실드의 조건이 해방되었습니다.

화이트 우사피르 실드
능력 미해방……장비 보너스, 방어력2

다크 야마아라 실드
능력 미해방……장비 보너스, 민첩2

우사피르 본 실드
능력 미해방……장비 보너스, 「스태미나 상승(소)」

야마아라 본 실드
능력 미해방……장비 보너스, 「SP 상승(소)」

하나같이 스테이터스 계열뿐이다.

더 효율적으로 레벨을 올리면 성능 좋은 방패를 장비할 수 있으련만, 나는 돈이나 경험치를 효율적으로 벌어들일 수 있는 곳을 모른다. 그러니까 착실하게 능력을 해방해서 방패 전체의 저력을 끌어올리는 수밖에 없다.

해방한 능력의 합계는 어느 정도가 됐을까……. 해방한 수가 너무 많아서 가늠할 수가 없다. 애당초 오렌지 스몰 실드 같은 하급 장비는 해방한 뒤로 한 번도 사용한 적이 없다. 기껏해야 숫돌 방패처럼 전용 효과가 있는 방패를 필요할 때 사용한 게 전부다.

뭐, 적어도 오늘 찾은 네 개는 일단 해방하고 나면 다시는 쓸 일이 없으리라.

해가 기울어 갈 무렵, 우리는 필로가 천천히 끄는 짐차를 타고 류트 마을로 돌아왔다.

라프타리아에게는 탈것에 적응하는 훈련이 필요하다. 도중에 몇 번인가 속이 울렁거릴 것 같다고 했기에 쉬엄쉬엄 나아가야 했다. 결국 류트 마을에 도착한 건 해가 완전히 저문 뒤였다.

"죄송해요."

"미안해할 것 없다니까. 천천히 적응해 가면 돼."

나는 내가 생각해도 이상하다고 느껴질 만큼 멀미를 안 한다. 하지만 그렇다고 해서 멀미하는 사람의 근성을 탓할 생각은 없었다. 멀미라는 건 익숙해지면 괜찮아진다는 얘기를 들은 적이 있으니, 어서 라프타리아가 짐차에 적응하기를 바랄 따름이다. 뭐, 툭하면 폭주하는 필로가 잘못이지만.

"그아!"

이때, 이상은 이미 시작되어 있었다. 정확하게는 한참 전부터였겠지만, 우리는 그때까지 알아채지 못하고 있었다. 아니, 알고 있었으면서도 무시해 왔던 것이었다.

이튿날 아침. 나는 이상을 감지했고, 라프타리아도 나와 마찬가지로 고민에 잠긴다.

"그아아!"

마구간에 찾아갔을 때는 이미 이상이 극도에 달해 있었다.

필로가…… 누가 봐도 필로리알의 평균 덩치를 초과한 크기까지 더 커져 있었던 것이다.

필로리알의 평균 신장은 2미터 30센티미터 전후다. 이건 타조의 신장과 거의 비슷한 정도. 다만 필로리알 쪽이 더 골격이 다부지고, 얼굴이며 목이 더 크다.

하지만…… 필로의 신장은 2미터 80센티미터에 육박해 있었다.

일어서면 아예 마구간 천장에 머리가 닿을 정도다.

"나 정말 필로리알을 산 거 맞아? 필로리알이 아닌 다른 뭔가를 산 거라고 의심하고 싶어질 지경인데."

"네······. 제 생각도 그래요."

"그아!"

꿀꺽하고 필로가 뭔가를 삼켰다. 자세히 보니 마구간에 말려 두었던 키메라의 살점이 없었다. 소 두 마리 분량은 될 법한 양의 살점들이 흔적도 없이 사라져 있었던 것이다.

지금 먹은 건 마지막 한 조각인가?

"식욕이 없어진 줄 알았더니······."

"계속 먹고 있었던 거였군요!"

"그아——!"

"하하하하하하하하."

"웃을 일이 아니라고!"

자, 이걸 어쩐다······. 일단은, 외모에 대해서는 유난히 큰 개체라고 얼버무려 둘까.

삐그덕······.

여전히 성장음이 울려 퍼지고 있다.

"아직도 소리가 나잖아!"

"저기, 혹시 나오후미 님의 방패의 힘 때문에 이렇게 성장한 건 아닐까요?"

"그럴 가능성도 충분하긴 하지. 마물사 방패에도 「성장 보정(중)」이라는 보너스가 있었으니까."

"나, 나오후미 님······. 혹시 노예 방패 같은 것도 갖고 계시지 않았나요?"

"아아, 노예사 방패라는, 비슷한 보너스가 붙어 있는 방패가 있긴 해."

"저, 그 힘도 저한테……?"

"그래, 이미 해방된 지 오래니까. 라프타리아도 어느 정도는 영향을 받았지."

"안 돼애애애애애!"

라프타리아가 절규하면서 마구간 밖으로 뛰쳐나갔다.

"라, 라프타리아?!"

"어쩐지 요즘 들어 몸이 가볍다 싶더라니…… 나오후미님 때문이었군요!"

"지, 진정해!"

"저, 저도 필로처럼 거대해지는 건가요?! 무서워요!"

"너한테서는 성장음 같은 건 안 나잖아!"

"그, 그러고 보니 그랬네요. 다행이야, 정말 다행이야!"

……예측을 불허하는 상황이라는 점은 달라진 게 없지만.

우락부락한 마초로 성장한 라프타리아를 상상하며 필로에게로 시선을 돌린다.

"뭔가 무례한 상상 같은 것 하고 계신 거 아니에요?"

"이제 어쩐다……."

라프타리아의 의혹을 무시하고 얘기를 속행시킨다.

"일단 노예상한테 가서 확인해 보는 게 좋을 것 같아요."

"하긴 그렇지."

할 수 없다. 계획도 없이 성 밑 도시로 돌아가기는 싫지
만⋯⋯. 가는 수밖에 없겠지.

"그아!"

짐차를 끄는 필로와, 멀미로 악전고투하는 라프타리아를
걱정하면서 우리는 류트 마을을 떠났다. 도중에 필로가 공
복을 호소할 때면 먹이를 주고 이따금 마물과 싸우면서 가
다 보니 성 밑 도시에 도착했을 때는 어느덧 오후가 되어 있
었다.

"뭐야⋯⋯."

새삼 살펴보니 필로의 외모는 또 변해 있었다. 다리와 목
이 점점 짧아져서, 다리가 짧고 몸통이 긴 펭귄이나 올빼미
같은 체형으로 변화해 있었다.

그래도 여전히 짐차를 끄는 게 좋은지, 즐거운 표정으로
끌고 있다.

하지만 그 끄는 방식에 큰 변화가 생겨나 있었다. 전에는
밧줄로 짐차와 가슴을 연결해서 끌고 있었다. 그런데 지금은
손 같은 날개로 요령 좋게 짐차 손잡이를 붙잡아 끌고 있다.

"크에!"

우는 소리도 변하고, 색깔도 새하얗게 변해 있다.

"응?"

천천히 짐차에서 내려서 필로의 신장을 눈대중으로 재 본
다.

줄어든 거 아냐?

2미터 30센티 정도까지 신장이 줄어들어 있다. 하지만 대신 옆으로 덩치가 커져서 위압감은 더 증가한 것 같기도 하다. 나쁘게 표현하자면, 놀이공원 마스코트처럼 부자연스럽게 뚱뚱해져 있다.

"크에?"

"아니, 아무것도 아냐."

필로는 자신의 변화를 눈치채고 있는 걸까? 이건 아예 어떤 생물인지 종잡을 수도 없을 지경이잖아.

"이것 참……. 이걸 어쩌면 좋을지, 놀랍다는 말밖에 안 나오는군요. 네."

노예상 녀석, 연신 식은땀을 닦으면서 필로를 뚫어지게 관찰하고 있다.

"크에?"

상하로도 좌우로도 덩치가 커진 필로. 붙임성 좋은 타조 같던 외모는 어디로 간 건지.

"그러니까 솔직하게 대답해 줘. 이 녀석은 당신 가게에서 산 알 속에서 부화해서 나온 마물인데, 나한테 무슨 알을 판 거였지?"

내가 다그치면서 손가락을 튕기자, 필로는 당장에라도 덮쳐 들 기세로 위협한다.

"크에에에에에에!"

노예상 녀석, 뭔가 초조해하며 서류 같은 걸 연신 확인하고 있다.

"이, 이상하군요. 저희가 제공한 추첨 내역에는, 용사님이 구입하신 알은 분명히 필로리알이라고 기재돼 있습니다만."

"이게?"

"크에에에에!"

내가 꽤 큼직한 먹이를 던져 주자, 필로는 능숙하게 입으로 받아서 날름 삼킨다.

"으~음……."

그러고 보니, 아까부터 필로한테서 성장음이 들리지 않고 있는 것 같다.

이제야 신체적으로 어른이 됐다는 건가?

"아직 며칠밖에 안 지났는데 이렇게까지 성장하다니, 역시 용사님이십니다. 진심으로 경의를 표합니다."

"입에 발린 소리로 넘어갈 생각 마. 무슨 알을 준 건지나 냉큼 불어."

"저기……. 이 마물은 처음부터 이 모습이었습니까?"

"아니."

나는 필로가 태어나서 지금까지 겪은 성장 과정을 노예상에게 얘기했다.

"그럼 중간까지는 분명히 필로리알이었단 말씀입니까?"

"그래, 지금은 무슨 마물인지 감도 안 잡힐 지경이지만 말이지."

"크에?"

고개를 갸웃거리고는 뭔가 깜찍한 포즈를 지어 보이는 필로의 모습에 약간의 짜증을 느낀다.

내가 누구 때문에 이런 짓까지 하게 된 건지 알고나 있는 거냐.

"크에에에."

부비적부비적 온몸을 내게 들이댄다. 필로가 상당히 커다란 날개로 그렇게 끌어안으니, 조류 특유의 높은 체온 때문인지 솔직히 더웠다.

"끄응……."

라프타리아가 미간을 찌푸리고 내 손을 움켜쥔다.

"크에?"

어째선지 라프타리아와 필로가 서로를 마주 보고 있다.

"너희, 왜 그러고 있어?"

"아뇨, 아무것도 아니에요."

"크에크에."

나란히 고개를 가로저어서 의사 표현을 하고 있다. 도대체 왜들 그러는 거야?

"그래서? 결론은 뭐지?"

"저기…… 그게 말입죠……."

노예상 녀석, 아주 어쩔 줄 몰라 하는군.

마물을 파는 주제에, 그 마물이 어떤 식으로 성장하는지도 모르고 있는 건가?

"일단 좀 조사를 하고 싶으니, 잠시 저희 쪽에서 맡아 둬도 괜찮겠습니까? 네."

"그래. 하지만 혹시라도 해부해 보겠다면서 죽일 생각은 안 하는 게 좋을 거야."

"크에?!"

"물론 알고 있다마다요. 약간 시간이 필요한 것뿐입니다, 네."

"……뭐, 알았어. 그럼 일단 맡겨 두지. 무슨 일이라도 생기면 위자료를 청구할 테니 그리 알라고."

"크에에에?!"

내 대답에 필로가 이의를 제기하듯이 날개를 퍼덕거린다. 하지만 노예상의 부하가 필로에게 목줄을 채워서 우리로 연행했다. 내가 가까이에 있어서 그런지, 의외로 고분고분 우리 안으로 들어갔다.

"그럼 당장 내일이라도 데리러 오지. 그때까지 해답을 찾아 놓으라고."

꼼꼼하게 못을 박아 두고, 나는 라프타리아를 거느리고 텐트를 떠난다.

"크에에에에에!"

텐트를 나선 뒤에도, 필로의 우렁찬 목소리가 들려왔다.

그날 밤……. 여관에서 묵고 있으려니, 별안간 여관 점주가 나를 불렀다.

"저기, 용사님."

"응? 무슨 일이지?"

"손님이 오셨습니다."

누구지? 어리둥절한 기분으로, 손님이 기다리고 있다는 카운터로 나가 본다. 그러자 거기에는 처음 보는 사내가 있었다.

"무슨 용건이지?"

"저기, 저는…… 마물 상인의 심부름꾼입니다."

마물 상인……. 아아, 노예상 말이군. 하긴, 드러내 놓고 자기 직업을 밝힐 수는 없을 테니.

"여긴 무슨 일로 왔지?"

"저, 맡겨 두신 마물을 돌려드리고 싶다는 뜻을 전해 달라는 분부를 받고 왔습니다."

"하아?!"

필로를 맡긴 지 몇 시간밖에 안 지났는데……. 왜 벌써 돌려준다는 거지?

라프타리아를 데리고 노예 상인의 텐트로 가니, 아직까지도 필로의 울음소리가 메아리치고 있었다.

"이것 참, 밤늦게 모셔 와서 죄송합니다. 네."

노예상이 약간 피곤한 기색으로 우리를 맞이한다.

"왜 벌써 부른 거지? 내일까지 맡겨 두기로 했었잖아?"

"저도 그러려고 했습니다만, 용사님의 마물이 약간 골치 아픈 면이 있어서 말이죠."

"크에에에에에!"

철창 안에서 버둥버둥 날뛰던 필로는 우리를 발견하고 그제야 얌전해졌다.

"쇠로 만든 우리가 세 개나 박살 나고, 제압하려던 부하 다섯 명이 치료원 신세를 지게 되고, 사역하던 마물 세 마리가 중상을 입었습니다. 네."

"변상 따위 할 생각 없어."

"이런 상황에서도 금전을 우선시하시는 용사님의 태도에 경의를 표합니다. 네."

"그래서, 해답은 찾았나? 알아낸 거야?"

"아뇨……. 다만, 필로리알의 주인으로 여겨지는 개체가 존재한다는 목격 보고를 찾았습니다."

"주인?"

"정확히 말하자면, 필로리알 무리에는 그 무리를 이끄는 주인이 있다는 것입니다. 모험가들 사이에서는 꽤 유명한 이야기이죠."

보아하니 노예상 녀석은 자기가 알고 있는 정보망 안에서 뭔가 짚이는 게 없는지 샅샅이 뒤져 보고 있었던 모양이다.

야생 필로리알에는 커다란 무리가 존재하고, 그 무리를 이끄는 주인이 있다는 모양이다.

어지간해서는 사람들 앞에 나타나지 않는, 필로리알의 주인이자 왕인 개체가…… 필로인 것 아닐까 하는 얘기였다.

"흐~응."

일종의 전승 같은 건가.

마물문(魔物紋)을 해제하고 방패에 먹여 보면 사실인지 아닌지를 알 수 있겠지만, 그건 결국 필로를 죽여야 한다는 뜻이니까. 깃털이나 피를 먹여 봐도 내 마물이라서 그런지 마물사 방패밖에 안 나오고, 뭔가 아이콘에 불이 켜져도 불명이라고밖에 안 나오니…….

필요 레벨과 스킬트리가 부족하다.

"크에……?"

동료 마물은 스테이터스 마법에 종족명이 안 나온단 말이지……. 적대관계인 상대의 마물이라면 종족명이 나오지만.

"그래서, 그건 이름이 뭐지?"

"필로리알 킹, 혹은 퀸이라고들 부르고 있습니다."

"필로는 암컷이니까 퀸이겠군."

"그, 그렇지요……. 이렇게까지 용사님을 잘 따르니 이 상태로 매물로 내놓게 되면 제가 더 난처해질 지경입니다."

"……님."

"응? 방금, 낯선 목소리가 들리지 않았어?"

"글쎄요? 저도 그런 목소리가 들린 것 같습니다만."

"저, 저기……."

라프타리아가 입을 틀어막으며, 필로가 들어있는 우리를 가리킨다. 마찬가지로 노예상의 부하도 말문이 막힌 듯 그쪽을 가리키고 있었다. 나와 노예상은 무슨 일인가 싶어 고개를 갸웃거리며 그쪽을 돌아보았다.

"주인님——."

어렴풋한 빛의 잔해와 하얀 날개를 지닌 알몸의 소녀가, 우리 창살 틈으로 내게 손을 뻗고 있었다.

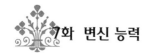

7화 변신 능력

"아저씨아저씨아저씨아저씨!"

나는 문이 닫혀 있는 무기상 문을 연신 두드린다. 그러자 약간 언짢은 표정의 무기상 아저씨가 마지못해 문을 열어주었다.

"갑자기 여긴 무슨 일이우, 형씨. 가게 문 닫은 지가 언젠데."

"지금 그런 거 따질 상황이 아니라고!"

망토를 둘러 주고 데려온, 소녀의 모습을 한 필로를 아저씨에게 보여준다.

"형씨. 좋은 노예를 샀다고 자랑하러 이 오밤중에 찾아온 거요?"

"그게 아냐!"

이 아저씨는 도대체 날 어떻게 보고 있는 거야! 이 아저씨의 머릿속에 있는 나란 녀석을 실제로 만난다면, 틀림없이 두들겨 패 줬을 것이다.

"주인님~? 왜 그래~?"

"넌 좀 잠자코 있어."

"싫어~."

젠장! 도대체 뭐가 어떻게 된 거야?!

상황 발생 후의 소동은 장난이 아니었다. 노예상 녀석은 휙휙 나를 삿대질해 가며 놀라고 있지, 그 부하 녀석은 놀라서 말도 못 하고 있지, 라프타리아도 말문이 막혀 있지, 필로는 나한테 다가오려고 인간의 모습으로 변하지……. 그러다 보니 어느새 나도 모르게 필로를 아저씨의 가게로 데려오고 있었다.

"에……엣취!"

퍼엉! 삐리이이이잉!

다시 변신해서, 두르고 있던 망토가 찢어지는 소리가 들린다.

순식간에 필로는 필로리알 퀸(가칭)의 모습으로 변했다.

이 새 자식! 그 망토도 다 돈 주고 산 거라고.

"이⋯⋯."

아저씨도 말문이 막힌 채 필로를 올려다본다. 필로는 다시 인간 형태로 돌아와서 내 손을 붙잡았다. 그 머리 위에, 겨우 원형을 알아볼 수 있는 망토가 떨어져 내린다.

"⋯⋯이제 상황을 알겠지?"

"아⋯⋯ 그래."

아저씨는 심란하기 짝이 없는 얼굴로 나를 가게 안으로 안내했다.

"그러니까 날 만나러 온 이유는, 그 애한테 입힐 장비 때문이오?"

"변신해도 안 망가지는 옷은 없을까? 아니, 애초에 도대체 왜 변신 같은 걸 하는 건데?"

"형씨. 좀 진정하슈."

그렇다. 잘 생각해 보면, 필로는 대체 왜 인간 모습으로 변하는 거지?

등에는 필로리알 때의 흔적인 듯 날개가 돋아 있는 데다, 금발 벽안의 소녀이기까지 해서 마치 천사 같다. 게다가 '귀여움'을 그림으로 그려 놓은 듯 가지런한 이목구비까지. 나이는 열 살 전후. 처음 만났을 때의 라프타리아보다 약간 작은 몸집이다.

꼬르르륵……. 고전적이기 짝이 없는 배곯는 소리가 인간 형태의 필로에게서 울려 퍼진다.

"주인님~, 배고파."

"참아."

"싫어~."

"일단 내 저녁밥이라도 먹으련?"

그렇게 말하더니, 아저씨는 가게 안쪽에서 냄비를 가져온다. 무슨 국 같은 것인 모양이군.

"그러지 마──."

"아아아아, 잘 먹겠습니다~."

필로는 아저씨한테서 냄비를 빼앗아 들고, 그 안에 든 것들을 모조리 입안에 털어 넣었다.

"으~응…… 맛은 별로인 것 같네~."

냄비를 아저씨에게 돌려준다. 아저씨도 아연실색한 채 나를 쳐다보았다.

"저기, 미안해."

"형씨, 나중에 밥 한 끼 사슈."

점점 더 수렁으로 빠져들어 가잖아!

"어디 보자……. 변신 기술을 가진 아인들이 입는 옷이 있었던 것 같은데……. 아니, 무기상이 아니라 옷가게로 가야 할 거 아뇨, 형씨."

"이 한밤중에, 알몸인 여자애를 데리고 일면식도 없는 옷 가게에 가라고? 그것도 마물로 변신하는 여자애를?"

"하긴 그렇긴 하지……. 잠깐 기다리슈."

아저씨는 가게 안쪽으로 가서 부스럭부스럭 상품들을 뒤 적거린다.

"사이즈가 맞을지 어떨지도 모르고, 유행이 지나도 한참 지난 옷이니까 큰 기대는 하지 말라고."

"알았어."

결국 아저씨가 가게 안쪽에서 나온 건, 그 후로 한동안 시 간이 지난 뒤였다.

"미안하구려. 찾아봤는데, 변신 후의 사이즈에 맞을 만한 옷이 없어."

"뭐, 라고?!"

의지할 곳이라고는 여기밖에 없었는데……. 난 도대체 이제 어떡해야 하는 거지? 언제 알몸으로 변해서 나한테 달 라붙을지 모르는 이 꼬마에게 아무런 옷도 입힐 수 없다는 건가. 이제야 간신히 좀 개선되기 시작한 내 평판이 또다시 곤두박질치고 말 거다.

"주인님~."

"어이, 변신하지 마!"

노예문을 사용해 보려고 했지만, 인간으로 변신하는 걸 금지시키는 항목은 없었다. 마물이 인간으로 변한다는 현상

자체가 워낙 드물기 때문이리라.

"싫어~."

얘는 도대체 뭘 어쩌고 싶은 거야?!

게다가 내가 하는 말을 사사건건 거부한다. 반항기인가? 태어난 지 며칠 되지 않았으니 벌써 반항기가 온 것도 아닐 텐데.

"그치만…… 필로가 본래 모습으로 있으면 주인님이 같이 자 주질 않는걸."

필로는 내 손을 꼭 쥐며 활짝 웃었다.

"내가 왜 너랑 같이 자야 하는데……?"

"외로우니까."

"아……. 뭐랄까, 형씨도 참 고생이 많수다."

나는 애를 보러 이 세계에 온 게 아닌데……. 뭐, 라프타리아의 부모 노릇을 대신하겠다고 마음먹고 있긴 하지만.

"그러고 보니 라프타리아는 어디 갔지?"

"이제야 간신히 따라잡았네요."

라프타리아가 거칠게 숨을 몰아쉬며 가게 안으로 들어온다.

"갑자기 그렇게 뛰쳐나가 버리셔서……. 얼마나 찾았다구요."

"아아, 미안."

"아~, 라프타리아 언니."

필로가 명랑하게 손을 흔든다.

"주인님은 안 넘겨줄 거야."

"애도 참, 무슨 소리를 하는 거예요!"

"뭘 또 넘기느니 마느니, 내가 너희 물건인 줄 알아?"

"그치만 주인님은 필로의 아빠잖아?"

"아니……. 사육자야."

"다른 거야? 그럼 라프타리아 언니는?"

"라프타리아는 내 딸 같은 존재야."

"아니에요!"

"응~? 잘 모르겠어……."

"어쨌거나, 딱 맞는 옷이 없는지 찾아볼 테니까 오늘은 이만 돌아가."

"그래, 미안하게 됐어."

"잘 먹었어~."

"나 원 참……. 형씨는 항상 나를 놀라게 만든다니까."

무기상을 떠나서 휘적휘적 여관 쪽으로 걸어가려는데, 라프타리아가 나를 불러 세웠다.

"아, 노예…… 마물 상인이 와 달라고 전해 달라던데요."

"응? 그러지."

우리가 텐트로 돌아가자, 노예상은 기다렸다는 듯 나와서 맞이했다.

"이것 참, 놀라운 전개였지 뭡니까. 네."

"그러게."

망토를 두른 필로를 가리켰다.

"필로리알의 왕은 고도의 변신 능력을 갖고 있었던 겁니다. 그 덕분에 여러 종류의 필로리알로 변신해서 사람들의 이목을 피하고 있었던 게 아닌가 하는 것이 저희의 인식입니다."

그렇군……. 필로리알의 왕은 필로리알의 보스라는 걸 한눈에 간파당하지 않도록 변신을 이용해서 숨는 습성을 가지고 있고, 지금은 그 습성을 응용해서 인간의 형태로 변신했다는 얘기인가.

"이것 참, 연구가 미진한 필로리알의 왕을 이 눈으로 보게 될 줄이야, 정말이지, 용사님의 수준 높은 마물 육성 능력에 감탄할 따름입니다. 네."

"하?"

"평범한 필로리알을 여왕으로 성장시켜 내다니……. 어떻게 성장시키면 여왕으로 만들 수 있는 겁니까?"

……노예상의 목적을 알아냈어.

이 자식, 필로리알을 왕으로 만드는 방법을 나한테서 캐내서 양산할 꿍꿍이가 분명하다. 필로리알의 왕은 상당히 희귀한 마물로 분류될 테고, 변신 능력까지 갖고 있다. 비싼 값에 팔면 떼돈을 벌 수 있을 것이다.

"아마 전설의 방패가 가진 능력 덕분 아닐까."

성장 보정의 힘 덕분에 이렇게까지 성장한 것이리라 추측한다. 그 가설이 아니면 설명할 길이 없다.

　"그런 식으로 어물쩍 넘어가는 용사님의 언변에 정말이지 전율이 느껴지는군요. 어느 정도의 금전을 드리면 가르쳐주시렵니까?"

　"그런 뜻으로 한 말 아니라고!"

　"그럼, 필로리알을 한 마리 더 드릴 테니 한번 키워 보시……."

　"필요 없어!"

　이 이상 필로리알이 늘어나면 내 지갑이 거덜 날 거다. 안 그래도 필로의 옷 등등 고민거리가 산더미인데, 더 이상 식비가 늘어나면 배겨낼 재간이 없다.

　"하아……. 다른 가능성이 있다면, 그것 정도겠지."

　"그거라니 뭘 말씀하시는 겁니까."

　으……. 노예상 녀석, 눈이 초롱초롱 빛나잖아. 재수 없게.

　"파도 때 물리친 거물의 고기를 이 녀석이 먹었거든. 그래서 그 영향을 받았을 가능성도 부정할 순 없어."

　뭐, 내가 생각해도 억지로 쥐어짠 가설인 것 같은 느낌이 든다. 하지만 필로가 키메라의 고기를 먹은 것 자체는 사실이니까 완전히 허튼소리도 아니다.

　"흐음……. 그렇다면 어쩔 수 없군요."

　노예상 녀석도, 그 말을 믿을 수는 없으나 내가 대답을 꺼리니 어쩔 수 없다는 태도로 물러선다.

"필로리알은 언제든지 드릴 테니 얼마든지 시험해 보십시오. 네."

"될 수 있으면 거절하고 싶은데……."

"만약 다루기 쉬운 개체로 육성해 주신다면 돈은 충분히 드리지요."

"흠, 여유가 생기거든 생각해 보지."

스스로가 수전노가 돼 가고 있다는 건 전부터 느끼고 있었지만, 그 느낌은 방금 그 한마디를 통해 확신으로 바뀌었다.

"그나저나 어떻게 하시겠습니까."

"뭘?"

필로가 대화에 끼어들어서 어리둥절한 얼굴로 묻는다.

"당신에 대한 처우 말이에요."

"주인님이랑 같이 잘래~."

"그건 안 돼요!"

"아~, 치사해~! 라프타리아 언니 혼자 주인님을 독차지하려구 그러다니~."

"그런 적 없어요!"

도대체 왜들 이렇게 난리를 피우는 건지…….

"자, 그럼 필로는 여관에 딸려 있는 마구간에서 자도록 해."

"싫어~!"

새 주제에 그렇게 단호하게 거부하다니.

"주인님이랑 같이 잘 거야~!"

이건 어린애가 부모랑 같이 자려고 하는 응석이랑 같은 거로군…….

"그렇단 말이지. 그럼 어쩔 수 없지."

"나오후미 님?!"

"여기서 계속 거절해 봤자 계속 떼를 쓸 테니, 어느 정도는 맞춰 줘야 할 거 아냐?"

"그야…… 그렇긴 하지만…….."

라프타리아는 수긍할 수 없다는 듯 중얼거린다.

"하지만, 사람들 앞에서 알몸으로 변하면 절대 안 돼."

"네~에!"

정말 알고 하는 대답인가? 뭐, 상관없다. 내일 무기상 아저씨가 어떻게든 해결해 주기를 기도하는 수밖에.

그 뒤 숙소로 돌아가서, 점주에게 추가 숙박비를 지불하고 방으로 돌아왔다.

필로가 인간 형태로 변신하는 바람에 공부나 조합을 할 여유가 모조리 사라져 버렸다.

"와아! 침상 되게 푹신푹신하다~!"

침대 위에 뛰어 올라가서 쿵쿵 뛰는 필로에게 주의를 주면서, 오늘은 일찌감치 자기로 했다.

……더워! 왜 이렇게 더운 거지?!

"으으……."

몸이 마음대로 움직이질 않는다. 왜 이런 거야?

머뭇머뭇 눈을 뜨니, 시야가 온통 새하얗다. 깃털에 감싸여 있었던 것이다.

"쿠~울……. 쿠~울……."

이 침대, 호흡을 하고 있잖아!

천천히 고개를 드니, 내가 지금 침대가 아니라 원래 모습으로 돌아온 필로의 배 위에서 자고 있었음을 알 수 있었다. 어느 틈엔지 본래 모습으로 돌아온 필로가, 침대에서 떨어져서 나를 끌어안고 잠든 모양이었다.

"일어나! 이 돼지새!"

누가 원래 모습으로 돌아오랬어?!

"싫어~잉."

이 녀석, 본래 모습으로 돌아온 상태에서도 말을 할 수 있게 됐잖아.

"뭐, 뭘 하고 계신 거예요!"

라프타리아가 잠이 덜 깬 얼굴로 내 쪽을 보며 소리친다.

"오오, 라프타리아, 나 좀 도와줘!"

두들겨 패도 이 녀석은 안 깬다. 그건 단순히 내 공격력이 부족하기 때문이지만.

"일어나요, 필로!"

"음냐음냐…… 주인님~."

뒹굴 하고 필로가 바닥에서 뒤척인다.

삐걱삐걱 불길한 소리가 들려온다. 목재 바닥의 내구성으로는 버티기 버겁다.

"일어나!"

하지만 필로는 나를 끌어안은 채, 일어날 생각을 하지 않는다.

"일어나라구요!"

라프타리아가 완력을 발휘해서, 나를 끌어안고 있는 필로의 팔을 가까스로 풀어낸다. 나는 그 틈을 놓치지 않고 힘겹게 탈출했다.

"후우…… 아침부터 꼴이 말이 아니군."

"음냐?"

끌어안고 있던 내가 사라진 것을 느끼고, 필로가 눈을 떴다. 필로는 나와 라프타리아가 자신을 노려보고 있는 걸 깨닫고 고개를 갸웃거린다.

"왜들 그래?"

"일단 인간형으로 변신부터 해!"

"우~, 일어나자마자 아침부터~?"

크윽! 이 수단만은 쓰고 싶지 않았지만 할 수 없지!

나는 스테이터스 마법에서 마물 아이콘을 선택, 금칙사항 중 '내 명령에 절대적으로 복종한다' 라는 사항에 체크한다. 이렇게 하면 어떤 명령이든 따를 수밖에 없다.

"인간형으로 변신해!"

명령이 필로를 향해 울려 퍼진다.

"에엥……. 주인님이랑 좀 더 같이 자고 싶어~."

내 명령을 거스른 탓에, 필로의 복부에 마물문이 떠오른다.

"어?"

"말을 안 들으면 쓰라린 맛을 보게 될 걸."

붉게 빛나는 마물문이 필로의 몸을 침식해 나간다.

"싫어~!"

필로의 날개에서 뭔가 기하학적인 문양이 나타나서 마물문 쪽으로 날아간다.

슈욱 하는 소리와 함께 마물문이 침묵했다.

"엉?"

나는 마물 아이콘을 확인한다. 어째선지 금칙사항으로 설정했던 항목이 해제되어 있다. 다시 체크해 보려고 했지만, 아무리 건드려 봐도 바뀌지가 않는다. 주인 말을 안 듣는 마물이라니 이게 무슨 소린가.

젠장! 나는 마물이 주인의 명령을 따른다는 얘기를 듣고 마물을 산 거였다고.

노예상…… 지금 당장 네놈한테 가 주마. 모가지 씻고 기다리고 있어라.

# 8화 사탕과 채찍

"노예상!"

나는 날이 밝자마자 노예상의 텐트로 쳐들어갔다.

"아침부터 왜 이렇게 소란이십니까, 용사님. 네."

"네놈이 건 마물문이 불량품이었어. 잘못 대답했다간 내 위험한 노예랑 마물이 여기서 날뛸 줄 알아. 안 그래, 필로?"

"필로는 배고프니까 나중에 할래."

"……그렇게 계속 기어오르면 너를 아침밥으로 잡아먹어 버릴 줄 알아."

필로에게 건 마물문이 도통 뜻대로 발동하지 않고, 게다가 해제도 안 된다.

"으음? 그게 대체 무슨 말씀이신지?"

나는 아침에 일어났던 일을 노예상에게 설명한다. 마물문이 봉쇄된 후가 더 문제였다. 고생 끝에 가까스로 필로를 다독여서 인간 형태로 변신시키고, 이렇게 곧바로 텐트로 찾아온 것이었다. 라프타리아도 필로가 이상한 짓을 하지 않는지 항상 신경을 곤두세우느라 마음고생이 이만저만이 아닌 모양이다.

"아무래도 필로리알 퀸은 통상적인 마물문 정도는 충분히 해제할 수 있는 모양입니다. 네."

"무슨 말이지?"

"고위 마물은 통상적인 마물문으로는 속박할 수 없습니다. 그래서 추첨의 경품인 기룡에게는 특별한 마물문을 새겨 넣죠."

"한마디로, 이 녀석한테는 통상적인 마물문이 안 통한다?"

"네."

노예상 녀석, 새로운 사실에 약간 흥분한 기색으로 수첩인지 뭔지에 끄적끄적 뭔가를 적어 넣고 있다.

"그래서, 그 특별한 마물문은 새겨 줄 수 있는 거야?"

"아뇨, 그건 서비스 범위 밖입니다. 네."

"뭐가 어째?"

"아무래도 비용이 적지 않게 들어서 말입니다. 서비스로 제공하기에는 좀 곤란합니다. 저희 쪽의 손해가 한계에 가까워서 말입죠."

더 이상의 서비스는 제공할 수 없다는 건가. 뭐, 지금까지 그렇게까지 손해를 입었다면 어쩔 수 없긴 하지만…….

"얼마지?"

"용사님의 장래에 대한 기대를 담아, 아주 저렴하게 은화 200닢으로 해 드리면 어떻겠습니까?"

크으으으윽……. 비싸다.

"조금만 더……."

"참고로 시세는 최저가가 은화 800닢입니다. 저는 용사님께 많은 기대를 하고 있으니, 거짓말은 절대 안 합니다."

크억! 내 정신에 막대한 대미지가 가해졌다.

패배를 인정하고, 유감스럽기 짝이 없지만, 노예상에게 은화 200닢을 건넨다.

"만에 하나 거짓말이라면 내 위험한 부하들이 네놈을 핏덩이로 만들어 버릴 줄 알아."

"그야 물론 알고 있다마다요."

어느 틈엔가 필로리알 퀸의 모습으로 변해 있는 필로. 손을 잡듯이 그 커다란 날개를 붙잡은 라프타리아가 필로를 데려온다.

"거기 얌전히 서 있어야 해, 필로."

"왜에~?"

"얌전히 있으면 나중에 맛있는 걸 사 줄게."

"진짜?"

"그래."

필로는 눈을 초롱초롱 빛내며, 노예상이 지시한 자리에 얌전히 서 있다.

좋아, 마법을 건다면 지금이 적기다. 나는 노예 상인에게 눈짓으로 신호를 보낸다. 노예상도 고개를 끄덕이고, 로브를 뒤집어써서 얼굴을 가린 부하를 열두 명이나 불러 필로를 둘러싼다. 그리고 정체불명의 약품을 바닥에 흘리는가 싶더니, 필로를 향해 전원이 마법을 영창하기 시작했다. 이

옥고 바닥이 빛을 내뿜고, 필로를 중심으로 마법진이 전개된다.

"어, 뭐, 뭐야~?"

버둥버둥 필로가 저항을 시도하지만 뜻대로 되지 않고, 마법진이 필로를 침식한다.

"아, 아파——아! 그마——안!"

필로는 마물문 갱신에 따른 고통 때문에 발버둥을 쳤고, 그럴 때마다 일렁일렁 마법진이 뒤흔들린다.

노예상의 부하들 사이에서 경악에 찬 탄성이 터져 나왔다.

"최대한 신중을 기해서 여러 사람을 동원해서 마법 속박을 펼쳤습니다만…… 이 정도 중압 속에서도 움직일 수 있다니 장래가 두려울 지경이군요, 네."

그러고 보니 아직 레벨도 19밖에 안 됐으니까. 이러다가 70 정도까지 레벨이 오르면 얼마나 더 강해지는 걸까. 노예상의 말도 수긍이 간다.

이윽고 마법진이 필로의 복부에 완전히 새겨지고 모든 것이 잠잠해졌다.

"끝났습니다, 네."

내 시야 속에도, 전보다 더 고도의 지시를 내릴 수 있는 마물 아이콘이 표시되어 있다. 나는 망설이지 않고, 내 명령에 절대적으로 복종한다는 항목에 체크했다.

"하아…… 하아……."

필로는 거칠게 숨을 몰아쉬며 내 쪽으로 걸어온다.

"주인님, 너무해~. 필로가 얼마나 아팠다구~."

나는 스스로가 사악하게 웃고 있는 것을 자각하며 필로에게 명령한다.

"우선 인간 형태로 변신해."

"에~, 너무 아팠으니까 싫어~. 맛있는 거 줘~."

내 지시를 얕보는 투로 명령을 거부하고 도리어 음식을 달라고 조르는 필로의 마물문이 빛을 내뿜는다.

"에, 싫어! 뭐야, 싫어싫어."

필로는 마물문을 향해 뭔가 마법을 날려 보내지만, 이번에는 그 마법이 튕겨나가고 저주가 발동했다.

"아파, 아파, 아파!"

필로는 마물문에 의한 고통에 나뒹군다.

"내 말을 안 들으면 더 아파질걸."

"아파, 아파! 우우……."

마지못해 인간형으로 변신하는 필로. 그러자 마물문의 빛이 사그라졌다.

"흐음……. 이번에는 제대로 발동하는군. 잘했어, 노예상."

"네, 상당히 강력한 문양이니, 쉽게 건드릴 수 없을 겁니다. 네."

나는 쓰러져 있는 필로 앞으로 나서서 말한다.

"너는 은화 100닢, 그리고 그 마물문이 200닢. 도합 은화 300닢을 소비했어. 그러니까 그 돈값을 할 때까지는 내 지시에 따라 줘야겠어."

"주, 주인님~."

필로가 비틀비틀 내게 손을 내민다. 순진한 얼굴을 한 어린아이에게 이런 소리를 하는 것도 어쩌 양심에 찔리지만, 나도 버릇없는 녀석을 그냥 방치해 둘 수는 없는 노릇이다.

"내 말 들어."

"시, 싫어~."

"그래, 싫단 말이지? 끝끝내 내 말을 안 따르겠다면, 이 자리에서 저 무서운 아저씨한테 너를 팔아넘기는 수밖에."

"······?!"

필로 녀석은 이제야 자신의 입장을 깨달았는지 공포로 얼굴이 일그러진다.

노예상 녀석은 난처해하는 것 같기도 하고 기뻐하는 것 같기도 한 기묘한 표정으로 나를 쳐다보고 있군······.

"이 정도 녀석을 팔면 얼마 정도 줄 거지?"

"글쎄요. 워낙 희귀한 개체이니 문제 발생 시의 보상금까지 포함해서 금화 30닢을 내서라도 구입하고 싶군요. 강력한 마물문을 심어 두었으니 이제 날뛰지도 않을 테고, 사용할 방법은 얼마든지 있으니까요."

노예상 녀석, 매매하는 건 곤란하다고 제 입으로 말했던 주제에 기다렸다는 듯이 가격을 붙이고 있잖아. 본심이 어떤지는 모르지만 이 녀석의 손에 넘어가면 필로의 인생은 끝장이겠군.

그나저나 필로 녀석, 엄청나게 겁먹은 얼굴로 나를 올려다보고 있네.

이거 난감한데……. 사라진 줄 알았던 내 양심이 활성화되고 있어. 하지만 필로의 태도에 따라서는, 정말로 그런 미래를 선택해야 할 것이다.

나는 다정한 오빠도 아니고, 애완동물을 애지중지하는 사육자도 아니다.

"들었지? 다음에는 네가 아무리 날뛰어도 난 데리러 안 올 거야…… 엄~청나게 쓴 약을 억지로 먹고, 갖가지 방법으로 몸을 조사당한 끝에…… 결국엔 죽게 되지 않을까?"

"시, 싫어——!"

필로는 커다란 목소리로 거부한다.

"주인님~, 필로를 미워하지 마~!"

내 다리에 매달려서 애원하는 필로.

크윽! 이건 좀 견디기 힘든데…….

"내 말을 고분고분 잘 들으면 안 미워해. 그러니까 앞으로는 말 잘 들어야 해."

"으, 응!"

"그래, 좋아. 그럼 방에서 잘 때는 절대로 원래 모습으로 변신하지 마. 이게 첫 번째 약속이야."

"응!"

해맑게 미소 짓는 필로의 모습에 얼마 남지 않은 내 양심이 쑤신다.

그래서 필로에게서 시선을 옮기니 노예상이 득의양양한 태도로 희희낙락 웃어 대고 있다.

"눈부실 정도로 사악한 그 태도에 전율이 이는군요. 당신이야말로 진정한 전설의 방패 용사십니다!"

찬사의 관점이 어긋나 있는 것 같은 기분이 들지만……그걸 트집 잡기도 좀 거시기한데.

"나오후미 님……. 이건 좀 심한 것 아닌지……."

"이렇게라도 안 하면 이 녀석은 내 말을 안 들으니까. 너도 처음에는 그랬었잖아."

내 대답에 라프타리아도 고개를 끄덕인다.

"그러고 보니 그랬었네요."

"떼를 쓰더라도 용납이 되는 것과 안 되는 게 있는 법이야."

그걸 결정하는 게 주인인 나라는 건 굳이 말하지 않는다.

"사탕과 당근이군요. 알겠습니다. 네."

"노예상, 당신한테 한 얘기 아냐."

게다가 멋대로 날 이해하지 마.

"여러모로 신세를 졌군."

"그렇게 생각하신다면, 모쪼록 저희가 마련한 필로리알을 다루기 쉽게 육성을 좀——."

"아, 오늘은 아직 갈 곳이 더 남았어. 그러니까 이만 가 보지."

"절대로 저희의 페이스에 말려들지 않고자 하는 용사님의 결연한 의지에 경의를 느낍니다."

이렇게 대화를 마친 우리는 텐트를 떠났다.

9화 상

필로에게는 일단 내 망토를 둘러 주고 무기상으로 향했다.

"아, 형씨."

내가 오기를 기다렸다는 듯 아저씨가 손을 든다.

"무슨 일 있었어?"

"그래. 조금만 기다리슈."

무기상 아저씨는 그렇게 말하고, 일단 가게 문을 닫고 우리를 안내한다. 그리고 그가 우리를 안내해 간 곳은 우리에게 마법서를 주었던 그 마법상이었다.

"어머나."

무기상 아저씨와 함께 가게에 들어서자, 아줌마는 명랑하게 웃으며 우리를 맞이한다.

"가게 안쪽으로 좀 들어가겠수?"

"필로, 내가 허락할 때까지 원래 모습으로 돌아가면 안 돼."

"네~에."

마법상 안쪽으로 들어가니 그곳에는 생활의 향취가 물씬 풍기는 방과 작업장 같은 방이 있었다.

아줌마가 우리를 안내해 간 곳은 작업장 같은 방이었다.

천장은 3미터 정도는 돼 보일 정도로 높다랗다. 바닥에는 마법진이 그려져 있고, 그 중앙에는 수정 구슬이 들어앉아 있다.

"미안하우. 작업 중이라 방이 좀 비좁구려."

"아니…… 그것보다 얘가 입을 만한 옷을 여기서 팔긴 하는 거야?"

"아침 댓바람부터 지인한테 물어보니, 마법상 아줌마가 좋은 걸 팔고 있다고 그러더라고."

"바로 그거라니까~."

아줌마는 수정을 치우고, 받침대 위에 낡은 디자인의 미싱 같은 도구를 올려놓는다.

실 감는 기계였던가? 잠자는 숲 속의 미녀 같은 동화에 나왔던 그거.

"저 아이, 정말 마물 맞아?"

"그래. 그래서 본래 모습으로 돌아가면 옷이 찢어져. 필로, 원래 모습으로 돌아가."

이 정도 공간이면 본래 모습으로 되돌려도 괜찮겠지.

"응."

내가 지시하자 필로는 꾸벅 고개를 끄덕인 후, 망토를 벗고 원래 모습으로 돌아간다.

"어머나, 굉장해라. 방패 용사님이 데리고 다니던 필로리알이었구려."

마법상 아줌마는 필로리알 퀸의 모습으로 돌아간 필로를 놀란 얼굴로 올려다본다.

"이제 됐어?"

목소리는 필로의 것 그대로라 뭐라 형언할 수 없이 이질적인 광경이 된다. 이런 생물과 대화가 성립한다는 것도 판타지 세계에 갔을 때의 정석적인 상황이지만.

그때 문득, 라프타리아 쪽으로 시선이 향한다.

"왜 그러세요?"

"아무것도 아냐."

그러고 보니 라프타리아도 아인이다. 곰곰이 생각해 보면 로망을 느끼던 시절의 나였다면 엄청나게 흥분할 만한 상대였는지도 모른다. 그런 의미에서 보면 결투 때 모토야스가 라프타리아에게 보인 반응도 수긍이 간다.

지금의 내 입장에서는 이미 다 지난 과거의 얘기지만.

"그럼 옷을 만들어 볼까."

"만들 수 있는 거야? 변신해도 안 찢어지는 옷을."

"글쎄……. 정확히 말하자면, 옷이라고 부를 수 있는 건지 어떤지 모르겠지만 말이지."

"엉?"

"용사님 눈에는 내가 뭐 하는 사람으로 보이시우?"

"마법상…… 마녀 같은 사람처럼 보이는데."

"그렇다오. 그러니까 변신에 대해서는 다소의 지식이 있단 말씀이지."

이 세계의 상식에 대해서는 그다지 잘 알고 있다고는 할 수 없지만…… 내가 아는 만화나 게임 속에서는 마녀 중에 동물로 변신할 수 있는 자도 있었다.

"뭐, 동물로 변신하는 건 상당히 귀찮은 수순과 막대한 마력, 그리고 위험을 수반하는 거긴 하지만 말이지. 변신이 풀릴 때마다 옷을 만드는 건 귀찮지 않겠수?"

음? 그렇다면 마법사라면 변신도 가능하긴 가능한 모양이군.

마법상은 재봉용 목제 도구를 만지작거리며 대답한다.

"자기 집 같은 곳에서 원래 모습으로 돌아올 수 있으면 다행이지만, 낯선 곳에서 변신이 풀려 버린다면 보통 일이 아니니까."

"뭐, 그건 그렇겠지."

가장 큰 문제는 아무래도 옷이리라. 알몸으로 돌아다니면 눈에 띄기 마련이니까.

"그러니까 변신이 풀려도 문제가 생기지 않도록, 변신이 풀려서 인간으로 돌아오면 원래 입고 있던 상태로 돌아갈 수 있는 편리한 옷이 있는 거라우."

"그렇군."

"마물과 아인의 경계에 걸쳐 있는 아인 중 일부에게도 전해져 내려오는 기술이라오. 제일 유명한 건 흡혈귀의 망토 같은 게 있지."

아……. 그러고 보니 흡혈귀가 박쥐로 변신하거나 늑대로 변신하거나 하는 옛날 영화를 본 적이 있었다. 이 세계에도 그런 게 있는 건가.

"그리고, 이게 그 옷의 재료를 만들어 주는 실감개라오."

"호오……. 변신하는 옷은 어떤 원리로 만들어지는 거지?"

"정확히 말하자면 옷처럼 보이게 만드는 힘이라고나 할까."

나는 마법상 아줌마의 대답에 고개를 갸웃거린다.

"이 도구는 마법을 실로 바꾸는 도구라오. 그리고 소지자가 의도한 임의의 타이밍에 실이나 마력으로 변환할 수 있는 거지."

"알기 쉽게 설명하자면, 인간형으로 변신했을 때 마력을 옷으로 바꿀 수 있게 된다는 거요."

"아아, 그런 거였군."

무기상 아저씨의 보충 덕분에 그럭저럭 이해가 갔다.

그렇다면 확실히 옷이라고 하기에는 무리가 있는지도 모른다. 인간형이 아닐 때는 형체 없는 마력이 되어 소지자의 몸속을 순환하고, 인간형일 때에는 형태를 이루어 옷이 된다.

"그럼, 필로라고 했던가? 이 도구의 핸들을 천천히 돌려보아라."

"응."

필로는 실감개의 핸들을 돌리기 시작한다. 곧바로 실이 나오기 시작하고, 아줌마가 실감개 앞에 회전하는 봉을 동여맨다. 그러자 실은 그 봉으로 모여 감겨 나간다.

"어라? 뭔가 힘이 빠져나가는 것 같은 느낌이 들어."

"마력을 실로 변환하고 있는 거니까. 좀 피곤해질 게야. 하지만 좀 더 힘을 내렴. 옷을 만들기에는 아직 부족하니까."

"우우…… 재미없어~."

……본질적으로는 어린애라서 이러는 거겠지. 아직 태어난 지 1주일도 안 지났으니까.

필로는 실감개를 돌리면서 두리번두리번 이쪽을 봤다가 저쪽을 봤다가 정신이 없다.

그러는 도중에 실감개 위에 있던 보석이 깨져 나갔다.

"어머나, 소중한 보석이 망가져 버렸는걸. 이래서는 만들 수가 없겠어."

"뭐라고?"

그건 엄청나게 곤란하다.

필로가 변신할 때마다 옷을 입히는 건 성가신 일일뿐더러 옷값도 장난 아니게 나간다.

"어떻게 좀 해 줄 수 없겠어?"

"시장에서 광석을 살 수 없는 건 아니지만……. 살짝 비싸니까 말이지."

"으윽……."

안 그래도 지갑 사정이 궁핍한데.

"자력으로 조달할 수는 없을까?"

"글쎄~."

마법상은 선반 안쪽에서 지도 한 장을 꺼내 펼친다.

"이 광석을 캘 수 있는 곳은 메르로마르크에서는 이 동굴밖에 없었지 아마?"

마법상은 메르로마르크 남서부에 있는 산을 가리켰고, 나도 무기 상인과 함께 그 위치를 확인한다.

"여기 있는 유적 지하에 광맥이 있다고 그러더구려. 제대로 캐 오기만 하면 싼값에 만들 수 있긴 하지."

"그럼 그렇게 하지."

위험이 수반되긴 하지만 돈이 없으니 할 수밖에 없다.

"그럼 나도 같이 가 드리리다."

"괜찮겠어?"

"어느 게 좋은 건지 알아볼 자신 있수?"

안력을 강화하는 스킬이 있으니 못 할 건 없긴 하지만, 마법상한테 직접 보여주는 편이 낫긴 할 것이다.

희소한 광석이라면 모아서 파는 것도 한 방책일 테고, 모처럼 호의를 보여주는 거니까 받아들여도 되겠지.

"알았어. 지금 당장 출발해도 괜찮겠어?"

"그래, 걱정 마우."

"그럼 가지. 가능한 한 빨리."

이렇게 해서 우리는 필로가 끄는 짐차를 타고, 메르로마르크 남서부에 있는 동굴을 향해 출발했다.

"여기가 그 동굴이야?"

나는 산악지대에 난 길 끝에 있는, 음침한 신전 입구처럼 생긴 곳을 가리키며 마법상에게 물었다.

검붉은 암벽을 깎아 만든 신전……. 뭐랄까, RPG 같은 곳에서라면 귀중한 아이템이 잠들어 있을 것 같은 분위기가 감돈다. 아직도 이런 생각을 하는 거 보면, 역시 난 게임에 지나치게 오염된 모양이다.

"아니라오. 인근 마을에 떠도는 전승에 의하면 그쪽은 사악한 연금술사가 소굴로 삼고 있던 곳이라고 하더구려."

"호오……."

"소문에 따르면, 연금술사가 연구하던 위험한 식물이 봉인되어 있다고 그러더이다. 우리가 갈 곳은 소굴 밑에 있는 구멍이라우."

마법상과 함께 소굴 밑의 구멍이라는 곳을 찾는다.

"여긴가?"

암벽을 내려가다 보니 최근에 생긴 걸로 보이는 균열이 눈에 띄었다. 내 덩치로도 충분히 들어갈 수 있을 것 같다.

"그러려나?"

"나오후미 님, 안으로 들어가서 상황을 살펴볼까요?"

나는 고개를 끄덕이고 내부를 확인한다.

생김새로 보아 인공적으로 만들어진 방인 듯, 튼튼한 석조 내장재로 정돈되어 있다.

응? 호화로운 보물 상자가 방 안쪽에 놓여 있다. 뚜껑은 열려 있고, 상자 안은 비어 있다.

하긴, 현실 속의 던전이란 이런 거겠지……. 이미 누군가가 도굴하고 간 것이리라.

"여기도 연금술사의 소굴이려나?"

"그런 모양이군."

뭐, 그 연금술사도 지금 내가 찾고 있는 보석을 쉽게 손에 넣기 위해서 여기에 소굴을 만든 건지도 모르지만.

그때, 보물 상자 옆에 있는, 뭔가 문자가 새겨져 있는 비석 같은 게 눈에 들어왔다. 다만, 나는 아직 공부가 부족해서 읽을 수가 없다.

"마법상, 읽을 수 있겠어?"

"꽤 옛날 글자인걸. 어디 보자……. '종자의 봉인을 풀려 하는 자여. 바라건대 이 종자가 세상에 나가는 일이 없기를 간절히 바라노라. 사람들을 굶주림에서 구하고자 하는 소망은 최악의 형태로 나타나리니. 안이하게 봉인을 풀지 말지어다.' 라고 쓰여 있구려."

종자라……. 이 보물 상자에 그런 게 들어 있었던 건가. 뭐, 어차피 내 알 바 아니지만.

보나 마나 누군가 모험가가 도굴해서 가져갔을 테고, 미완성의 냄새가 풀풀 나는 연금술사의 유산 따위는 애초에 필요도 없다.

"여기는 아닌 것 같은데."

"그런 것 같구려."

우리는 일단 밖으로 나가서 구멍 찾기를 재개했다. 이윽고 우리가 찾던 구멍을 발견하고 안으로 들어간다.

그런데…….

"최근에 생긴 것 같은 마물의 발자국이 있는걸."

구멍에 들어갈 때 마법상이 바닥을 보며 뇌까렸다. 그 말에 나도 지면을 확인한다.

……육식동물의 것 같은 발자국이다. 어째 이거랑 비슷한 발자국을 최근에 봤던 것 같은 느낌이 드는데?

아마, 파도 때 출현했던 최종 보스 키메라의 발 모양이 이 거랑 비슷했었던 것 같다.

"괜찮은 건가?"

"이 아줌마는 썩 내키지가 않는데."

"조금만 참아 줘. 가는 수밖에 없으니까."

"방패 용사님이 그렇게 얘기한다면 가는 수밖에 없지."

"……."

필로가 킁킁거리며 발자국의 냄새를 맡고 있다.

주르륵…….

침 흘리지 마, 기분 더러워져!

"어서 가요, 필로."

"응!"

라프타리아의 말에 필로가 고개를 끄덕이고 이동한다.

선두는 나, 그다음이 라프타리아, 마법상, 필로의 순서로 나아간다.

뭐랄까, 그야말로 모험가가 된 것 같은 기분이 들었지만 그런 기분은 한순간에 박살 나고 말았다.

『나오후미 님, 전 그저 당신을 이용하고 싶은 것뿐이에요. 돈이나 주세요.』

라프타리아의 목소리가 벽에 메아리쳐 들려온다.

『다시 노예가 된 것도 신뢰를 얻기 위한 것일 뿐, 실은 노예가 되지 않았어요. 지금이라면 얼마든지 뒤에서 푹 하고 찌를 수 있죠. 제 손으로 직접 죽이고 싶었다구요.』

내가 뒤를 돌아보니 라프타리아도 뭔가 불쾌해 보이는 표정이었다.

필로는 "싫어~! 주인님, 날 버리면 안 돼~!"라면서 아우성치고 있다.

어떻게 된 거야?

"여기에 있는 마물은, 그 사람에게 가장 불쾌하게 들리는 말로 도발하지. 조심하는 게 좋을 거요."

"그런 마물도 있는 거야?!"

그러고 보니 옛날 게임에서 본 적이 있었어. 동료에 대한 불신에 빠진 인물을 설득하는 데 필요한 아이템이 있는 동굴에, 이런 식으로 동료들의 사이를 갈라놓는 트랩이 있었다.

그럼 방금 그 목소리는 라프타리아가 낸 게 아니라는 거군.

다행이다. 이게 라프타리아의 본심이었다면 좀 풀이 죽는 정도로는 넘어갈 수 없었을 테니.

"주인님은 필로를 필요로 하는 것 맞지?"

"그래."

"응! 믿을게!"

"나오후미 님은 그런 말씀을 하실 분이 아니에요. 똑바로 나가자구요."

이윽고 박쥐처럼 생긴 마물, 보이스 갱어라는, 이 목소리의 정체였던 녀석과 맞붙었다. 마법상이 마법으로 엄호해 준 덕분에 꽤 손쉽게 승리할 수 있었다. 필로는 아예 벽을 타고 달려서 발차기로 일격을 날리는 근사한 전투력을 선보여 주었다. 일단 보이스 갱어를 방패에 먹여 본다.

보이스 갱어(박쥐형) 실드의 조건이 해방되었습니다.

보이스 갱어(박쥐형) 실드
능력 미해방⋯⋯「음파 내성(소)」
전용효과「메가폰」

전용효과인 메가폰은⋯⋯ 말 그대로 확성기였다.

방패 자체의 효과는 보잘것없는데. 뭐, 별로 강한 마물도 아니었으니, 어쩔 수 없다.

그나저나⋯⋯ 박쥐형이라고?

불길한 예감에 귀를 기울이자, 동굴 안쪽에서 다시 목소리가 들려오기 시작했다.

⋯⋯그래도 가는 수밖에 없겠지.

동굴 안이 상당히 어두워졌으므로 한 손에 횃불을 들고 나아간다. 그런데 갑자기 아무것도 볼 수 없게 돼 버렸다.

『나오후미 님! 각오하세요!』

그런 목소리와 함께 고통이 몰아친다.

"라프타리아?!"

"나오후미 님! 괜찮으세요?!"

『죽어 버리세요!』

"시, 싫어~!"

"진정들 하시우, 이것도 마물의 공격이야! 마법으로 이 주위를 어둡게 만든 거라오!"

크윽……. 그나저나 이거 무지하게 성가신 공격인데. 진짜로 라프타리아에게 찔린 것 같은 감각까지 느껴진다. 솔직히 상당히 아프다.

내 방어력을 넘어선 공격? 라프타리아라면 가능할 수도 있다. 하지만 이건 할퀴어진 것 같은 감각인데.

"주인님은 내 밥~!"

필로의 목소리까지 들려온다. 뭐야, 뭐야, 할퀴어진 것 같다고 생각하자마자 필로 목소리가 들리다니, 수상해도 너무 수상하잖아. 어떻게 좀 해 볼 수 없을까?

"마법상, 뭔가 해결책 같은 거 없어?"

"지금 마법을 영창하는 중이라우. 조금만 기다리구려."

……이게 본인의 목소리가 맞는지 어떤지도 확신이 안 선다. 섣불리 믿었다가 뒤통수를 얻어맞으면 너무 위험하다.

성가신 동굴이다.

……맞아. 아까 입수했던 방패가 있잖아.

나는 방패를 보이스 갱어(박쥐형) 실드로 변화시키고, 전용효과인 메가폰을 사용한다.

"와!"

내 목소리가 메아리쳐서 주위에 울려 퍼지고, 우당탕탕 이상한 목소리가 난다.

"깜짝 놀랐어요."

"필로도~."

『힘의 근원인 내가 명한다. 다시금 이치를 깨우쳐, 우리의 시각을 돌려놓아라!』

"패스트 안티 바인드!"

어둡게만 느껴졌던 시야가 확 하고 밝아진다.

시각을 되찾은 눈으로 살펴보니 발치에 쥐 같은 것들이 무리를 지어 있었다.

그리고 라프타리아와 필로를 보니 다들 상처투성이다.

앞도 보이지 않는 상태에서 쉴 새 없이 공격을 당한 것이다. 상처투성이가 되는 것도 당연하겠지.

어쩌면 이 녀석들은 기습공격 때는 공격력이 상승하거나 하는 힘을 갖고 있었던 건지도 모르겠다.

나는 짐 속에서 힐링 환약을 꺼내서 라프타리아 등에게 건넸다.

"마법상, 회복마법은 못 써?"

"애석하게도 난 그쪽에는 적성이 없다오."

"그랬군."

이거 성가시게 됐는데. 입은 대미지가 생각보다 막심하다.

아아, 참고로 아까 잡은 보이스 갱어(쥐형)을 방패에 먹여 본 결과, 전용효과는 박쥐형과 똑같고, 능력해방 효과는 「시야 방해 내성(소)」였다.

경계를 위해 얼럿 실드를 발동시킨다. 이렇게 되면 마물이 반경 20미터 범위 안에 들어오면 방패가 가르쳐준다. 던전처럼 좁은 곳에 들어오면 범위가 줄어든다는 걸 이번에 깨닫긴 했지만.

우여곡절 끝에 너덜너덜한 상태로 도착한 곳은, 어렴풋이 빛나는 광석의 광맥이었다.

"끼익키키키키키키!"

괴상한 울음소리를 내는…… 동굴 입구에 있던 발자국의 주인이 그곳을 장악하고 있었다.

마물의 이름은 누에. 아하, 그래서 키메라와 유사성이 많은 거였군.

누에는 일본풍 판타지에서 키메라와 같은 포지션을 차지하는 마물이자, 요괴에 해당하는 괴물.

원숭이 머리에 너구리 몸통, 호랑이의 팔다리에 꼬리는 뱀.

그러고 보니 라프타리아와 함께 라이트메탈을 발굴하러 갔을 때도 파도 때 조우했던 것과 비슷한 마물과 맞닥뜨렸었지. 우연의 일치이긴 하겠지만 좀 무서운데.

다른 세 명의 용사들과 그들의 동료들이 연대해서 물리쳤던 마물에 필적하는 적을, 지금 우리 실력으로 물리칠 수 있을까?

"동방의 땅에 서식하는 마물이 왜 이런 곳에 있지?"

마법상이 누에를 보고 그렇게 뇌까렸다. 생식 지역에서 벗어난 마물이라는 건가.

이번에는 후퇴하는 것도 한 방법이겠군. 라프타리아와 필로에게 눈짓으로 신호를 보내……려고 했건만.

"가요!"

"응!"

"어이! 허락도 없이 먼저 가지 마!"

이 마당에 또 라프타리아가 돌진을 시작하고 말았다. 요즘 들어서 유독 눈에 띄는 문제다.

난 되도록이면 라프타리아가 다치지 않기를 바라고 있건만, 이 녀석은…….

"내가 후방에서 지원하지."

마법상이 지팡이를 앞으로 뻗고 마법을 외기 시작한다.

나는 라프타리아와 필로의 뒤를 쫓아갔다.

"에에잇!"

"으랏차아아!"

"끼익끼끼!"

라프타리아가 검을 휘둘러 누에의 배를 찌르고, 필로가 안면에 발차기를 날린다.

하지만 결정타를 입히기에는 위력이 턱없이 부족했고, 누에는 약간의 출혈만 입었을 뿐 호랑이 같은 사지로 라프타리아와 필로를 향해 발톱을 겨눈다.

어림없지! 내가 라프타리아와 필로를 밀어젖히고 앞으로 나서서 보호한다.

"생각 좀 하고 행동해!"

적이 눈치채기 전이었다면 충분히 후퇴할 수 있었는데, 이 녀석들은…….

"죄, 죄송해요. 그치만 싸울 수밖에 없잖아요."

"밥……."

"너희는 아직 약해! 이길 수 있는 상대와 못 이길 상대를 구별하지 않으면 죽는다고!"

크윽……. 누에의 발톱이 내 어깨에 박혀서 피가 난다.

엄청나게 아프다. 내가 왜 이런 짓을 해야 하나 하는 생각에 넌덜머리가 난다.

응? 누에의 온몸이 어렴풋하게 빛나기 시작했다!

"당장 물러서!"

"아, 네!"

"주인님은?"

"여기서 물러날 수 있을 것 같아?!"

파직파직 누에의 온몸에서 뇌전이 일어난다. 게다가 나를 물어뜯고 있는 상태에서다.

틀림없는 필살 공격이리라.

버텨낼 수 있을까? 솔직히 자신이 없다. 하지만 누에는 나를 놓아 줄 생각 따위 없는 모양이다.

"안 돼!"

필로가 퍽 하고 누에의 안면을 걷어차고 나를 끌어당긴다. 이런 무식한 공격을 하다니.

"끼익끼끼끼끼!"

누에를 중심으로 파직파직 거대한 번개가 일어난다.

몸으로 막지 않기를 잘했다……라고 판단해도 될 것 같군. 누에도 이 공격을 내쏘면 못 움직이게 되는 모양이고.

『힘의 근원인 내가 명한다. 다시금 이치를 깨우쳐, 저자를 불태울지어다!』

"쯔바이트 파이어 블래스트!"

그 순간 마법상이 화염 마법을 내쏘아 공격한다.

"끼익끼끼끼끼끼끼!"

해치웠나?!

그렇게 생각했지만 누에는 이쪽의 공격이 끝나자 다시 움직이기 시작한다.

"큭……."

도망치려 해도, 발도 상당히 빠른 것 같다. 필로를 타고 가면 그럭저럭 도망칠 수 있을 것 같긴 하지만…….

"주인님."

"왜 그래?"

"아까 그, 목소리를 크게 하는 거, 필로도 할 수 있어?"

"그럴걸."

보이스 갱어 실드의 전용 효과인 메가폰에는 이름에 걸맞게 방패 뒤쪽에 확성기처럼 음성을 모으는 부분이 있다. 거기에 대고 목소리를 내면 증폭된 목소리를 낼 수 있을 터였다.

"그럼, 주인님~. 아까처럼 저 마물의 움직임을 막고 필로가 목소리를 낼 수 있게 해 줘."

"그게 무슨 의미가 있는 거지?"

"저 마물, 소리에 엄청나게 민감한걸."

마물이기에 알 수 있는 분석 능력? 지금은 한번 믿어 보는 것도 괜찮겠지. 몬스터를 헌팅하는 게임에서도 소리를 내면 빈틈을 보이는 적이 있었으니, 결정타를 꽂아 넣을 기회를 만드는 데에도 유리할 것이다.

"마물상은 계속 마법으로 지원해 주고, 라프타리아는 경계하면서 마법상을 보호해 줘."

"하지만 나오후미 님!"

"두 명이나 지킬 만큼의 여유는 없어. 부탁이니 내 말 좀 들어 줘."

"……알았어요."

나는 돌진해 오는 누에 앞에서 몸을 쫙 펼쳐서 공격을 막아낸다.

큭……. 원숭이 대가리 주제에 무는 힘이 제법 강한데. 아프잖아!

"끼이이이익!"

방패가 달린 왼팔을 누에의 머리에 들이대고 오른손으로 발톱을 막아낸다.

진절머리가 난다. 온몸이 상처투성이. 일본에 있을 때 이런 괴물과 싸웠더라면 난 지금쯤 다진 고깃덩이가 됐겠지. 전설의 방패에게 감사할 노릇이다. 방어력이 떨어지니 썩 내키지는 않았지만, 보이스 갱어 실드로 변환한다.

"지금이야!"

내가 지시를 내리자 필로가 한껏 숨을 들이쉰다.

"와아아아아아아아아아아아아아아아아아아아아아아아아아!"

이런! 고막이 찢어지겠어!

그 정도로 쩌렁쩌렁한 성량으로, 필로는 메가폰에 대고 목소리를 토해냈다.

아득히 멀리서 우르르르 하고 뭔가가 붕괴하는 소리가 들려왔다.

"끼익?!"

푸슉 하고 누에의 귀에서 피가 터져 나오고, 그대로 졸도한다.

좋아, 빈틈투성이다!

"라프타리아, 필로! 마법상도 같이 공격해!"

"네!"

"네~에!"

라프타리아가 누에의 배에 검을 찔러 넣고, 필로는……어째 힘을 가득 담아서 몸을 웅크리고 있는데, 필로의 엉덩이 언저리에서 빠득빠득하는 불길한 소리가 울려 퍼진다.

『힘의 원천인 내가 명한다. 다시금 이치를 깨우쳐, 저자를 불사르라.』

"쯔바이트 파이어 블래스트!"

마법상이 누에를 향해 불의 마법을 내쏜, 그 직후쯤이었을까.

"타아아아앗!"

필로가, 정말로 콰콰~앙 하는 소리가 울려 퍼질 것 같은 발차기를 누에에게 퍼부었다. 그 위력은 상당해서, 필로에게 걷어차인 누에는 머리가 산산조각으로 사라진 채 나가떨어져서 벽에 나뒹굴었다.

으……. 이거 꽤 끔찍한 광경이네.

"이겼다~!"

필로는 승리를 기뻐하며 양 날개를 치켜들었지만, 나는 그다지 기쁘지 않았다.

소모도 심했고, 무엇보다 아프잖아. 라프타리아와 필로가 무모하게 나서지만 않았더라면 이렇게까지는……. 그렇게 투덜대는 것도 할 소리가 아니겠지.

"일단은 이겼구려. 보아하니 아직 어린 누에 같은데, 어딘가의 괴짜 귀족이 키우다가 포기하고 풀어준 게 야생화한 녀석인지도 모르겠는걸."

나 참, 별 성가신 귀족도 다 있군.

그나저나 이게 새끼라고? 하긴, 생긴 건 무시무시하지만 덩치는 좀 작은 것 같긴 하군.

"밥이다~."

필로가 누에를 먹으려고 입을 벌린다. 통째로 먹어치울 작정인가?!

"안 돼!"

"에……."

그걸 통째로 먹어치우면 힘들게 얻은 방패 재료가 없어지잖아!

누에를 해체해서 방패에 먹이자 그럭저럭 우수한 방패가 해방되었다.

다만 스테이터스로 따지면 키메라 쪽이 더 우수했었다.

"그럼, 좀 쉬고 나서 광석을 채취하지."

뭔가 희미하게 빛나는 아름다운 광맥이 있으니 저기를 곡괭이로 찍으면 채취할 수 있으리라.

"그렇게 하지. 최대한 많이 가져가는 게 좋을 게요."

그렇게 해서, 우리는 휴식을 취한 후 광석을 캐서 돌아갔다.

아아, 참고로 그 광석도 방패에 먹여 보았다.

아직 해방 스킬트리가 충족되지 않은 상태였다. 어딘가에 연결되는 트리가 있겠지.

성 밑 도시로 돌아온 우리는 마법상의 권유에 따라 약재상을 경유해서 치료원을 찾았다.

다행히 치료원은 약재상과 연줄이 있는 모양이라 저렴한 값에 회복마법을 걸어 주었다.

나도 회복마법을 익힐 수 있다는 것 같으니 빨리 익히고 싶다. 그런 생각이 드는 하루였다.

이튿날, 우리와 마법상은 채굴한 광석을 보석으로 가공해서 실감개에 설치했다. 어제와 마찬가지로, 필로가 넌덜머리가 난다는 표정으로 손잡이를 돌린다.

"우……."

"좀 참아. 그것만 다 끝나면 약속을 지킬 테니까."

솔직히 어제는 너무 피곤했다. 오늘은 좀 쉬고 싶다.

"밥? 맛있는 거?"

"그래."

나는 약속을 지키는 남자다. 필로한테는 나중에 맛있는 걸 사 주겠다고 약속했으니까.

"그럼 힘낼게!"

끼릭끼릭 하고 필로가 실감개를 돌린다.

"와아, 대단한걸."

"무기상 아저씨, 그러고 보니 당신하고도 약속이 있었지. 오늘 시간 낼 수 있어?"

"오후까지 가게를 닫는다고 문에 붙여 뒀으니까. 뭐 좀 맛있는 거라도 사 줄 거요?"

"대강 그런 거야. 그런데 혹시 큰 철판 같은 걸 준비해 줄 수 있을까?"

"응? 그런 걸 어디에 쓰려고 그러지?"

"요리에 쓸 거야."

"형씨가 직접 만들 거요? 내가 기대했던 거랑은 좀 다른 것 같은데."

"무슨 말을 하고 싶은 건데?"

아저씨의 실망한 표정에 살짝 울컥한다.

"그럼 라프타리아, 시장에 가서 숯이랑 적당한 채소랑 고기를 좀 사다 줘. 필로의 식욕을 고려해서 한 5인분 정도."

"알았어요."

은화를 건네고, 라프타리아에게 장을 봐 오라고 시킨다.

"밥이다~, 밥이다~."

필로의 기분도 들떠서, 실감개가 신나게 빙글빙글 돌아간다.

그리고 잠시 후, 마법상이 돌리는 것을 제지한다.

"이 정도면 된 것 같은걸. 이제 그만 돌려도 좋아."

"더 돌리면 밥이 더 늘어날까?"

"안 늘어나. 이제 돌리지 마."

"네~에."

필로는 마물의 형태로 내 곁에 돌아온다.

"주인님~, 밥 줘."

"좀 더 기다려. 옷부터 다 만들어야지."

"에……."

필로는 애석함이 가득 묻어나는 목소리로 탄식한다. 애당초 라프타리아가 아직 안 돌아왔으니 밥이고 자시고 만들 길이 없다. 그건 그렇고……. 이 천진난만함, 진짜 어린애 같잖아.

"가게에서 나갈 때는 사람 모습으로 돌아가야 해."

"네~에."

정말 알고서 대답하는 건가? 불안하다. 아이를 가진 부모의 심정이란 이런 걸까? 그럴 리가.

"이제 이걸 천으로 자아서 옷으로 만들기만 하면 된다오."

마법상은 완성된 실을 우리에게 내보인다.

"천 쪽은 길쌈하는 사람한테 맡기면 어떻게든 되겠지."

"그거라면 아는 사람이 있어. 나만 따라오슈."

"그럼 장 보러 간 아가씨가 돌아오면 뭐라고 전해 줄까?"

"성 밑 도시 밖에 있는 문에서 기다려 달라고 전해 줘."

"알았수."

우리는 무기상 아저씨를 따라서 마법상을 떠난다.

"요금은 나중에 무기 상인을 통해서 전해 주슈~."

"⋯⋯얼마쯤 될 것 같아?"

엄청나게 궁금증이 솟구쳐서 물어본다.

"마력의 실을 만드는 거 말이우? 수정이 값이 좀 나간다
오. 하지만 용사님한테는 도움도 받았고, 소재도 제공해 주
셨으니 이번에는 그냥 공짜로 해 드리지."

"고마워."

만약에 마법상이 은화 50닢 정도를 부르기라도 했다면,
수지타산이 안 맞는다고 생각했을 테니까.

무기상과 함께 길쌈하는 사람을 찾아가서 실을 천으로 만
들어 달라는 주문을 했다.

"진귀한 재료니까 이쪽에서도 여러모로 해야 할 일들이
많겠는걸⋯⋯. 아마 오늘 저녁이면 다 완성될 테니 지금 미
리 양장점에 가서 사이즈를 재고 와. 나중에 가져다주지."

그렇게 말했으므로, 우리는 그 말대로 양장점으로 간다.

고작 옷 한 벌 만드는 데에 이렇게 시간이 걸릴 줄이야⋯⋯.
제법 복잡하다.

"와아⋯⋯. 정말 귀여운 아이인걸."

양장점에는 머리에 스카프를 두른 안경잡이 여자 점원이
있었다.

좀 수수한 인상이다. 뭐라고 표현해야 좋을까. 내 세계였다면 동인지 같은 걸 그리고 있을 것 같은 이미지의 얌전한 캐릭터, 그러면서도 미소녀인 이미지.

"날개가 달려 있어서 꼭 천사 같아. 아인이랑 비슷한 구석도 있지만…… 그보다 훨씬 깔끔해."

"그런가?"

아저씨에게 물으니, 아저씨는 눈썹만 치켜 올릴 뿐이었다.

"날개가 돋아 있는 아인들은 다리나 팔 같은 다른 부위에도 새 같은 특징이 있거든. 그치만 얘는 날개 이외에는 새 같은 부분이 전혀 없다니, 정말 대단해."

"으~응?"

필로는 고개를 갸웃거리며 양장점 소녀를 올려다본다.

"아아, 이 녀석은 마물이거든. 사람으로 변신한 상태야. 원래 모습으로 돌아가면 보통 옷은 찢어져 버려서 말이야."

"헤에……. 그럼 의류는 마력화가 가능한 천으로 만든 옷을 입어야겠구나. 재미있는걸."

어째 안경이 번쩍거리고 있다. 역시 얘는 내 세계에서는 오타쿠에 해당하는 타입이 분명하다.

아는 사람 중에 비슷한 사람이 동인지 즉석 판매회 때 판매를 담당했던 기억이 떠올라서, 나는 잠시 감회에 잠긴다.

물론 나는 종종 그 애한테서 서클 참가 입장권을 받아서 판매회장에 들어가곤 했으므로, 내 입장에서도 쉽게 친해질 수 있는 타입이기도 하다.

"소재가 좋으니 심플한 원피스 같은 게 좋을 수도 있겠어. 거기에 마력화해도 영향을 안 받을 만한 악센트를 주면 완성!"

망토를 두른 필로의 몸 치수를 줄자로 재 나간다.

"마물화했을 때의 모습도 한번 보고 싶어!"

"헤?"

필로가 난처한 얼굴로 내 쪽을 쳐다본다. 응, 나도 어쩐지 분위기에 휩쓸릴 것 같은걸.

"여긴 아슬아슬하겠는데."

천장 높이가 2미터도 안 되는 양장점이라면 필로가 원래 모습으로 돌아갔을 때 머리가 천장에 부딪히게 된다.

"앉아서 변신할까?"

"그럼 괜찮겠지."

필로는 천장을 흘깃거리며 마물의 모습으로 돌아가서 양장점 소녀를 쳐다본다.

"언밸런스한 아이템이 악센트로 딱 좋겠는걸!"

필로의 본래 모습을 보고도 동요하지 않다니……. 이 양장점 소녀, 보통내기가 아니다!

"그렇다면 리본을 달아서 악센트를 줘야겠다."

필로의 목둘레를 재고, 양장점 소녀는 옷 디자인을 시작했다.

"그럼 재료가 오기를 기다리고 있을게!"

"이거 제법 괜찮은 장인 같은데."

"그러게 말이야."

저런 타입은 일단 한번 불이 붙으면 확 몰두하는 타입이다. 의뢰는 기필코 완수할 것이다.

"뭐, 내일이면 다 완성될 거요."

"빠른데. 그건 그렇고, 결국 금액은 얼마지? 총합계 금액 말이야."

"형씨한테는 다 원가로 제공한다고 치면…… 은화 40닢 정도쯤 되려나……."

"필로, 알아들었지? 너한테는 은화 340닢이라는 엄청난 돈이 들었어. 그에 걸맞은 활약을 해서 갚아야 해."

"네~에!"

정말 알고 대답하는 건가?

인간형으로 돌아온 필로와 함께 양장점을 나섰다.

일단 해야 할 일은 거의 끝났으니, 성 밑 도시의 문에서 기다리고 있을 라프타리아와 합류해야겠군.

"나오후미 님, 시키신 대로 식재료를 사 왔어요."

"필로한테는 은화 340닢이 들었어. 라프타리아는 훨씬 더 쌌는데."

"그렇게 말씀하시면 제가 값싼 여자처럼 들리잖아요."

하아……. 이대로 헤쳐나가는 수밖에 없겠지.

"그럼 아저씨, 철판을 가져다줘. 필로, 너는 짐차를 끌고 아저씨랑 같이 무기상에 가서 철판을 날라다 줘."

"응!"

"알았수."

필로는 깡충거리며 무기상 아저씨와 함께 떠났다가, 얼마 후에 짐차를 끌고 돌아왔다.

……왜 인간형인 채로 짐차를 끄는 건지.

짐차에는 내가 상상했던 범위를 벗어나지 않는 형태의 철판이 실려 있다.

"좋아, 그럼 성 밖으로 나가서 초원 쪽에 있는 강가로 가자."

그렇게 해서 강가에 도착했다.

나는 곧바로 돌을 쌓고 그 위에 철판을 올린 후, 밑에 숯을 깔고 불을 붙인다.

"라프타리아와 아저씨는 불을 지켜봐 줘."

"그, 그러지……."

"네."

어쨌거나 무기상을 하는 아저씨다. 불 관리쯤은 식은 죽 먹기일 것이다.

"필로는?"

"글쎄, 너는…… 벌룬이 접근하지 않는지 망을 봐 줘."

"네~에!"

괜히 호기심에 들뜬 필로가 끼어들면 요리를 망칠 것 같으니까. 다른 일을 시켜 두기로 하자.

나는 나이프를 이용해서 라프타리아가 조달해 온 채소며 고기를 적당한 크기로 썰고 쇠꼬챙이에 끼운다.

"형씨, 숯 준비 다 됐수다."

"알았어."

아저씨와 라프타리아가 내 지시대로 철판을 달궈 주었으므로, 철판 위에 고기의 비계 부분을 올려서 기름을 두른다. 그 후에 채소와 고기를 올리고, 쇠꼬챙이에 꽂은 것들은 철판 옆에서 골고루 뒤집어 가며 불에 직접 굽는다.

"제법인데, 형씨."

작업용 나이프며 나무 봉을 이용해서 고기와 채소가 타지 않도록 뒤집어 나간다.

"뭐, 이 정도면 됐겠지."

그렇다. 강가에서 구워 먹는 바비큐가 오늘의 점심 겸 필로에게 주는 상이었다.

"필로, 다 됐어."

"네~에."

냄새만 맡고도 이미 침을 질질 흘리고 있던 필로가 다가와서, 내가 준 포크를 이용해 고기를 먹는다.

"와아! 무지 맛있어!"

필로는 다 구워진 고기며 채소를 쏙쏙 입안에 집어넣는다.

"어이, 다른 사람들도 먹어야 하니까 혼자 다 먹으면 안 돼."

"녜~에."

입안에 음식을 가득 머금은 채 고개를 끄덕이는 필로. 정말 알고서 대답하는 건가?

"자, 이제 됐어. 그러니까 라프타리아랑 아저씨도 먹어."

"네."

"알았수."

내가 준 나뭇잎을 접시 삼아서, 라프타리아와 아저씨도 내가 구운 고기와 야채를 먹기 시작한다.

"오, 이거 맛있는데. 그냥 굽기만 한 고기가 이렇게 맛있다니 놀라울 정도야."

"나오후미 님이 만드신 음식은 어째선지 항상 맛있더라구요."

"빈말이라도 고맙군."

"빈말로 하는 소리가 아니오. 이거, 가게에서 팔아도 될 수준인데?"

아저씨가 고개를 갸웃거리며 음식을 뜯어 먹는다.

"유력한 가능성 중 하나는 습득한 요리 스킬 덕분이라는 거겠지."

"방패의 힘이라는 거요?"

"뭐, 그런 셈이지."

"참 신기한 방패도 다 있군. 진심으로 부러워지는데."

"떼어놓지도 못하고, 제법 불편하다고."

공격력도 없고…….

"형씨도 이제 제법 강해진 거 아니오?"

"글쎄."

세계 곳곳을 돌아다니며 다양한 마물이며 소재를 무기에 흡수시켜서 성장시킴으로써 더 강해진다.

솔직히 말하자면, 방패의 종류가 얼마나 될지는 아직 감도 잡히지 않는다.

방패를 어디까지 성장시켜야 하는 건지도 모르겠다.

하지만 나태하게 있다가는 파도가 몰려온다. 그것도 몇 번이나 올지 알 수도 없는 파도가.

이미 두 번. 최종적으로는 다섯 번인지, 열 번인지, 백 번인지, 알 수 없는 게 너무 많다.

어찌 됐건 지금은 지금 할 수 있는 일을 하는 수밖에 없다.

……그러고 보니 커스 시리즈라는 방패도 뭔지 궁금하다.

라프타리아를 빼앗길 뻔했던 그때, 방패를 침식해서 해방되었던 커스 시리즈라는 방패. 그 일이 있은 후로 나는 여러 번 스킬트리를 찾아보았다.

하지만, 아무리 찾아도 찾아낼 수가 없었다.

도움말을 불러내니 이렇게 나왔다.

커스 시리즈

접하는 것조차 꺼려진다.

이런 단 한 줄의 문장으로 끝이었다. 게다가 여러 번 조사하다 보니, 시야 속에 번개가 번뜩이면서 문자가 바뀌지 뭔가.

커스 시리즈
손을 더럽힌 자에게 그에 상응하는 힘과 저주를 주는 무기. 용사여, 부디 건드리지 말지어다.

그래서 나는 아무리 찾아도 찾을 수 없는 무기에 대한 관심을 뒷전으로 미뤄 두기로 했다.

언젠가 필요한 순간에 튀어나올지도 모른다. 그런 한정된 조건에서만 해방되는 방패이리라.

"주인님~, 고기 다 떨어졌어."

"뭐라고?!"

철판을 보니 고기는 이미 없었다. 꼬챙이에 꽂은 녀석도 모두가 먹어치워 버린 후였다.

남아 있는 건 채소뿐이다.

"벌써 끝난 거야? 필로는 아직 더 먹고 싶은데."

"하아……. 그럼 초원 너머 숲에 있는 우사피르를 다섯 마리 정도 사냥해 와. 추가로 구워 줄게."

"네~에!"

필로는 전속력으로 숲까지 뛰어갔다.

"이야, 진짜 맛있었어. 이거 득 본 기분인데."

"그럼 옷값이나 좀 깎아줘."

"더 이상 깎아주면 내가 파산한다고, 형씨."

뭐, 오늘은 대충 이렇게 저녁 무렵까지 강가에서 바비큐를 먹고 하루를 마쳤다.

참고로 필로는 우사피르를 열 마리쯤 포획해 왔다.

정작 나는 먹을 틈이 거의 없어서, 우사피르 해체와 고기 굽기만 하다가 끝나고 말았다.

10장 행상

이튿날, 양장점을 찾아가니 그 오타쿠스러운 소녀가 웃으며 맞이해 주었다.

"네, 네~에. 옷은 다 만들어졌습니다~. 오랜만에 밤을 샜지 뭐야."

그런 것치고는 팔팔하고 들떠 보이는 양장점 점원. 그 양장점 직원은 가게 안쪽에서 필로의 옷을 가져왔다.

흰색을 바탕으로 한 원피스였다. 한가운데에는 파란 리본이 달려 있고, 곳곳에 파란색을 이용한 콘트라스트가 들어가 있다. 소재를 살려서 아름답게 만들어져 있음을 알 수 있었다.

입는 사람을 가릴 것 같은, '심플 이즈 베스트' 정신이 돋

보이는 디자인이다.

"주인님~, 이걸 입는 거야?"

"그래."

"와~아!"

지금까지 망토를 걸치고 있던 필로는 그 자리에서 알몸으로 변하려 한다.

"안 돼요."

"에~."

라프타리아가 그런 필로를 제지하고, 가게 안쪽으로 안내를 부탁한다.

"그럼 마물의 모습으로 변신하렴."

양장점 점원의 목소리가 가게 안쪽에서 들려온다.

"왜에-?"

"안 그러면 리본이 살에 박혀 버릴 거예요."

"싫어~!"

어째 표현이 좀 살벌한데.

"알았어~."

변신할 때 나는 펑 하는 소리가 들리고, 잠시 후.

"응. 역시 잘 어울리는걸……."

뭔가 황홀감에 젖은 것 같은 목소리가 들려왔다.

"그럼 나갈까요?"

"응!"

가게 안쪽에서 여자들이 나왔다. 그리고 나는 필로 쪽으로 시선을 향했다.

……응. 원래 외모가 괜찮았던 덕분에, 본격적으로 천사 같은 느낌이 든다.

하얀 원피스에, 순백색 날개……. 가슴에 파란 리본 장식을 달아 악센트를 주고 있다.

뭐랄까, 2차원 속 어린 천사 히로인 같다.

"주인님~."

"엉?"

"어때? 어울려?"

"뭐, 어울리는 것 같은데?"

이렇게까지 필로의 외모 스펙을 잘 살린 옷을 만들어 내다니. 오타쿠스러운 양장점 소녀, 너도 만만찮은 녀석인 것 같군.

"에헤헤."

필로는 쑥스러운 듯 옷을 하늘하늘 나부끼며 웃는다.

양장점을 나와서, 거점으로 삼은 류트 마을로 돌아가기 위해 필로에게 짐차를 맡긴다.

그 옷은 필로가 마물의 모습으로 변하면 사라지고, 리본이 필로의 목걸이가 되는 신기를 선보이게 되어 있다. 값이 비싼 만큼 편리한 기능도 갖춰져 있는 것이다.

"아, 방패 용사님."

성 밑 도시를 나섰을 때, 우연히 마법상과 마주친다.

"류트 마을로 가시우?"

"그래."

"나도 볼일이 있어서 좀 가 봐야 하는데, 덤으로 좀 태워 줄 수 없을까?"

마법상은 웃으며 제안해 왔다.

어차피 가는 방향은 똑같고 마법상에게는 여러모로 신세를 진 터라 거절하기도 좀 껄끄럽다.

"탑승감은 보장할 수 없는데, 그래도 괜찮겠어?"

"그저께도 탔는데 뭘."

"하긴 그랬었지."

라프타리아는 멀미와의 싸움에 대비해서 벌써부터 먼 곳을 쳐다보고 있다.

"그럼 실례하지."

마법상 아줌마는 짐차에 올라탄다.

"좋아, 필로. 너무 속도 올리지 말고, 출발해."

"네~에."

지나가던 행인이 필로 쪽을 보며 놀라고 있다. 말하는 마물이 신기한 것이리라.

짐차는 달그락달그락 길을 따라 나아간다.

최근 며칠 동안은 정신없이 바빴었다. 아니, 평소에도 바빴지만 유독 더 바빴다고 해야 할까.

그 모든 원인이 다 필로에게 집약되어 있다는 게 참…….

마법상이라……. 마법을 배우고 싶지만, 여기서 물어봤자 아무것도 안 가르쳐주겠지.

나는 자신의 공부 부족을 뼈저리게 한탄했다.

나는 받은 건 꼭 갚아 주는 성미다. 좋은 의미에서나 나쁜 의미에서나.

그러니 마법상에게서 받은 호의에도 제대로 보답하고 싶다. 그러기 위해서라도 최대한 마법을 익혀야 한다.

그 망할 용사들 같은 지식이 나에겐 없다. 그렇기에 나는 항상 배우고 익혀 나가야만 하는 것이다. 문자 번역이니 레시피 해방이니 하는 것들은 이제 머릿속에서 지워 버리자.

시간이 걸릴지도 모르지만 익혀 보기로 마음먹었다. 안 그러면 불편하다.

"후아……. 가벼워."

달그락달그락 짐차를 끌면서, 필로는 하품 섞인 목소리로 중얼거렸다.

세 명이나 타고 있는 짐차가 가볍다는 건가.

좋은 경향이다. 내게는 이미 생각해 둔 아이디어가 있다. 필로 없이는 할 수 없는 일이다.

류트 마을에 도착하자 마법상은 나에게 은화 25닢을 주었다.

"이건 뭐지?"

"실어다 준 것에 대한 요금이라오."

"아아, 그렇군."

이것도 아이디어에 집어넣어 두자.

류트 마을은 여전히 재건 중이다. 여관을 찾아가니 점주
는 흔쾌히 우리를 맞이해 준다.

"그럼, 지금부터 라프타리아의 멀미 극복 훈련 겸 목재
운반을 위해 떠나 볼까."

고기 값 대신 재건에 일손을 보태겠다고 약속했으니까.

"네?!"

라프타리아가 떨떠름한 표정을 짓는다. 뭐, 약한 걸 극복
하는 일이니 어쩔 수 없겠지.

"지금부터 우리의 이동수단은 필로가 끄는 짐차가 될 테
니까. 적응해."

"우, 네."

"네~에!"

"필로, 넌 끄는 역할이라고."

"응!"

필로리알은 정말로 짐차 끄는 걸 좋아하는 모양이군. 필
로의 눈이 엄청 초롱초롱하게 빛나고 있잖아.

"저기…… 뭔가 생각해 두신 게 있는 거예요?"

"그래, 이제부터 행상 일을 시작해 볼까 생각하고 있어.
여기 영주가 권하더군."

"행상이라구요?"

"상품 종류는 그리 많지 않지만 약을 중점으로 팔아볼까 해. 그리고 배달업도 겸할 거고. 폭넓게 나가 볼 생각이야."

"하아……."

라프타리아는 감이 안 잡히는 모양이다. 나 스스로도 성공 여부는 예측이 가지 않는다. 하지만 어차피 이제 이곳저곳 돌아다녀 봐야 할 타이밍인 것이다.

"그러니까 배달업도 겸하다 보면 필로가 최고 속도로 짐차를 끌어야 할 일도 생기기 마련이야. 그때마다 네가 멀미 때문에 쓰러져 버리면 나도 곤란해져."

"이유는 저도 이해하겠지만……."

"걱정 마. 멀미를 잘 안 하는 위치를 알고 있어. 처음에는 거기서 적응하도록 해."

"그런 곳이 있어요?"

"그래."

그리하여 오늘 일을 시작하기에 앞서서, 나는 멀미를 잘 안 하는 위치…… 필로의 등에 라프타리아를 태운다.

"주인님을 태우고 싶은데, 왜 언니를 등에 태워야 하는 거야……."

필로는 라프타리아를 등에 태우고 투덜투덜 불퉁거린다.

"그건 저도 마찬가지예요. 이거, 꽤 창피하다구요."

올빼미 같은 체형을 가진 필로가 구부정한 자세로 라프타리아를 태우고 있으니 뭔가 좀 이상하게 보이긴 하는군.

"힘들지는 않아?"

"응. 편해~."

원래 체형에 가깝기 때문인지, 필로 본인은 별문제 없다는 모양이다.

"그럼 가 볼까."

"응! 더 쓸모 있는 건 필로인걸! 언니한테는 안 질 거야!"

"왜 경쟁심을 드러내는 건데요?!"

"주인님한테는 필로가 더 소중한걸!"

"저도 안 질 거예요!"

필로는 라프타리아를 태운 채 짐차를 끌고 간다.

짐차에 라프타리아까지 상당한 중량일 터이련만, 본인 말로는 그다지 무겁지 않다고 한다. 그나저나 왜들 말다툼을 벌이는 건지. 그러는 동안 나는 번역을 해 가면서 중급 레시피 책 해독을 시작했다.

……달그락달그락.

……달그락달그락.

기분 좋은 바퀴 소리를 배경음악 삼아 난해한 이세계 언어에 집중하고 있을 때.

"저기…… 왜 그 모습으로 변한 거죠?"

"에~? 주인님은 이 모습을 더 좋아하잖아?"

……달그락달그락.

"분명히 화내실 걸요. 그만하세요."

"그치만 주인님은 언니 같은 모습을 좋아하잖아?"

응? 퍼뜩 정신을 차리고 필로를 쳐다보니, 어째선지 인간형으로 변한 채 라프타리아를 업고 있다. 방금 그 대화는, 라프타리아가 곤혹스러운 얼굴로 말을 걸고 있던 것이었다.

수군수군, 지나가던 모험가들이 우리를 손가락질하며 속닥거리고 있다.

"이상한 소문이 돌 행동 좀 하지 마."

노예 여자아이에게 다른 아이를 짊어지게 하고 수레를 끌도록 강제 노동시킨다…… 같은 이상한 소문이 흐르면 겨우 좋아진 내 평판이 다시 나빠진다.

"어…… 안 돼?"

"마차를 끌고 있을 때도 인간화 하지 마."

"네에."

필로가 불만 어린 목소리로 뇌까리고, 마물의 모습으로 돌아간다. 아마, 심심해서 이러는 것이리라.

라프타리아도 현재까진 멀미를 안 하는 것 같다. 그렇다면 조금 더 험하게 달려도 괜찮겠지.

"좋아, 그럼 속도를 더 올려."

"와~아!"

내 지시에 필로는 들뜬 얼굴로 고개를 끄덕이고 내달리기 시작한다.

짐차 바퀴가 덜컹덜컹 소리를 내며 돌아간다.

"와앗!"

라프타리아가 놀라 비명을 지르고, 필로에게 매달린다.

뭐, 이 정도면 목적지까지 빠르게 도착할 수 있겠지.

라프타리아의 멀미 극복 훈련은, 그 후로도 한참 동안 이어졌다.

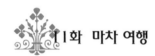 **11화 마차 여행**

며칠 후, 마을 영주가 우리에게 마차를 선물해 주었다. 마을의 대표인 영주가 마을 사람들을 모아 놓고, 우리에게 마차를 주고 축하해 준다.

필로리알이 끄는데 마차라니……. 뭐, 아무러면 어때.

"감사하지."

"용사님에게는 여러모로 신세를 졌는데, 힘이 돼 드릴 수 있는 게 이 정도밖에 없어서 죄송합니다."

마을 녀석들은 밝은 미소로 우리에게 힘을 빌려주고 있었다.

은인으로 취급해 준다고 해서 거기에 너무 의존하면 안 된다. 하지만 지금은 솔직하게 감사의 마음을 표현한다.

"그렇게 말해 주니 나도 기쁘군."

"행상 일을 시작하신다고 들었습니다."

"그래."

성공할 거라는 확신은 없다. 하지만 모처럼 필로가 있는데 활용하지 않는 건 아까운 짓이다.

"응? 마차~."

인간형의 모습으로 놀고 있던 필로가 놀란다.

"이걸 필로가 끄는 거야?"

필로는 눈을 초롱초롱 빛내며 묻는다.

"그래, 맞아. 너는 앞으로 이 마차를 끌고 온 나라를 뛰어다니는 거야."

"정말?!"

더없이 들뜬 목소리로 환호하는 필로.

내 입장에서는 진저리가 쳐질 정도의 중노동이건만…….

"정말로 하실 생각이군요."

라프타리아는 우울한 얼굴로 중얼거린다.

아직 멀미를 완전히 극복하지 못한 라프타리아로서는, 아무래도 썩 내키지 않는 모양이었다.

"언젠가는 적응이 될 거야. 그때까지만 참아."

"네."

나는 필로에게로 고개를 돌리고 거듭 확인한다.

"필로. 네가 해야 할 일은?"

"으음, 필로가 해야 할 일은, 마차를 끌고 주인님이 시키는 곳으로 가는 거."

"좋아."

"그리고 창을 든 그 사람을 보거든 걷어차는 거."

"정답이야."

"후반은 틀렸잖아요! 무슨 말씀을 하시는 거예요?!"

라프타리아가 뭔가 이상한 점이라도 있다는 듯 이의를 제기한다.

"뭐예요……. 그렇게 쳐다보시면 꼭 제가 이상한 소리라도 한 것 같잖아요."

모토야스를 발견하면 걷어찬다. 그게 뭐가 잘못이라는 거지?

일일이 다 상대하다 보면 끝이 없다.

"자, 그럼 지금부터 행상 일을 시작하는 거야. 나는 마차 안에 숨어 있을 테니, 마을이나 도시에 도착하면 라프타리아 네가 먼저 나가서 물건을 팔도록 해."

"하아……. 알았어요."

류트 마을 이외에서는, 여전히 내 악명이 울려 퍼지고 있다. 섣불리 내가 교섭에 나섰다가는 팔릴 물건도 안 팔릴 것이다. 그러니까 라프타리아가 판매와 교섭을 담당하기로 한 것이다.

라프타리아는 빼어난 외모를 갖고 있다. 낯을 가리는 성격도 아니니, 손님을 응대하는 일에는 안성맞춤이리라.

"그럼 슬슬 출발해 볼까."

준비를 마친 우리는 짐차에 짐을 싣고 필로에게 끌도록 지시한다.

"아, 용사님."

"응? 왜 그러지?"

"이걸 받으십시오."

영주는 그리 말하고는 양피지 한 장을 내게 건넸다.

"이건 뭐지?"

"요전에 말씀드렸던 상업 통행증서입니다."

"아아, 깜박했네."

이 증서가 있으면 행상을 할 때 통행세 부류를 내지 않아도 된다고 했던가. 꽤 편리한 증서란 말이야. 따지고 보면 용사를 상대로 돈을 받는다는 것 자체가 문제인 것 같지만.

애당초, 모토야스나 다른 녀석들은 당연히 이미 갖고 있을 것 같다.

"다녀오십시오."

"그래, 다녀올게."

"용사님의 일이 성공할 수 있도록 저희도 여러모로 협조하도록 하겠습니다."

"자기 생활에 무리가 없는 선 안에서 해 둬."

"네!"

이렇게 해서 우리는 만물상으로서의 여정을 떠나게 되었다.

가장 먼저 한 것은 약 판매였다.

상품 종류는 적지만 시세보다 저렴하게 판매한다.

주력 상품은 치료약과 영양제다. 이것들은 초급보다는 고위의 약이라 그럭저럭 고가에 팔 수 있다.

그리고 마을에 들를 때마다 내가 알고 있는 약초 따위를 매입, 이동 중에 약을 조합해 둔다.

필로의 걸음이 워낙 빠른 덕분에 대개는 해가 지기 전에 다음 마을까지 도착할 수 있었지만 이따금 노숙을 하게 될 때도 있다. 그럴 때는 마차를 세우고 모닥불을 피워서 식사를 한다.

"주인님! 필로 옆자리! 비어 있어. 같이 자자!"

식사를 마치자 탕탕 자기 옆자리를 두드리며 자기 옆에 앉아 달라고 마물의 모습으로 애원하는 필로.

"네 옆자리는 더워서 말이지……."

필로는 매일같이 나와 함께 자고 싶어 한다. 여관에서는 마물로 변신하지 말라고 명령했던 반작용인지, 야숙을 할 때면 한층 더 응석받이가 된다.

뭐, 야숙이라면 다른 사람에게 폐가 될 일도 없으니 가끔은 소원대로 해 주는 것도 안 될 건 없지만…….

"필로는 정말로 나오후미 님을 좋아하는군요."

"웅! 라프타리아 언니한테는 안 질 거야."

"언니라고 좀 부르지 마세요!"

그게 거슬렸던 거냐?

"그럼 뭐라고 부르면 되는데~?"

"그, 글쎄요……. 그럼, 엄마라고 부르는 건 어때요? 저는 필로가 알에서 깨어났을 때부터 계속 알고 있었으니까, 이상할 건 없다고 생각하는데요."

"싫어~! 언니인걸!"

뭔가 사이가 나쁜 건지 좋은 건지 애매모호한 말다툼을 벌이고 있다.

필로는 어린애나 다름없는데 그런 애를 상대로 왜 저렇게 기를 쓰고 다투는 건지.

아, 라프타리아도 실질적으로는 어린애니까. 정신연령만 따지자면 별반 다를 게 없긴 하지.

"자, 자, 둘 다 일찌감치 자도록 해. 교대 시간이 되면 깨울 테니까."

"아~, 또 필로를 어린애 취급했어~!"

"맞아요! 저도 어린애 취급하지 말아 주세요."

"알았어, 알았어. 라프타리아도 필로도 다 어른이고말고."

"마음에도 없는 말씀 하지 마세요!"

"응! 주인님 너무해~!"

아이들이랑 다를 게 없잖아. 나는 너희 둘의 부모님 역할을 대신하는 거니까.

"필로, 주인님을 도와주고 싶어!"

그렇게 말하고는 주위에 돋아 있는 풀을 내가 그러는 것처럼 돌로 짓이기기 시작한다.

"우……. 이상한 냄새 나~!"

"그야 당연히 그렇겠지."

아무 데나 나 있는 풀로 약을 만들 수 있다면 고생할 일도 없을 테지.

"왜 잘 안 되는 거야?"

"그냥 보고 흉내 내서 터득할 수 있는 게 있고 없는 게 있으니까."

"왜 주인님은 마차를 안 끌어?"

"왜 내가 마차를 끌어야 하는 건데?"

"왜 주인님은 필로랑 다른 거야?"

"왜 다른 걸 싫어하는 건데?"

어린아이 특유의 무한 질문 공격이다.

이럴 때는 똑같이 질문으로 맞받아치면 얼버무릴 수 있다.

"우우……. 주인님 바보~!"

"누구 보고 바보라는 거냐!"

그런 대화를 나누며 우리는 행상 일을 계속했다.

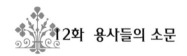

12화 용사들의 소문

"응?"

다음 마을까지 가는 한 시간의 여정 동안 마차 안에서 작업하던 나는, 이상한 소리를 감지했다.

마차 옆에서 헉헉 숨을 몰아쉬는 소리가 들려온다. 고개를 내밀어 보니 한 사내가 뭔가 다급해 보이는 표정으로 손가방을 한 손에 든 채 뛰어가고 있었다.

"뭘 저렇게 서두르는 거지?"

이런 상황에는 호기심을 발휘하는 것이 좋은 장삿거리를 찾아내는 비결이다.

달그락달그락 흔들리는 마차의 속도를 줄이고 남자에게 사정을 묻는다.

"빨리, 산 너머 마을로 돌아가야……."

"빨리 산 너머 마을로 가고 싶어?"

듣자 하니 병으로 쓰러진 부모에게 줄 약을 사서 달려가던 남자를 필로가 앞지른 모양이었다.

"네. 촌각을 다투는 상태여서 말입니다."

"필로, 최고 속도로 달리면 금방 도착할 수 있겠어?"

"으~응, 마차를 떼어놓고 달리면 더 빨리 도착할 수 있어."

"좋아."

내가 라프타리아 쪽으로 시선을 돌리자 라프타리아는 내 마음을 읽은 듯 고개를 끄덕였다.

"은화 한 닢에 마을까지 데려다 줄까?"

"네?!"

남자는 놀란 표정으로 되묻는다.

"하지만 약을 사느라, 저는 이제 가진 돈이 하나도······."

"은화 한 닢에 상응하는 물건도 괜찮아. 다음에 왔을 때 약 초 같은 걸 가져다줘도 돼. 배를 째는 건 용서 못하지만."

"그, 그러시다면야······."

"좋아, 그럼 결정됐어. 필로!"

"네~에!"

나는 그대로 필로의 등에 옮겨 타서 달리게 하고, 남자를 끌어올렸다.

"우와앗!"

필로는 놀라는 남자를 양 날개로 걸머지고, 전속력으로 내달린다.

라프타리아가 마차에서 손을 흔들고 있다.

"출발하자!"

"오~!"

마음먹고 달리는 필로의 속도는 우스꽝스러운 체형과는 딴판으로 상당히 빠르다.

눈 깜짝할 사이에 산 너머 마을에 있는 남자의 집에 도착했다.

"어, 어떻게 이렇게 빠를 수가······."

"그보다 빨리 부모님한테 약을 먹여야 할 거 아냐? 떨어트리지 말라고."

"아, 알겠습니다!"

남자는 집으로 들어간다. 나는 그 뒤를 따라 안으로 들어갔다. 아직 보수에 대한 얘기가 안 끝났으니까.

지극히 평범한 농촌의 민가다. 안에 들어가자 콜록콜록 기침하는 소리가 들려온다.

"엄마, 약 가져왔어. 쓰더라도 참고 먹어."

목소리가 나는 쪽으로 가니 남자가 창백한 안색의 노파에게 약을 먹이려 하고 있었다.

무슨 약인지는 몰라도 내가 지금까지 알고 있던 약보다 효과가 높아 보인다.

"이봐. 내가 먹일 테니까 너는 죽이라도 쒀 오고, 기운이 날 만한 걸 만들어 오는 게 어때?"

"괜찮으시겠습니까?"

"신경 쓰지 마. 기왕 여기까지 온 김에 하는 거니까."

남자에게서 약을 받아 든 나는 노파의 몸을 부축하며 약을 먹인다.

예전에 습득했던 기능인 약 효과 상승 스킬이 제대로 작동하면 좋으련만.

"콜록…… 콜록……."

노파는 내가 든 약을 힘겹게 입에 머금고 삼킨다.

내 시야에 희미한 빛이 생겨났다가 흩어진다. 아마도 약효가 있었던 모양이다. 노파의 병세가 눈에 띄게 호전된 것처럼 느껴졌다. 창백했던 안색에 화색이 돌고, 어쩐지 기침도 줄어든 것 같은 기분이 든다.

"편히 쉬도록 해. 네 가족이 금방 음식을 가져다줄 테니까."

노파는 떨리는 표정으로 나를 올려다보다가, 이윽고 침대에 눕는다.

"그럼……."

나는 노파가 있는 방에서 나와 사내가 있는 부엌으로 향한다.

"아, 약은 먹이셨습니까?"

"그래. 병세도 호전된 것 같더군."

내 대답에, 남자는 한시름을 던 듯 어깨를 늘어뜨린다.

"나중에 다시 올 테니까 돈 꼭 내."

"네."

나는 남자의 집을 나와서 기다리고 있던 필로에 올라타고 마차를 두었던 곳으로 돌아갔다.

그리고 다시 마을로 돌아오니, 남자가 뭔가 긴장한 표정으로 맞이한다.

"저……."

"왜 그러지?"

판매할 물건과 짐을 내리면서 남자에게 대꾸한다.

"엄마의 병세는 눈에 띄게 호전됐습니다만, 당신은 대체……."

"알 필요 없어."

알게 되면 악명부터 먼저 떠올리게 될 테지. 그리고 이상한 의심의 시선을 보낼 게 뻔하다.

"하다못해 존함이라도……."

"대답할 의무는 없을 텐데. 그냥 약이 유별나게 잘 들은 거겠지. 그건 그렇고, 은화 한 닢이나 그에 상응하는 물건을 가져와."

"아, 알겠습니다!"

남자는 집 안의 물건들을 헤집어서 음식을 꺼내 왔다.

"뭐, 이 정도면 됐겠지. 그럼 다음에 또 만나거든 잘 부탁해."

"네! 정말 감사합니다!"

남자의 얼굴은 환했다.

참고로 다음에 다시 이 마을을 찾았을 때, 이 남자의 모친은 상당히 활달한…… 좀 지나치다 싶을 만큼 활달한 노인네가 되어 있었지만 이건 어디까지나 사족일 뿐이리라.

그리고 나는 마차에 숨어서 약 조합과 중급 레시피 해독을 계속했다. 마법서보다는 해독이 용이해 보이는 중급 레시피 쪽이 더 집중하기 쉽다. 하지만 간신히 해독해 낸 것이

고작 치료약이었을 때는 상당히 맥이 빠졌다.

돌이켜보면, 지금까지 나는 공부를 소홀히 해 왔었다. 최근 한 달 동안 워낙 많은 일이 있어서 잊고 있었지만, 수험에 지쳐 양아치가 되었던 동생을 살아서 다시 만날 수 있다면 뭔가 한마디 해 주는 것도 괜찮을 것 같다.

"나오후미 님, 이 마을에서의 판매는 다 끝났어요."

마을에 도착한 건 이른 오후, 현재 시간은 저녁 무렵이다.

"다음 마을에 가져갈 화물이나 편지는?"

"주문을 받아 뒀어요."

마차에서 내려서 화물을 싣는다.

낯선 행상에게 맡길 수 있는 화물이라고 해 봐야 어차피 뻔하다.

도둑맞아도 무관한, 값싼 물건들이 대부분이다. 그래도 푼돈 벌이는 된다.

이런 식으로 마을에서 마을로, 도시에서 도시로 돌아다니며 행상 영업을 한다.

치료제를 원하는 녀석에게는 내가 직접 먹여서, 약효 상승 효과를 걸어 주었다.

2주일 정도 지났을 무렵에는 뭔가 신기한 마물을 거느린 만물상으로서 인근에 이름이 알려지기 시작했다.

유명해진다는 건 곧 신용을 얻는다는 것이었고, 덕분에 마차를 타는 손님도 늘어났다.

따라서, 결과적으로 수입도 조금씩 상승 경향을 띠게 되었다.

그러는 동안에 행상 여행의 장점도 몇 가지 발견했다.

우선 이동 중에 만든 약을 팔 수 있다. 다음으로, 이동 중에 나오는 마물을 잡아서 방패의 종류를 늘릴 수 있다. 뭐, 대부분은 스테이터스 상승 계열이지만.

여행을 시작한 후에 알게 된 사실인데 지방에 따라 마물의 종류가 완전 딴판이다.

비록 약한 마물이라도 방패에 먹이면 먹일수록 강해지는 나에게는, 결과적으로 행상이 딱 맞는 직업이라 해도 좋으리라.

다음으로, 다양한 정보가 귀에 들어온다.

지금까지는 몰랐던 나 이외의 용사들, 즉 모토야스, 렌, 이츠키가 어디쯤을 거점으로 삼아 활동하고 있는지를 추측할 수 있게 되었다.

모토야스는 성 남서쪽 지역을 중심으로 돌고 있는 것 같은데, 이야기에 따르면 전설 속 작물의 봉인을 풀어서 기근에 허덕이는 마을을 구원했다고 한다. 아마 게임 같은 걸 통해 알고 있던 지식을 활용한 것이리라. 아니, 그거 혹시 누에랑 싸웠을 때 본 유적에 있던 거 아냐?

렌은 성 남동쪽 지역을 거점으로 삼고 있다는 모양이지만, 흉포한 마물이 사는 지역이라면 어디든 가는 경향을 갖고 있다는 모양이다. 동쪽 지역에서 날뛰던 난폭한 드래곤을 물리쳤다거나 하는 이런저런 소문들이 돌고 있다.

이츠키는…… 뭘 하고자 하는 건지 잘 모르겠지만, 메르로마르크 국에서 온 모험가의 신분으로 북방에 있는 작은 나라에서 레지스탕스에 가담, 폭정을 펼치고 있던 지배자를 물리쳤다는 소문이 돌고 있다.

다만 그게 이츠키라는 확실한 증거는 없었기에 소문을 확신할 수는 없었다. 활을 든 모험가가 제일 강했다나 뭐라나……. 이츠키를 연상케 한다, 그런 애매한 이야기밖에 들을 수 없었다.

내가 이세계에 오기 전에 읽었던 사성무기서의 내용과 유사한 일들이 일어나고 있다고 받아들일 수도 있고…….

뭐, 대충 이런 식으로 마차 여행은 계속되었다.

최근 2주일 동안의 성과로, 우리의 레벨은,

나 레벨 34
라프타리아 레벨 37
필로 레벨 32

……마물이라서 그런 건지, 필로의 레벨업 속도가 장난이 아니다.

요즘 들어 필로의 신체적 능력 향상이 현저해져서, 처음에는 마차를 양 손으로 끌었는데, 지금은 하품을 하면서 한 손으로 끌고 다닌다.

물론 주의를 주곤 하지만, 본인 왈,

"마차가 너무 가벼워서 의욕이 안 생기는걸~."

이라는 모양이다.

그리고, 행상 여행 중에 나온 방패는 역시 스테이터스 향상 계열과 내성 계통이 많았다.

그 외에 눈에 띄는 변화를 들자면,

수정 광석 방패

능력 미해방……장비 보너스, 「세공 기능1」

마침 광산으로 번영하고 있는 도시에 도착했을 때, 품질이 나빠서 버려져 있던 수정 광석을 방패에 먹였더니 이런 방패가 나타났다.

돈을 벌기에 용이한 스킬일 것 같지만 더 파고들기에는 아직 정보가 부족하다.

떨어져 있던 수정 광석을 대충 연마해 봤더니 망가져서 잡석으로 변해 버린 걸 보면 역시 뭔가 레시피 같은 게 필요한 모양이다. 아니면 내 방법이 잘못되었거나.

사실 지금 내게는 약재상에게서 받은 중급 레시피를 해독하는 게 급선무였다.

그래도 2주일이나 되는 시간을 들이니 해독은 다 마칠 수 있었다. 원래 3주일 가까이 계속 쳐다보고 있었으니 당연한 일이다.

해독제, 제초제, 힐링 연고, 치료약(예전부터 만들 수 있었음), 영양제(예전부터 만들 수 있었음), 화약, 강산수(强酸水), 마력수, 혼유약(魂癒藥), 살충제.

여기까지 해독하고 나니 책은 끝났다. 이것이 중급의 기초이고 약의 효과 정도는 혼합하는 재료에 따라서 달라진다는 모양이다. 애매모호하기 짝이 없지만, 그 약재상이 베풀어 준 호의 덕분에 평균적인 레시피는 이해할 수 있었다.

그 단계에까지 이르렀을 때, 나는 천천히 약의 중급 레시피 책을 방패에 먹였다.

그러자 나온 방패는 이것이었다.

북 실드
능력 해방 완료……장비 보너스, 「마력 상승(소)」

당연히 약의 중급 레시피가 나올 거라고 섣불리 지레짐작하고 먹인 게 실수였다.

게다가 방어력이 엄청나게 낮다.

문제는 중급 레시피 해독을 마친 다음 날에 일어났다.

트렌트라는 마물이 나타났으므로, 나는 곧바로 해치워서 방패에 먹였다.

트렌트 실드의 조건이 해방되었습니다.
블루 트렌트 실드의 조건이 해방되었습니다.
블랙 트렌트 실드의 조건이 해방되었습니다.

트렌트 실드
능력 미해방⋯⋯장비 보너스, 「식물 감정2」

블루 트렌트 실드
능력 미해방⋯⋯장비 보너스, 「중급 조합 레시피1」

블랙 트렌트 실드
능력 미해방⋯⋯장비 보너스, 「아마추어 조합」

중급 조합 레시피라고?! 지금 사람 갖고 노는 건가? 해독이 끝난 뒤에 나오는 건 너무하잖아!

유일한 위안거리라면 여기서 나온 게 힐링 연고까지였다는 점이리라. 지난번 조합 레시피는 머시에서 나왔었던 걸 생각해 보면, 아마 레시피가 나오는 재료는 식물계 마물의 방패일 것이다. 간신히 해독한 레시피가 단번에 바로 나와 버리면 눈물이 났을 거다.

해독제와 제초제, 힐링 연고는 전부터 알던 풀로 만들 수 있었지만, 화약 이후의 것들은 재료를 구할 수 있는 곳조차도 알 수가 없었다.

약재상의 보충설명에 의하면 화약은 대체가 가능하다고 한다. 그래서 파치파치 풀이라는 잘 타는 풀을 대용품으로 써서 화약을 만들어 보았다.

역시 조악해 보이는…… 그냥 잘 타는 재 같은 게 나왔기에, 시험 삼아 작은 보따리에 담아서 폭탄으로 만들어 보았다.

불을 붙여서 적에게 내던지려다가 펑 하는 소리와 함께 발치에 떨어지는 바람에 얼마나 당황했는지 모른다. 뭐, 폭탄이라고 부르기에는 너무 보잘것없는 정도의 불이었지만.

폭탄 같은 도구를 이용한 공격조차 용납되지 않다니 황당함을 넘어 감탄스러울 지경이다.

강산수는 유리병에 담게 되어 있다. 황산보다 산성도가 약간 낮은 물 같았다.

이건 약초가 아닌, 이 세계에서 나는 독자적인 광석을 조합한 후 물을 더하면 만들어지는…… 모양이다. 아직 만들어 본 적이 없어서 섣불리 말하긴 좀 그렇지만, 이걸 원하는 녀석은 제정신이 아닐—— 것 같아서 방패에 먹이는 용도로만 만들어 볼까 하고 생각 중이다.

마력수는 마시면 급속하게 마력이 회복되는 아이템이다. 다만, 재료가 희귀해서 구하기가 힘들다.

약재상에서 파는 약초로 만들기에는 값이 너무 나간다. 이걸 만드느니 차라리 재료를 그대로 팔아 버리는 게 이득일지도 모른다. 혼유약도 마찬가지로 SP를 회복시켜 주는 효과가 있다. 역시 재료가 희귀해서 구하기가 힘들다. 다만, 라프타리아와 필로에게는 SP라는 개념이 없는 모양이라, 혼유약은 그저 맛 좋은 물로만 여기는 것 같다.

살충제는 간단했다. 벌레를 퇴치하는 풀들을 섞어서 굳히거나 물에 녹이기만 하면 끝이다.

제조법을 새로이 터득한 아이템 중에 팔 수 있는 건 해독제, 힐링 연고, 살충제 정도다.

다만…… 제초제는 소량의 재료로 상당한 양을 만들 수 있으니, 판매처만 생각해 내면 문제가 없을 것 같다. 이 약들도 좀 남았으므로, 조금씩 방패에 먹여 본다.

안티 포이즌 실드의 조건이 해방되었습니다.

글리포세이트 실드의 조건이 해방되었습니다.

메디슨 실드의 조건이 해방되었습니다.

플랜트 파이어 실드의 조건이 해방되었습니다.

킬러 인섹트 실드α 의 조건이 해방되었습니다.

안티 포이즌 실드
능력 미해방……장비 보너스, 방어력5

글리포세이트 실드
능력 미해방……장비 보너스, 「식물계로부터의 공격 5% 감소」

메디슨 실드
능력 미해방……장비 보너스, 「약 효과범위 확대(소)」

플랜트 파이어 실드
능력 미해방……장비 보너스, 「불 내성(소)」

킬러 인섹트 실드α
능력 미해방……장비 보너스, 「곤충계로부터의 공격 3% 감소」

안티 포이즌 실드의 본래 습득 기능은 아마 「독 내성
(중)」. 이건 키메라 바이퍼 실드에서 이미 습득했기 때문에
변화가 생긴 게 아닐까 싶었다.
　습득한 기능 중에서 중복되는 게 있으면, 다른 걸로 치환
되는 모양이었기 때문이다.
　메디슨 실드는 뭔가 범위 확장이라고 나와 있는데, 무슨
범위를 나타내는 건지는 불명이다.

약이 듣는 범위가 늘어난다는 건지, 아니면 주위 사람들까지 약의 효과를 얻게 된다는 건지.

후자라면 아무래도 좀 지나치게 편리한 기능인 것 같다.

글리포세이트라는 건 뭐지? 제초제에 사용되는 약품 이름 같군. 킬러 인섹트 실드α 는 아마 조합하는 약초에 따라서 β 등으로 종류가 늘어날 거라 예상된다.

효과는 적의 종류에 따른 공격 대미지 감소. 편리한 능력인 것 같다.

문제는 마법서 해독이다. 이건 상당히 고달픈 일이었다.

라프타리아는 요즘 들어 요령을 알아냈는지 마법으로 보이는 현상을 일으키곤 했다.

빛 구슬이 몇 초 동안 라프타리아 앞에 떠오르는 것이다. 이렇게 되니 용사의 체면이 말이 아니다.

그래서 라프타리아가 잠든 후에 변신마법을 쓸 줄 아는 필로에게 물어보았다.

그게 마법이라 부를 수 있는 건지는 판단을 내리기가 힘들지만, 지푸라기라도 잡는 심정으로 물어본 것이다.

"으~응, 몸의 밑바닥에 힘을 꾸~욱 주면서 확 떠올리면, 내가 원하는 내 모습으로 변할 수 있더라구."

응. 모르겠다. 딱히 뭔가 생각하고 하는 게 아니라는 것만은 알겠다.

마법이란 마법서에 적혀 있는 문자만 해독한다고 해서 쓸 수 있는 게 아닌 모양이다.

나는 마법이 없는 이세계에서 온 인간이니 쓸 수 없는 게 분명하다고 도망치고 싶은 기분이 솟구친다.

그래도…… 나는 마법을 익혀야만 한다.

마법상 아줌마의 기대 때문만이 아니라, 살아남기 위해서.

파도와의 싸움 때는 기본적으로 굳이 낄 필요가 없을 것이다. 적을 앞에 두고 도망쳤다간 나중에 무슨 꼴을 당할지 모르니 인근 마을이나 도시 보호 임무가 내겐 안성맞춤이다. 그렇게 되면 마법 사용 가능 여부가 언젠가 큰 차이를 만들어낼 것이다.

수정 구슬을 구입한다는 선택지도 있지만, 싼값에 구할 수만 있다면 책으로 익히는 게 최선이다. 그렇기에 요즘 마차 안에서는 항상 마법서를 한 손에 든 채 끙끙대고 있다.

라프타리아 말로는 적혀 있는 문자에 마력을 반응시켜서 영혼에 동조시킨다나 뭐라나. 필로와 마찬가지로 감각적이고 어려운 설명만 했다.

필로보다는 이해하기 쉬워 보이지만 애초에 마력이라는 게 뭔데? 그런 감각이 있는 건가?

그런 의문이 머릿속을 휘저어서 견딜 수가 없다.

뭐, 2주일의 성과는 대충 이 정도였다.

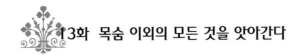# 13화 목숨 이외의 모든 것을 앗아간다

"이것 참…… 신조(神鳥)의 마차에 타게 되다니, 저도 참 행운아군요."

"신조라구요?"

그날은 이웃 마을에 가고 싶으니 마차에 태워 달라는 한 상인의 부탁을 받고, 그 상인을 태워 주었다.

"모르고 계셨습니까? 으음, 당신이 마차 주인 맞죠? 숨겨도 다 압니다."

상인은 잡담을 건네던 라프타리아가 아닌 나를 가리킨다.

일단 라프타리아를 마차 주인으로 위장하고, 나는 약 조합 담당인 척을 하고 있었는데.

"그렇긴 한데……."

"사람들 사이에서 소문이 쫙 퍼졌습니다. 신의 새가 끄는 마차가 기적을 흩뿌리며 각지에서 장사를 하고 있다고 말이죠."

달그락달그락 흔들리는 마차 안에서, 나는 필로에게로 시선을 돌린다.

꽤 과대평가되고 있는 모양이군. 본인은 그냥 먹보에 어리광쟁이인데.

그건 그렇고, 기적이라는 게 뭘 가리키는 건지 잘 모르겠다.

응?

"크에에에에에에에에에!"

그 필로가 갑자기 괴성을 내지르며 폭주하기 시작한다.

"우왓!"

마차 안에 있던 나와 라프타리아와 상인은 나뒹굴지 않도록 마차 손잡이에 매달려야 했다.

"—끄아아아아아아……."

"—…… 니이이이이이이임……."

덜컹덜컹덜컹덜컹컹!

바퀴 소리가 너무 커서 바깥 상황을 들을 수가 없었다. 필로는 가끔 이렇게 폭주하곤 해서 탈이라니까. 행상 일을 시작한 후로 벌써 네 번째군. 변덕도 많은 녀석이야.

"우리만 타고 있는 게 아니니까 좀 조심해."

"네~에, 가 아니라…… 크에!"

상인에게 들리지 않도록 작은 목소리로 대화한다. 말하는 마물이라는 게 알려지면 아무래도 너무 많은 주목이 쏟아지게 되고, 쓸데없는 분란을 초래할 수도 있다. ……주목은 이미 받고 있는 것 같은 느낌도 들지만.

실제로 지금도 상인 녀석이 깜짝 놀란 표정으로 날 쳐다보고 있다.

"사람의 말을 알아듣는다는 소문을 들었는데, 굉장하군요."

"나도 그렇게 생각해."

생각해 보면 사람의 말을 알아듣는 것까지는 그렇다 쳐도, 말까지 할 수 있다는 건 어마어마한 하이 스펙이다.

마물로서의 가능성이 높다고 보면 되리라. 그런 의미에서 필로는 엄청나게 희귀한 존재인지도 모른다.

화제를 되돌려서, 상인에게 대답한다.

"우리는 행상을 하면서 약을 팔거나 이렇게 사람들을 마차에 태워 주는 일을 하고 있는 것뿐인데."

"마차에 탄 성인이 질병으로 고통받는 이들에게 특별한 약을 먹여서 구원해 주고 있다는 소문이 파다합니다."

"호오……."

그건 좀 비싸긴 하지만, 일반인이라도 마음만 먹으면 살 수 있는 가격의 치료약인데.

참고로 증상에 맞추어 약초의 조합을 바꾸는 것도 가능하다. 내가 처음에 만든 치료약은 그중에서도 만능 타입이지만 그 대신 효과가 약하고, 호흡기 계통에 약간의 효과가 있는 정도였다. 지금은 다양한 종류의 약초를 구한 상황이라 용도에 맞추어 만들고 있다.

열병, 폐병, 소화기 계통, 피부병 등, 사용하는 약초에 따라 효과가 달라진다. 그저 모두 치료약이라는 한 분류로 묶여 있는 것뿐이다.

중급 레시피 책에는 그 부분에 대해 상세하게 기재되어

있었다. 방패로 얻은 기능을 통해서도, 조합하는 약초의 종류에 따른 도움말이 표시된다.

"그냥 치료약일 뿐인데."

나는 상품 상자에서 치료약을 꺼내서 상인에게 내보인다.

"이게 바로 기적의 약이로군요."

상인은 치료약 뚜껑을 열고 냄새를 맡는다.

"하긴……. 예전에 먹었던 약과 같은 냄새가 나는군요."

"……뭔지 알겠어?"

이 녀석도 약재상인가? 그런 의문을 느끼고 묻자 상인은 고개를 가로젓는다.

"아뇨, 그냥 짐작이었습니다."

모르면서 한 소리냐.

"그나저나 넌 뭘 파는 상인이지?"

"저는 보석상입니다."

보석이라면 내가 아는 그거겠지. 이 세계에도 있었구나.

대개 귀족들의 액세서리 같은 걸 파는 장사꾼인 모양이다.

"보석상이라……. 부자들에게 납품하는 그런 상인이 혼자 다니는 건가?"

부자를 상대로 거래하는 상인이라면, 그에 걸맞은 호위가 필요한 법이다. 그런데 혼자 여행을 다니다니 수상한 일이다.

"아픈 곳을 찌르시는군요."

상인은 하하하 하고 가볍게 웃으며 대답한다.

"보석상이라 해도 형편은 저마다 천지 차이라서 말이죠. 엄밀히 말하자면 저는 액세서리 상인이라고 해야겠지요."

"뭐가 다른 거지?"

"그럼 제 상품을 한번 보시겠습니까?"

액세서리 상인은 그렇게 말하고, 자신의 짐 보따리를 내게 보여주었다.

안을 살펴보니 확실히 브로치며 목걸이 따위가 들어있었다. 그 외에 팔찌 정도.

하지만 사용된 금속은 쇠나 구리가 대부분이다. 그리고 박혀 있는 보석도…… 뭐랄까, 보석이라 부르기에는 약간 빈약한 감이 있다.

"기본적으로 싸구려밖에 없지요."

"하아……. 장사하다가 말아먹기라도 한 거야?"

"아뇨, 이번에 파는 물건은 마진이 적은 모험가용 액세서리라서 말이죠."

"호오……."

액세서리 상인의 얘기에 따르면 액세서리에 마법을 부가하면 능력을 보조하는 효과를 낼 수 있다고 한다.

"혹시나 해서 묻는데, 한 개에 얼마 정도 가격에 팔리지?"

"어디 보자……. 이 공격력 증강 철제 팔찌 하나가 은화 30닢 정도쯤 되지요."

으……. 제법 비싸다. 내 약은 치료약이라도 그 정도까지 비싸게는 안 팔린다.

"마력을 부여하면, 한 개에 대략 은화 100닢 정도는 할 겁니다."

"그래?"

"네."

흐음……. 이건 생각해 볼 여지가 있겠다.

약 판매는 현재 한계 상황에 가까워져 있다. 일단 물건은 거의 다 팔고 반향도 얻고 있지만, 약초를 남들에게서 사서 만들기도 하는지라 이문이 그리 많이 남지는 않는다. 그렇다고 일일이 채집하자니 시간이 너무 걸린다.

행상 일을 하기 전이었다면 괜찮았을지도 모르지만 채집하면서 만드는 건 효율이 떨어진다.

"그런 건 공이 많이 드나?"

"글쎄요……. 형태를 만드는 건 그렇다 쳐도, 저는 여기에 마력을 부여하고 있으니 그것까지 포함하면 꽤 공이 들어가는 편이죠."

……흐음. 액세서리의 모양을 만들고 마법을 부여해야 비로소 효과를 발휘한다는 건가.

마력 부여……. 이게 골칫거리다.

말 자체가 좀 불길한 느낌도 있다. 뭐랄까. 약을 조합할 때도 이따금 튀어나오던 단어였기 때문이기도 하다.

마력수와 혼유약 제조법에도, 이 단어가 종종 쓰여 있었다.

그건 곧, 마법을 사용하지 못하면 만들지 못한다는 뜻인 것이다.

"주인님~, 뭔가 오고 있어."

필로가 약간 긴박한 목소리로 내게 주의를 주고 발걸음을 멈춘다.

나와 라프타리아는 멈춰 선 마차 안에서 황급히 바깥 상황을 확인했다.

그러자 숲 속 깊은 곳에서 사람의 모습이 나타났다.

하나같이 손에 무기를 들고, 호의적인 환영과는 전혀 딴판인 태도로 이쪽을 향해 다가오고 있다.

차림은 다들 제각각이지만, 저마다 갑옷을 갖춰 입고 있는데 어쩐지 야만스러워 보인다. 척 보니 산적이나 그런 부류의 녀석들인 것 같다.

"도적이다!"

라프타리아가 당황한 듯 소리친다.

"헤헤헤……. 이놈들, 돈 될 만한 것들을 다 두고 가시지."

정말이지 상투적인 상용구에 반쯤 황당할 지경이다.

따지고 보면 이상한 짓이다. 이런 건 조용히 습격하는 것에 의미가 있는 거 아닌가?

아, 필로가 먼저 알아채는 바람에 할 수 없이 그대로 습격한 건가. 충분히 이길 수 있다는 자신감에 이쪽을 얕보고 있는 기색이 역력한 표정이다. 아니면 뭔가 꿍꿍이가 있든가.

그러고 보니 아까 들렀던 마을에서 흉악한 도적단이 무리를 짓고 있어서 위험하다는 얘기를 들었었지.

"우리도 다 알고 온 거라고! 이 마차에 보석상이 타고 있다는 것 정도는!"

도적 녀석이 내 쪽을 향해 고함친다. 나는 마차 안에서 액세서리 상인을 쳐다본다.

"고가에 팔리는 물건은 없다고 그러지 않았나?"

"네······. 이번에 가져온 물건 중에는 없습니다만······."

액세서리 상인은 머뭇머뭇 품속에 손을 넣어서 뭔가를 소중하게 움켜쥐고 있다.

"고가에 거래되는 액세서리가 있어서 말이죠."

"그랬었군······. 그걸 노리고 온 건가."

나도 모르는 사이에 성가신 승객을 태웠군.

"싸구려만 취급하는 상인이라는 소문을 퍼뜨리면 습격당할 일도 없을 테니, 호위 비용을 아낄 수 있을 것 같아서······."

"이거 바보 아냐?! 하아······. 나중에 보상금 청구할 줄 알아."

"알겠습니다······."

액세서리 상인은 떨떠름한 표정으로 고개를 끄덕인다.

"라프타리아, 필로, 적이야."

"네!"

"응!"

내 지시에 라프타리아는 마차 밖으로 뛰쳐나가서 임전 태세에 들어간다.

액세서리 상인을 잡아끌다시피 해서, 나도 그 뒤를 쫓는다.

"절대로 내 곁에서 떨어지지 마."

"아, 알겠습니다!"

능력 해방 중이던 방패를 전투용 방패로 변화시킨다.

"다, 당신은 방패 용사님?"

"그래……."

액세서리 상인 녀석은, 신조의 마차 주인이 악명 높은 방패 용사라는 걸 알고 놀란 표정이다.

"뭐야? 우리와 붙어 보겠다는 거냐?"

"그래. 나한테 쏟아져 내리는 불티는 털어내야 하니까 말이지."

나는 도적을 쏘아보며 대꾸한다.

이번 전투에서 중요한 것은 적의 목적 달성을 용납하지 않는 것. 그것은 다시 말해 액세서리 상인이 가진 보물을 빼앗기지 않아야 한다는 것이다.

"라프타리아, 필로, 할 수 있겠어?"

"네, 해치우지 않으면 우리가 당하니까요."

"마침 심심하던 참이었어."

"그래? 그럼…… 해치워!"

내 명령과 동시에 도적들도 무기를 치켜들고 덮쳐들었다.

적의 수는 대충 헤아려서 15명 정도. 제법 많은 수다.

"에어스트 실드!"

달려오는 적 앞의 공중에 보란 듯이 방패를 만들어낸다. 그리고 나는 천천히 다음 스킬을 발동시켰다.

"체인지 실드!"

체인지 실드는 에어스트 실드와 실드 프리즌으로 출현시킨 방패를 내가 아는 방패로 변화시키는 스킬이다.

내가 지시한 것은 비 니들 실드.

비 니들 실드의 전용효과는 「바늘 방패(소)」와 「벌의 독(마비)」.

"뭐야, 갑자기 방패가! 커헉—."

난데없이 나타난 방패가 달려오던 도적 하나의 안면에 충돌하고, 도적은 나가떨어져서 독 때문에 경련한다. 전용효과가 제대로 작동해서 다행이다.

"실드 프리즌!"

"뭐야, 이……."

그리고 방패 감옥으로 다른 도적 하나를 속박했다.

모두 제한시간이 있는 스킬이다.

체인지 실드의 쿨타임은 30초. 연속으로 사용하기는 힘들다.

하지만 그만큼의 적을 줄일 수 있으니 효과는 충분하다.

도적이 세 명 정도 내 눈앞을 막아선다. 호위를 맡은 주제에 방패밖에 안 들고 있는 얼간이라고 생각한 것이리라.

나는 상인 앞에 도사리고 서서 공격에 대비한다.

들고 있는 방패에 불똥이 튀고, 도적의 공격은 금속음과 함께 튕겨나간다. 보아하니 내 방어력을 웃돌 정도의 공격력은 없는 모양이다.

현재 장비하고 있는 방패는 키메라 바이퍼 실드.

전용효과는 「뱀의 독니(중)」과 「후크」.

방패에 내재돼 있던 뱀의 조각이 움직여서, 내게 공격을 시도한 도적들을 물어뜯는다. 「뱀의 독니」는 나를 공격한 적에게 반격을 가하는 독 공격이다.

"그아아아!"

"큭, 이 정도쯤은…… 커헉!"

"모, 몸이…… ."

뱀의 독니는 공격해 온 자를 그대로 중독 상태로 만든다. 내성을 가진 녀석에겐 효과가 적다.

인간에게 효과가 있는지는 시험해 본 적이 없었는데 역시 효과는 높은 모양이다. 결정타가 되지는 못하지만.

나는 방패에 「후크」를 지시. 방패에 새겨져 있던 뱀 장식이 도적 한 명을 결박했다.

이 「후크」라는 효과는 공격력은 없지만, 후크가 걸리는 2미터 이내의 범위에서 물건을 어딘가에 걸치거나 벼랑 위로 올라갈 때 등에 도움이 된다. 실제로 도적의 움직임이 눈에 띄게 둔해지고, 자빠지는 자들까지 생겨났다.

"이, 이 녀석, 방패 용사야!"

도적들 사이에 긴장감이 흐른다.

자신들이 조우한 것이, 어쨌거나 이 나라에서는 유명인인 용사라는 사실을 이제야 깨달은 것이리라. 게다가 여기서 전율하는 건 자신들을 더 불리하게 만들 뿐이라는 것을 도적들은 곧바로 이해했다.

"으랏차!"

"에~잇!"

라프타리아가 검을 휘둘러서, 빈틈을 보인 도적에게 휘두른다. 도적은 방어구로 막아내긴 했지만, 라프타리아의 공격이 강했는지 나가떨어져서 머리를 부딪치고 고꾸라졌다.

필로는 고속으로 적진을 휘저으며 강인한 그 다리로 한 명, 또 한 명을 걷어차 버린다. 그때마다 도적들은 모토야스가 그랬듯 5미터…… 아니, 10미터 이상을 나뒹군다.

……저러다 죽는 거 아냐?

도적의 숫자는 눈 깜짝할 사이에 줄어들어, 제대로 서 있는 건 이제 고작 여섯 명뿐이었다.

하지만, 도적들은 여유로운 분위기다. 분명히 불리한 상황이건만. 후퇴를 지시하지 않는 걸 보면 뭔가 믿는 구석이 있는 모양이군.

"어이! 다들 나와!"

"""오오!"""

도적들이 증원된다. 그 숫자는 열다섯 명.

이거 성가신 놈들인데. 하나하나는 약하지만, 숫자가 많아지니 골치 아프다.

게다가 전방이 아닌 후방에서 난데없이 나타났다.

"히익!"

비명을 지르는 액세서리 상인을 보호하듯 망토를 펼쳐, 도적이 쏜 화살을 막아낸다.

다행히 내 방어력을 돌파할 수 있을 만큼 강한 자는 없는 모양이다.

"아직 더 있다!"

라프타리아 쪽에서도 줄줄이 튀어나온다.

성가셔 미치겠네! 도대체 어디서 이렇게 튀어나오는 거야?

우리한테는 도적들을 모조리 쓸어버릴 수 있을 만한 결정타가 없단 말이지……. 최악의 경우 마차로 돌아가서 필로의 주력을 이용해 도망치는 것도 고려해야 할까?

"큭……."

챙, 하고, 라프타리아의 검을 정면에서 받아내고도 멀쩡하게 버티는 녀석이 한 놈 있다.

뭐지? 도적 주제에 차림새가 제법 근사하다. 같은 검이라도 그 녀석이 가진 게 더 좋은 소재로 만들어졌음을 알 수 있었다.

외모는 약간 겉늙어 보이는 30대 아저씨 같다. 일본풍 스토리라면 황야의 사무라이 같은 느낌이랄까? 뭐, 갑옷이 서양식이니 사무라이는 아니겠지만 어쩐지 강해 보인다.

"이 녀석인가……."

"그래, 방패 용사를 경호원으로 삼은 모양이지만, 당신이라면 이길 수 있겠지?"

"물론."

나는 액세서리 상인을 쳐다본다. 그러자 당황한 듯 액세서리 상인의 얼굴이 흐려졌다.

"아마, 저를 죽이려고 고용한 해결사 같습니다."

"헤헤, 이분은 클래스 업을 하신 분이다! 제아무리 방패 용사라도 이길 순 없을걸!"

클래스 업? 또 모르는 단어가 튀어나왔군.

아마 뭔가 능력을 파워 업 시키는 방법이겠지. 일반인은 하기 힘든 거.

"질 수 없어요!"

"라프타리아! 함부로 나서지 마!"

"고작 그거냐!"

해결사의 검술에 라프타리아의 검이 튕겨나간다.

크윽……. 실력 차이가 드러나고 말았군.

최근의 라프타리아는 무모한 모습을 자주 보인다. 제발

좀 자제해 줬으면 좋겠는데 말이지.

"아…….."

해결사는 라프타리아의 팔을 움켜쥐고 검으로 윽박지른다.

"자, 방패 용사, 거기 있는 상인을 안 넘기면 이 녀석을 죽여 버릴 테다."

넘기든 안 넘기든 죽이는 건 마찬가지일 걸 뻔히 아는데 거래가 성립할 리 없잖아.

그런데 어쩌지? 라프타리아가 인질로 잡혀 있는 상황에서는 움직일 수가 없다.

"라프타리아 언니를 놓아줘!"

그 직후였던 것 같다. 필로가 해결사에게 무시무시한 속도로 돌진했다.

"이런……!"

해결사도 필로의 속도에는 미처 반응하지 못하고, 가까스로 방어 자세에 들어가 낙법을 취했다.

해결사의 신경이 필로에게 향한 덕분에 라프타리아는 자유를 되찾았다.

하지만 필로는 돌진하는 와중에 다리가 꼬여서 넘어지고, 라프타리아도 검을 주우러 가는 바람에 해결사와 도적들이 나에게 몰려들게 되었다.

"뒈져라!"

"받아라!"

챙, 하고 방패가 소리를 내고, 나는 도적들과 해결사의 공격을 막아낸다.

크윽……. 해결사의 공격은 내 방어를 돌파할 수 있을 만큼의 공격력이 있는 모양이다. 어깨에 고통이 몰아친다.

"히, 히이이익!"

"나한테서 절대로 떨어지지 마!"

액세서리 상인을 한 손으로 끌어당긴 채 공격을 받아내고는 있지만, 언제까지 버틸 수 있을지.

애당초 라프타리아의 공격을 튕겨내고 필로의 공격에도 비틀거리기만 했을 뿐 타격은 입지 않았던 적을 이길 수 있는 수단이 있긴 한 건가?

실드 프리즌을 이용해 농성 작전을 펼친다 해도 효과 지속 시간이 문제가 된다.

다른 도적들은 피라미들이니 얼마든지 쫓아낼 수 있지만, 이 해결사를 어떻게 물리치느냐 하는 게 관건이다.

우선 방패 감옥에 가둬 두고, 다른 녀석들을 물리친 후에 천천히 해치우는 게 합리적일까? 적이 도망쳐 버릴 위험도 수반되지만.

그렇게 고민하고 있을 때, 라프타리아가 검을 주워 들고 뭔가 자세를 취한다.

뭐지? 꼬리가 부풀어 있잖아.

『힘의 근원인 내가 명한다. 다시금 이치를 깨우쳐, 아지랑이를 일으켜 나를 감추어라!』

"하이드 미라주!"

공기가 일렁거리고 라프타리아의 모습이 지워졌다.

"사, 사라졌어?!"

라프타리아를 노리고 있던 도적이 표적의 모습이 사라진 것을 보고 경악한다.

"멍청아! 마법으로 숨은 것뿐이야!"

라프타리아는 실전에서 마법을 쓸 수 있을 정도로 발전한 건가?!

젠장……. 나는 아직 못 쓰는데. 뭔가 뒤처진 기분이다.

"우우……. 필로도~!"

응?! 필로가 손을 교차시킨 채 의식을 집중시키고 있잖아?

『힘의 근원인 필로가 명한다. 다시금 이치를 깨우쳐, 저 자를 날려 버려라!』

"패스트 토네이도!"

필로를 중심으로 회오리바람이 일어나서, 도적들을 날려 버린다.

"뭐야?!"

해결사도 이번에는 놀랐는지 나에게서 거리를 벌리기 위해 물러났다.

──그의 운도 그걸로 끝.

제 발로, 후방에서 검을 겨누고 있던 라프타리아에게 찔리러 간 꼴이었다.

"크흑……."

"굉장히 강한 분이신 것 같지만, 저도 수단 방법을 가릴 상황이 아니라서요."

말을 마치기가 무섭게 라프타리아는 해결사의 뒤통수를 손칼로 후려쳐서 기절시켰다.

그럭저럭 제압하는 데는 성공했지만 설마 둘 다 마법을 쓸 수 있게 됐을 줄은 미처 생각지도 못했었다. 그나저나 필로, 마법을 쓸 줄 알면 미리 말해 줘야 할 거 아냐. 뭐, 마물이라서 본능적으로 쓸 수 있는 건지도 모르지만.

"칫! 후퇴한다!"

해결사가 쓰러지자 불리함을 깨달은 도적 리더가 소리친다.

"어림없지!"

그 도적 리더를 실드 프리즌으로 속박, 필로에 올라탄 라프타리아가 도망치는 도적들을 포획했다.

"어디 보자……."

나는 결박된 도적들을 살펴본다.

"이 녀석들, 근처 마을 자경단 같은 곳에 넘기면 보상금이라도 주지 않을까?"

"요즘 같은 세상에, 그렇게까지 돈을 내 줄지……."

라프타리아가 곤혹스러운 표정으로 대답한다.

"너는 알고 있나?"

액세서리 상인에게도 물어보지만 역시 고개를 가로저을 뿐이다.

"그래도 역시 자경단에 넘기는 게 좋을 것 같아요."

"흠……. 그렇긴 한데……."

도적단의 리더 같은 녀석이 나를 쳐다보며 히죽히죽 웃고 있다.

어떤 시나리오를 생각하고 있을지 대충 짐작이 간다.

"'방패 용사에게 공격을 받았다. 우리는 그냥 모험가일 뿐이다.' 라는 식으로 발뺌하시겠다?"

리더의 얼굴이 불쾌감에 일그러진다.

"그렇다! 뭐, 자경단 녀석들도 악명 높은 방패 용사보다는 우리를 더 믿을 테니까."

"하긴, 확실히 그럴 가능성도 있긴 하겠지……."

왜 내 악명이 이렇게까지 널리 알려진 건지……. 곰곰이 생각해 보면 납득이 안 간단 말이야.

그 쓰레기 왕녀와 쓰레기 왕 때문에 내가 옳은 일을 해도 주위 사람들이 믿어주지를 않는다.

하아…….

"할 수 없지. 그럼 죽이는 수밖에."

내가 그 말을 선택할 거라고는 생각지 못했었는지, 도적 녀석들…… 순식간에 안색이 새파랗게 질렸다. 개중에는 필사적으로 밧줄을 풀려 애쓰는 녀석도 있었지만, 곧바로 필로의 발길질을 얻어맞고 발버둥 친다.

"내 위험한 마물에게 인간의 맛을 가르쳐주는 것도 괜찮겠지……."

위압감이 묻어나는 목소리로, 나는 도적단을 향해 뇌까린다.

"밥?"

필로가 침을 흘리며 도적단을 응시한다.

"히, 히이이이익?!"

"어떻게 할까나."

"시, 신조의 마차라면서?! 기적을 뿌리고 다니는 자가 사람을 죽이겠다는 거냐?!"

"그건 내가 자칭한 별명도 아냐. 쏟아져 내리는 불똥은 자기 손으로 걷어내는 게 당연한 거 아냐? 너희는 지금까지 남들의 고된 땀방울을 빨아먹으며 살아왔어. 이번에는 너희 차례가 돌아온 거라 생각하고 포기하시지."

"모, 목숨만은 살려줘!"

"그럼 돈이 될 만한 것들과 장비를 내놔. 그리고 너희 아지트가 있는 곳을 불어. 거짓말이라면 얼마든지 해도 좋아. 다만 나는 남에게 속는 게 죽도록 싫어. 한 번이라도 거짓말을 했다가는 신조가 너희의 사지를 하나씩 하나씩 찢어발겨서 먹어치울 줄 알아."

떠는 도적들에게 가벼운 어조로 다그친다. 악명 높은 방패 용사라서인지 매우 효과적이다.

"아, 알았어! 우리 아지트가 있는 곳은——."

지도상에서 어디 있는지를 확인했다.

가깝잖아.

"좋아, 교섭을 받아들이지."

내가 손을 내리자, 필로가 도적 전원에게 힘껏 일격을 가해서 모조리 기절시킨다.

"일단 돈이 될 만한 것들을 뜯어내. 오? 이 자식, 좋은 장비를 차고 있는데. 라프타리아, 네 장비를 이걸로 대신해."

겸사겸사 해결사가 걸치고 있던 것들을 모조리 벗겨낸다. 제법 좋은 장비를 소지하고 있는 것 같으니 임시 수입으로는 안성맞춤이다.

"도적의 옷가지를 뜯어내다니…… 도적들이랑 별로 다를 게 없는 행동이잖아요."

라프타리아는 그렇게 말하면서도, 내 지시에 따라 도적들의 장비를 척척 뜯어낸다.

"이제 독을 먹은 녀석들에게 해독제를 먹이고 마차에 실어. 빨리들 움직여. 이 녀석들의 아지트에도 들러야 하니까."

"네~에!"

도적들에게서 알아낸 아지트의 위치가 정말인지를 확인하고, 지금까지 했던 것과 같은 수법으로 보초 녀석들의 장비도 뜯어낸다. 그리고 아지트에 가득 쌓여 있던 도적들의 보물을 마차에 실은 후 결박되어 있는 전원을 아지트에 버려두었다.

보물의 종류는 풍부하다.

단순한 돈, 식량, 술, 무기 및 방어구, 귀금속, 힐링 환약 등의 값싼 약, 기타 등등.

상상했던 것보다 꽤 많은 양이라 생각지도 못했던 임시 수입이 될 것 같다.

"이렇게…… 강할 수가."

액세서리 상인 녀석, 지금까지 일어난 일들에 반쯤 넋이 나간 채, 나를 쳐다보고 있었다.

"그래서 너는 보상금을 얼마나 줄 거지?"

내 물음에 액세서리 상인은 그제야 제정신을 차린다.

"상대는 해결사까지 고용한 도적단이었어. 나는 그런 녀석들한테서 널 지켜준 거고. 고작 은화 몇 닢으로 넘어가려고 들면 가만 안 둘 거야."

일단 으름장을 놓는다.

너 때문에 이런 성가신 일에 휘말렸다고. 이런 일을 은화 몇 닢으로 넘어갈 수 있다면 세상에 누가 고생을 하겠나.

상품인 액세서리 한 개를 넘겨받는 조건으로 합의를 보았다. 시가로 치면 은화 20닢 상당의 물건이라고 한다.

"도적의 습격을 받아도 그냥 당하지 않는 그 정신…… 감명받았습니다."

어쩐 감격하고 있다. 액세서리 상인 녀석, 나를 바라보는 눈매에 아까와는 다른 열기가 깃들어 있다.

거짓말은 아닌 것 같은 느낌이 들었다.

"좋습니다. 제 비장의 노하우인 세공 기술과 마력 부여. 그리고 유통 루트를 알선해 드리죠."

"……그건 보상금치고는 좀 과한 거 아냐?"

아무리 생각해도 보수치곤 너무 지나치다. 도리어 수상할 정도인데.

액세서리 한 개를 빼앗긴 화풀이로 뭔가 속이려 하고 있을 가능성이 높다.

"그럴 리가요, 요즘 세상에 당신처럼 탐욕스럽고 근성 있는 상인은 얼마 없습니다."

"욕심 많은 녀석이라면 얼마든지 있는 거 아냐?"

"그게, 의미가 다릅니다. 누군가에게서 이익을 짜내고 그냥 내버리는 게 아니라 살려둔 채 짜내는 그런 안목을 갖고 있는 자가 필요하단 말씀이죠."

"살려 둔 채로 짜낸다라……."

나에게 쥐어짜진 채 묶여 있는 도적들에게로 시선을 돌린다.

세력이 제법 강했던 듯 의류도 좋은 걸 걸치고 있었기에 장비를 포함해서 모조리 빼앗은 거였는데……. 자업자득이라고는 해도, 모든 걸 빼앗긴 자들의 말로 같은 애처로운 느낌도 들었다.

"저게 말이야?"

"저들은 저와 당신으로부터 금전과 목숨을 빼앗으려 했습니다. 하지만 당신은 타협하고 살려둔 채 장비만 벗겨내는 정도로 끝내지 않으셨습니까. 목숨보다 귀한 건 없는 법. 원래는 죽어도 할 말이 없을 상황이었을 텐데 말이죠. 당신의 신분을 생각하면 저들에게는 최고의 결과일 겁니다."

뭐, 내 악명이 워낙 높으니 자경단이 도적들의 증언을 더 신뢰할 가능성은 충분히 존재한다. 안 믿을 가능성도 있지만.

"저들은, 전 재산을 들여서 당신에게서 자신들의 목숨을 산 겁니다."

"그렇게 표현할 수도 있는 건가……."

"그리고…… 당신에게 복수하기 위해 다시 재산을 불린 저들을, 당신이 다시 쥐어짜는 거죠!"

액세서리 상인이 잔인하게 웃고 있다.

뭐야, 이 자식?! 엄청나게 교활한 놈으로 보이기 시작했어!

"음, 뭐, 다음 도시에서 내려 주지."

"아뇨, 여러모로 가르쳐드리겠습니다. 다 가르쳐드릴 때까진 절대 안 내릴 겁니다."

이 액세서리 상인, 나한테 뭘 가르칠 작정이냐!

액세서리 상인이 이상하게 의욕을 보이는 게 어째 불안한데…….

어쨌거나 이렇게 도적들에게서 빼앗은 보물들로 이득을

챙긴 우리의 행상 여정은 계속된다.

쓸데없는 사족일지도 모르지만, 액세서리 상인이 우리 마차에 타고 있다는 정보를 도적들에게 팔아넘긴 상인 조합원이 있었다는 모양인데 훗날 숙청되었다고 한다.

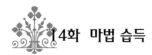

14화 마법 습득

그때부터 어째선지 액세서리 상인이 우리의 행상 여정에 동행했다.

탑승료는 받았으니 불만은 없지만 이 녀석이 이렇게 행동하는 이유를 알 수가 없었다.

도적 사건 때문에 내가 퍽이나 마음에 들었는지, 액세서리 상인은 자신의 신분을 밝히고 마차에서 내릴 때까지 내게 계속 강의를 해 주겠다고 했다.

들자 하니, 그가 이렇게 여정에 나선 것은 이 주변의 질서를 어지럽히는 행상의 얼굴을 익히고 주의를 주는 게 목적이었다고 한다. 상인조합의 자객 같은 거랄까.

그런데 지금은 내 자질을 발견해서 더 갈고닦아 주고 싶어졌다나 뭐라나…….

게다가 이 액세서리 상인, 조합 내에서도 상당한 권력을 갖고 있는 상인으로, 표면상으로는 다정하지만 제자를 키우지 않는 걸로 유명한 사람이었다고, 훗날 나중에 만난 상인 동료가 투덜거렸었다.

그가 가장 먼저 가르쳐준 내용은 보석 등에 마력을 부여할 때 사용되는 물품 조달에 대한 것. 그러면서 자신의 지인이 있는 채굴장을 알선해 주었다.

다음은 귀금속을 액세서리로 가공하는 작업. 요즘은 디테일을 살린 디자인이 인기라는 모양이다. 나 자신부터가 원래 오타쿠였던 덕분에 그림에는 다소의 소양을 갖고 있어서 대충 그럴싸한 걸 만들어 봤더니 칭찬을 들을 수 있었다.

그리고 가공에 필요한 도구를 저렴한 값에 팔아 주었다.

이 세계에만 존재하는 마법 도구로, 연료로는 석탄과 비슷한 마법석이라는 녀석을 쓴다.

역시 방패가 반응하긴 했지만 원가가 꽤 비싼 녀석이라 흡수시킬 수는 없었다.

내 세계에서 쓰는 연마기나 버너와 유사한 물건들이 있다. 이런 것들을 이용해서 액세서리를 가공한다고 한다. 철이나 단단한 금속을 가공할 때는 금형을 만들어서 제철소로 가져가는 게 당연한 일이라나 뭐라나. 뭐, 이럴 때는 「가공 기능」 덕분에 보정이 발동한다.

고도의 제품을 만들 때는 따로 더 도구가 필요하다는 모양이지만, 그것들은 너무 비싸서 현재로서는 현실적으로 엄두를 내기 힘들다.

그리고 본론은 여기부터다.

마력 부여라는 작업. 이건 역시 마법 구사 능력이 필수적이었다.

마법을 쓸 줄 모르는 내가 한 손에 마법서만 든 채 끙끙대고 있는 걸 보고 액세서리 상인이 말을 걸었다.

"용사님은 마법을 못 쓰십니까?"

"그래. 부하 녀석들은 마력을 동조시키면 된다고 그러는데, 그 마력이라는 것 자체를 알 수가 있어야 말이지."

"아아, 그랬군요……. 그래서 그렇게 고민하고 계셨습니까."

액세서리 상인은 품속에서 뭔가 작고 투명한 파편 같은 걸 꺼내서 내 손에 쥐여 주었다.

"이건 뭐지?"

"어떤 희귀한 광석의 조각입니다. 꽤 비싼 녀석입지요."

"호오……."

"문자는 읽을 줄 아시겠죠?"

"간단한 거라면…… 어느 정도는."

한 달 가까이 이 세계 문자를 접하며 진지하게 파고들다 보니 어느 정도는 알아볼 수 있게 되었다. 어려운 비유 같은 건 아직 이해 못하지만 간단한 거라면 읽을 수 있었다.

"그렇다면 남은 건 마법을 습득하는 일뿐입니다. 마력을 느낄 수만 있으면 충분하죠."

으~음……. 제법 어려운 소리를 하는군.

그렇게 생각하면서 액세서리 상인이 건넨 조각을 손에 굴려 보니 어렴풋이 빛나기 시작했다.

그건…… 뭐라고 표현해야 좋을까. 지금까지 몰랐었던, 나 자신에게 있는 또 하나의 손이 움직이는 것 같은 감각이라 해야 할까.

나는 방법을 모르던 새가 처음으로 날갯짓하는 방법을 깨달은 것 같은…… 그런 감각.

"뭔가 이상한 느낌인데."

"원래는 그런 것 없이도 마력을 느끼는 게 가능합니다만, 당신은 그걸 모른 채 자라온 것 같아서 시험 삼아 건네 드린 거였는데, 성공이었나 보군요."

"그런 거야……?"

나는 마법서에 적혀 있는, 해독을 마친 개념을 펼치면서 암송한다.

마력이라는 또 하나의 팔을 자신의 팔에 의식적으로 일치시킨다.

문자가 빛을 낸다. 그것은 나만이 읽을 수 있는, 나 자신에 새겨진 마법.

『힘의 근원인 방패의 용사가 명한다. 다시금 이치를 깨우쳐, 저자를 지켜라!』

"패스트 가드!"

시야에 조준 마크가 생겨난다. 시험 삼아 나 자신을 선택해 보았다.

어렴풋한 빛이 나에게 깃들었다.

스테이터스를 체크해 보니 마법을 사용한 만큼 수치가 상승해 있었다.

"오오……."

"보아하니 습득에 성공하신 것 같군요. 그럼 마력 부여를 가르쳐드리죠."

액세서리 상인 녀석, 내 감동을 건성으로 넘기고 강의를 시작했다.

힘들게 익혔는데 이렇게 허무하게 흘려 넘겨 버리는 것도 좀 거시기한데.

그 후, 액세서리 상인의 지도에 따라 나는 마력 부여를 익혔다.

가공한 보석에 마력을 불어넣고, 보석에 깃들어 있는 힘의 방향성을 제어하는 기술이다.

처음엔 애를 먹었지만 이제는 마법도 쓸 수 있게 됐고 방패의 보정 효과도 있었던 덕분에 몇 번 만에 어느 정도 수준의 물건을 만들어낼 수 있게 되었다. 어려운 물건은 다른 보석의 힘을 혼합하거나 다른 물건, 이를테면 약에서 마력을 추출해서 부여하는 것도 가능하다는 모양이다.

"뭐, 기본은 이 정도면 될 겁니다. 그럼 이 이후부터는 자력으로 익혀서 장사에 유용하게 사용하도록 하십시오."

액세서리 상인은 그렇게 말하고 마차에서 내렸다.

이렇게 해서 나는 약의 조합 이외에, 보석 가공 기술도 익힐 수 있게 된 것이었다.

세공용 광석이 필요했으므로, 액세서리 상인이 알선해 준 채굴장이 있는 도시로 갔다.

"호오⋯⋯. 그분이 소개해 주셨단 말이니까?"

광부로 보이는 덩치 좋은 사내는 의심 어린 눈길로 나를 쳐다보았지만, 액세서리 상인의 소개장을 보여주자 놀라며 물었다.

"확실히 그분이 쓴 증서군요. 돈에 철두철미한 그분이 소개를 해 주시다니⋯⋯."

"무슨 뜻이지?"

얘기에 따르면 액세서리 상인은 더없는 짠돌이로 유명한 상인이라고 한다.

광부는 그런 짠돌이에게서 소개장을 받아온 나를 수상하게 여겼다가 소개장이 진짜인 걸 보고 깜짝 놀랐다는 모양이었다.

"그분의 소개니까 믿기로 하죠. 얼마에 사시겠습니까? 소개장도 있고 하니, 어느 정도는 융통해 드리죠."

"있잖아, 내가 알아서 채굴해 가면 안 될까? 그러면 더 싸게 해 줄 수 있는 거 아냐?"

"네? 아, 뭐……. 그러시다면야 거의 공짜에 드릴 수도 있긴 합니다만……."

나는 라프타리아와 필로에게 장사를 맡긴 채, 곡괭이를 들고 채굴장이 있는 동굴로 들어갔다.

곡괭이로 돌을 치는 깡깡 하는 소리가 동굴 안에 메아리치고 있다. 솔직히 귀가 따갑네.

뭔가 공기도 답답하고 후덥지근하다.

벽에 수정이 노출된 채 아련한 빛을 발하고 있다. 전에 갔던 폐광과는 다른 느낌이다.

"이 동굴 안은 어지간하면 다 안전하니까 마음 내키는 곳 어디든 캐셔도 좋습니다만 붕괴 위험이 전혀 없는 건 아니니 주의하도록 하십시오."

그야 그렇겠지.

광부의 말로 미루어 보아 여러 곳에 있는 동굴 중에서 가장 튼튼한 곳으로 안내해 준 것이리라.

나는 천천히 곡괭이를 치켜들었다가 암벽을 향해 내리찍는다. 그러자 벽에 십자 모양의 빛나는 점이 생겨난다.

라이트메탈 때와 똑같군.

"에잇!"

나는 있는 힘을 다해서 곡괭이를 휘둘렀다.

깡 하는 소리와 함께 벽에 금이 간다. 그 균열이 쩍쩍 벌어지며 무너졌다.

"하아?"

광부 녀석이 멍한 얼굴로 내 쪽을 쳐다보고 있다.

"그 단단한 암벽을 한 방에……?"

단단한 건가……?

「채굴 기능」 덕분인지 한 번 휘두를 때마다 벽이 와르르 무너지고 눈 깜짝할 사이에 보석 원석이 데굴데굴 굴러 나왔다. 다만, 아무래도 기능의 레벨이 낮아서인지 아무리 찍어도 보석이 캐지지 않는 벽도 있었다.

"그럼 이 정도만 가져가지."

"아, 그러시죠."

보석 원석을 보따리에 담아서 종종걸음으로 채굴장을 나섰다.

참고로 채굴장 근처에서는 괭이로 밭을 갈듯이 땅을 파기만 해도 보석 원석을 채굴할 수 있었다. 의외로 이 부근에서는 흔히 나오는 것 같았다.

문제는 지표면 근처의 원석은 마력적으로 질이 떨어진다는 점이었지만.

내 세계의 지식에 의하면 보석 채굴로 유명한 곳에서는 밭에서 작물을 캐듯이 보석들을 줄줄이 캐낼 수 있다고 했다. 하지만 여기는 이세계이기 때문이리라. 질이 좋은 보석은 땅속 깊이 묻혀 있다는 모양이었다.

루비 브레이슬릿이 완성되었습니다!
품질 좋음→고품질

시험 삼아 만들어 보니, 원래부터 질이 좋았던 덕분인지 상당한 상등품이 만들어졌다.

기왕 여기까지 한 김에 마력 부여도 해 본다.

루비 브레이슬릿(불 내성+)
품질 고품질→보통

으…… 마력 부여 과정에서 품질이 상당히 떨어졌다.

이런 식으로 장식품 방면에도 손을 대 가면서 나의 행상 여정은 계속된다.

그런데 마차 안에서 액세서리 제작을 하는 것은 상당히 어려워서, 시간에 따른 단가를 따지면 약 조합보다 이득인지 아닌지 애매하다. 게다가…… 원석도 완성품도, 방패에 먹여 봐도 트리와 레벨이 부족해서 변화시킬 수가 없었다.

이건 어디까지나 판매용이군.

참고로 아까 그 브레이슬릿은 이틀의 제작 기간을 들여

만든 끝에 은화 80닢에 팔렸는데, 주로 시간을 잡아먹은 건 뼈대가 되는 팔찌를 만드는 과정이었다.

이 세계는 내 세계에서보다 보석의 가격이 낮다.

유행에 맞으면서도 얼마나 참신한 디자인을 만드느냐에 따라서 가격이 달라진다나. 약간 모순되는 소리지만.

어쨌거나 요즘은 그런 게 붐이라고 한다. 이세계에도 유행이라는 게 있는 모양이다.

그리고 정말 값비싼 보석은 내가 모르는 보석인 모양이다. 어쨌거나 이제 돈도 꽤 많이 벌었다. 슬슬 본격적으로 새 장비를 구입하는 것도 나쁘지 않을 것 같다.

철광석 방패의 조건이 해방되었습니다.
동광석 방패의 조건이 해방되었습니다.
은광석 방패의 조건이 해방되었습니다.
연광석(鉛鑛石) 방패의 조건이 해방되었습니다.

철광석 방패
능력 미해방……장비 보너스, 「제련 기능2」

동광석 방패
능력 미해방……장비 보너스, 「제련 기능1」

은광석 방패

능력 미해방……장비 보너스, 「악마계로부터의 공격 2% 감소」

연광석 방패

능력 미해방……장비 보너스, 방어력1

무기상 아저씨에게 맡기면 그만일 법한 기능들이 튀어나온다. 꼭 모두 다 익힐 필요는 없다.

연광석 방패는 뭔가 다른 기능이었다가 중복으로 인해 치환된 것 같다.

이 기능은 쓸 일이 없겠군.

그런 식으로 행상의 나날을 보내던 어느 날, 마침 남쪽 도시에 들렀을 때의 일이다.

액세서리 상인으로부터 어떤 지방에서 제초제를 대량으로 구하고 있다는 정보를 전해 들었다.

그의 말에 따르면 납품 기일을 맞출 수 있을 정도의 속도를 가진 것은 신조…… 필로밖에 없다는 모양이었다.

큰돈을 벌 수 있다는 생각에, 우리는 남서쪽에 있는 마을을 향해 발걸음을 서둘렀다.

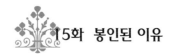

15화 봉인된 이유

대량의 제초제를 구하고 있다는 소식에, 서둘러 그 마을로 향했다.

"주인님~."

"왜 그래?"

"있잖아~, 식물이 엄청나~."

"하아?"

라프타리아와 함께 마차 밖을 내다본다. 그러자, 길을 가득 채울 기세로 꿈틀대고 있는 식물의 모습이 눈에 들어왔다.

"뭐, 뭐야?!"

식물은 느리지만 조금씩, 확실하게 자신들의 지배 영역을 확장시켜 나가고 있다.

"마을은……."

주위를 확인해 보니, 난민 캠프처럼 사람들이 모여 있는 곳을 발견할 수 있었다.

"필로, 저기로 가 줘."

"응."

우리는 캠프가 펼쳐져 있는 곳에 도착해서, 행상 일을 시작한다.

"어디 보자, 제초제는 얼마 정도에 팔면 좋으려나."

아까 그 침식하는 덩굴을 제거하기 위해서 제초제를 사려는 것이리라.

알 만하군. 저 정도면 큰돈을 벌 수 있을 거라는 액세서리 상인의 호언장담도 수긍이 간다.

그럼 어디, 어느 정도 금액이 될지 알아볼까.

"어쩌면 전문 매입업자가 있을지도 몰라요."

"그럴지도 모르겠군."

마차에서 내려서 사정을 물어본다.

참고로 방패는 북 실드로 바꿔 둔 상태다. 그것을 팔 안쪽으로 돌려서 책을 든 행상인 척 위장하고 있는 것이다. 눈에 확 띄는 방패가 없으면 방패 용사라는 걸 들킬 일도 없다.

"제초제를 비싼 값에 산다는 소문을 듣고 온 사람인데."

캠프 사람 중에 제법 호화스러워 보이는 장비를 갖추고 있는 자에게 묻는다.

"오오……. 행상분이시군요. 잘 오셨습니다."

"그나저나 도대체 웬 난리 통이야, 이건?"

나는 식물에게 침식당한 대지 쪽을 보면서 묻는다.

"그게…… 원래 저희 마을은 기근을 겪고 있었습니다."

아아, 그러고 보니 그런 소문을 들었었지. 하지만 그건 모토야스가 해결해 준 것 아니었나?

"창의 용사님이 오셔서 고대에 봉인된 기적의 씨앗을 입수해 주신 덕분에 기근은 해결됐습니다만……."

"설마 그 기적의 씨앗이?"

나는 대지를 침식하는 덩굴 쪽을 본다. 자세히 보니 각양각색의 과실이며 야채가 덩굴에 열려 있었다.

이 캠프 녀석들은 식료품 조달에는 문제가 없는 모양인지 음식 배급 같은 걸 하는 모습은 찾아볼 수 없었다. 뿌리에서는 감자도 캘 수 있는 듯 농민이 침식 중인 덩굴 쪽으로 가서 땅을 파고 있다.

한마디로, 식물로부터 식량은 얻을 수 있지만 그 지나친 번식력 때문에 자신들의 살아갈 터전이 위협받고 있다는 건가.

완전 바보 아닌가?

잘 생각해 보면 봉인되어 있는 데에는 그만한 이유가 있는 법이다. 문제가 없었다면 지금까지 봉인된 채로 남아 있었을 리가 없다.

모토야스 녀석, 도대체 무슨 생각으로 이런 짓을 한 건지.

그나저나 이 부근이라면 마법상이랑 같이 한 번 지나간 적이 있었는데.

「종자의 봉인을 풀려 하는 자여. 바라건대 이 종자가 세상에 나가는 일이 없기를 간절히 바라노라. 사람들을 굶주림에서 구하고자 하는 소망은 최악의 형태로 나타나리니. 안이하게 봉인을 풀지 말지어다.」

봉인에 그렇게 적혀 있었던가. 모토야스는 무슨 생각으로 봉인을 풀어서 마을 사람들한테 준 거야?

보나 마나 비문은 읽지도 않았겠지. 게임 속 지식에는 그런 내용은 없었던 건가.

"게다가 외곽 부분은 별문제 없습니다만, 마을 쪽에 가면 식물이 마물화해 있어서 말입니다."

변이성 식물이라는 건가.

진짜 제정신이 아닌 거 아냐?

왜 내가 순식간에 이런 더러운 기분에 빠져야 하는 건가.

그 녀석은 나를 불쾌하게 만드는 것에 있어서는 천재라니까.

"그래서 제초제가 필요하다?"

"네."

농민이라면 식물을 제거하는 방법쯤은 숙지하고 있을 법도 한데…….

"처음에는 마을이 풍족해졌다고 다들 반겼습니다. 하지만 밭을 넘어 집에까지 돋아나서……. 최선을 다해서 힘을 모아 온 마을의 풀을 베어 보았습니다만, 도저히 번식 속도를 따라잡을 수가 없어서……."

"참고로…… 그건 언제부터지?"

"창의 용사님이 떠나신 후, 2주 동안은 괜찮았습니다. 그런데 보름쯤 전부터……."

"호오. 나라에는 보고했나?"

"네. 하지만 용사님도 바쁘신지라 여기까지 오기에는 한

동안 시간이 걸린다고 해서, 더 이상의 침식을 제초제로 겨우 틀어막고 있는 실정입니다."

하아……. 나도 모르게 한숨이 나온다.

"불살라서 없애 버리면 그만이지 않나요?"

"생각할 수 있는 방법은 모두 시도해 봤습니다만……."

"아아, 이미 해 봤다는 거군."

아마 모험가에게도 제거를 부탁해 본 것이리라.

실제로 주위를 보면 누가 봐도 마을 사람이 아닌 게 분명한, 무기 등을 가진 자들도 눈에 띈다.

"우와아아아아아아아아아아아아아!"

마을이 있는 쪽에서 비명 소리가 들려온다.

"뭐야?!"

"어떤 모험가가 저희의 제지도 듣지 않고 레벨을 올리겠다며 마을로 들어갔는데 그 목소리 같습니다."

마을 사람이 반쯤 체념한 말투로 대답한다.

"칫! 필로!"

"네~에!"

내가 마을 쪽을 가리키자 식물에 열린 열매를 먹어치우고 있던 필로가 내달린다.

필로는 식물지대를 고속으로 통과해서 처참한 몰골의 모험가 세 명을 걸머지고 돌아온다.

"마을 쪽은 어땠지?"

"음, 식물 마물이 꿈틀꿈틀 움직이고 있었어. 독이나 산 같은 걸 내뿜는 재밌는 것도 있더라구. 약한 주제에 그런 곳에 가다니 바보라니까~."

"마지막 한마디는 빼도 돼."

"네~에!"

마을 사람들은 유창하게 말하는 필로를 보고 놀라고 있다.

"다, 당신은 요즘 소문이 파다한, 신조의 마차에 탄 성인님이십니까?"

새삼스럽게 마을 사람들이 나를 향해 손을 모으고 묻는다.

"뭐……. 성인인지 어떤지는 모르겠지만, 마차와 새의 주인이긴 해."

"부탁드립니다! 부디 저희를 구해주십시오! 여기에는 식물에게 침식당한 자까지 있습니다!"

"기생 능력까지 갖고 있는 거냐……."

나는 치료약과 제초제를 한 손에 들고, 마을 사람이 안내하는 텐트로 들어간다. 그러자 거기에는 몸의 절반이 식물로 변해 있는 사람 몇 명이 누워 있었다.

"나을지 어떨지는 나도 몰라. 그리고 나는 자선가가 아니니까 치료비는 꼭 받아야겠어."

"네……."

일단 가장 가까이 있던, 고통 어린 얼굴로 잠들어 있는 아이에게 다가가서, 치료약을 먹인다.

어렴풋한 빛이 깃들고 아이의 숨결이 잔잔해진다. 나는 제초제를 환부에 뿌렸다.

아이는 한동안 고통스러워했지만, 이윽고 식물이 시들어서 하늘하늘 떨어져 적어도 겉으로 보기에는 완쾌된 것처럼 보였다.

"오오……."

"역시 성인님이셔."

감탄 어린 목소리가 흘러나온다. 다른 환자에게도 마찬가지로 약을 먹이고 제초제를 뿌린다.

전원에 대한 치료가 끝날 무렵이 되자, 캠프 안의 분위기도 밝아져 있었다. 뭐, 다소나마 개선될 전망이 보였으니 밝아지는 것도 당연하다.

"감사합니다! 감사합니다!"

사람들은 내게 감사를 표했다.

"먼저 치료비부터 내놔."

나는 시세보다 약간 비싼 대금을 요구한다.

이유는 있다. 이미 국가에 구조 요청을 보냈다면 다른 용사와 맞닥뜨리게 될 가능성이 있기 때문이다. 그렇게 되면 내 정체가 탄로 나고, 이 녀석들의 태도가 나쁜 쪽으로 돌변할 가능성이 높다.

마을 녀석들은 웃으며 내게 돈을 건넸다. 계획했던 대로다.

"좋아, 그럼 난 이제 제초제를 팔 테니 사기나 해. 그 일만 끝나면 이제 이 마을에는 볼일 없으니까."

"저기…… 성인님, 부디 이 마을을 구해주실 수 없겠습니까?"

"아앙?! 나라의 용사한테 부탁하면 될 거 아냐?"

"저……."

으……. 마을 녀석들, 어째 모두가 모여들어서 내게 기도하듯이 애원하고 나섰잖아.

나는 전지전능한 인간이 아니다. 그리고 그렇게까지 할 이유도 없다.

"싫어."

"부탁입니다. 돈이라면 어떻게든 마련할 테니……."

"돈은 선불로 내야 해. 그리고…… 일이 잘 안 풀리더라도 나중에 불평해 봤자 무시할 테니 그리 알아. 하나 더. 창의 용사가 풀어 버린 봉인에 대한 대략적인 정보를, 알고 있는 범위 안에서 최대한 알려줘."

내 답변에 마을 녀석들은 기부금을 걷기 시작했다. 모두 자발적으로 품속에서 돈을 꺼냈고, 그동안에 나는 정보를 최대한 수집했다.

이야기에 따르면 이번에 뿌려진 씨앗은 인근 유적에 봉인되어 있던 식물 종자로, 강력한 수호자에 의해 보호받고 있던 것이라 한다.

그런 수호자가 지키고 있던 씨앗이라면 뭔가 문제가 있는 걸지도 모른다는 생각은 안 해 본 걸까?

그 정도 비문을 읽을 줄 아는 녀석도 없었던 건가 싶어서 황당할 따름이다.

마을 사람들의 조사에 따르면 그 씨앗은 오랜 옛날 이 부근을 근거지로 삼았던 연금술사가 만든 걸작 중 하나였지만, 어떤 이유에서인지 그 후에 봉인되고 말았다고 한다. 기술에 의하면 한때 이 인근 지역이 식물에 의해 지배당했던 적이 있었다던가.

"그런 전승이 있다면 봉인을 풀지 말았어야지! 아무도 눈치 못 챘던 거냐?"

모두가 일제히 시선을 외면했다.

보나 마나 용사가 가져다준 거니 당연히 안전할 거라고 생각한 것이리라.

그렇게 얘기를 나누다 보니 이쪽이 요구한 만큼의 기부금이 모였다.

······상당한 금액이다. 선불이라면 내 정체가 탄로 나도 도망칠 수 있겠지.

"알았어. 그럼 어디 한번 해 볼까."

그리고 방패를 전투용인 키메라 바이퍼 실드로 변화시킨다.

"바, 방패 용사?!"

마을 녀석들의 목소리를 무시하고 덩굴 속을 나아간다. 라프타리아와 필로가 내 뒤를 따른다.

　돈이 가득 들어있는 보따리를 허리춤에 매달고, 식물에 침식당한 대지를 걸어간다.

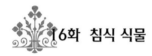

16화 침식 식물

　"라프타리아, 필로, 조심해."

　자, 이번 적은 식물이라 이거지.

　평소에 약초 등을 자주 접하는 나에게도 눈앞에 있는 식물은 이색적이었다.

　덩굴에는 다양한 과일들이 열려 있고, 뿌리에서는 감자가 나온다. 그뿐만이 아니라 인체에 기생하는 능력을 갖고 있고 산이며 독을 뱉는다고 한다.

　효과가 있을 법한 것은 제초제 정도일까……. 물리적으로 쓰러트리는 게 효과가 있을지 어떨지 장담할 수 없겠는데.

　한동안 나아가자 덩굴이 꿈틀거리며 우리 쪽으로 덮쳐 들어왔다.

　"하앗!"

　"싫어!"

라프타리아와 필로가 덩굴을 후려쳐서 거꾸러트린다.

하지만 식물은 줄어들 기미를 보이기는커녕 오히려 주위에 있던 덩굴들까지 일제히 우리 쪽으로 다가왔다.

일단…… 마법을 써 볼까.

『힘의 근원인 내가 명한다. 다시금 이치를 깨우쳐, 저자를 보호하라!』

"패스트 가드!"

라프타리아와 필로에게 방어마법을 건다.

대상의 방어력이 상승한다. 원래부터 방어력이 높은 나 스스로에게 사용하면 효과가 더 높은 보조마법이다.

"나오후미 님, 고맙습니다."

"고마워~."

두 사람은 내게 감사를 표하고 각지에서 덮쳐 오는 덩굴에 대한 공격을 속행했다.

뭐, 이대로 전진하는 건 좋다 쳐도 어떻게 하면 이 식물을 제거할 수 있는 건지.

강력한 마법으로 불살라 버려야만 한다거나 전용 제초제 혹은 마법 없이는 억제할 수 없다면 지금은 일단 철수하는 수밖에 없다. 하지만 일단 여기 있는 적들을 섬멸시키면서 나아가는 것도 한 방법이긴 하다.

마을 쪽에 있는 마물에 뭔가 힌트가 숨겨져 있을 가능성이 높다.

제거 방법까지는 전승으로 전해진 게 없었으니 구체적인 방법은 찾아낼 수 없었다. 그렇다면 일단 정공법으로 뚫고 나가 보고 그게 안 된다면 뭔가 다른 방법을 강구할 수밖에 없다.

다시 그 유적에 가 봐야 하는 건가. 귀찮은데.

덩굴의 공격은 내 방어력을 돌파하기에는 약한 모양이라, 앞으로 나아가는 데는 별지장이 없었다.

"일단, 조사하러 나아가는 거다!"

"네!"

"네~에!"

나는 마을을 향해 내달려서, 식물의 근원일 법한 중추부를 향해 나아간다.

거기에는 식물형 마물들이 우글대고 있었다.

적의 수준은 나를 비롯한 라프타리아나 필로의 실력으로 충분히 처리 가능한 정도다. 다만 라프타리아와 필로에게는 방어 면에서의 불안이 남는다.

"으음⋯⋯."

식물의 이름은 바이오플랜트, 플랜트리웨, 만드라고라.

바이오플랜트는 이 식물 전체의 통칭이고, 플랜트리웨는 덩굴로 구축된 인간형 마물. 만드라고라는 벌레잡이통풀처럼 생긴 비이동형 식물이다.

필로가 얘기한 독을 뱉는 녀석은 플랜트리웨로 머리에 위치한 커다란 꽃에서 독으로 된 꽃가루를 흩뿌린다. 그리고 만드라고라는 덩굴로부터 산성 용해액을 내뱉고, 용해액 때문에 약해진 먹잇감을 덩굴로 본체까지 끌어들여서 포식하는 모양이었다.

바이오플랜트는 이 두 종류의 식물을 생산하는 근본이 되는 마물이다. 이따금 덩굴이 부풀었다가 터지고 그 안에서 이 두 종류의 마물이 튀어나온다.

시험 삼아 제초제를 뿌리자 최후의 일격이라도 받은 듯 시들었다.

방패의 공격 판정에는 위배되지 않는 모양이다. 뭐, 감각적으로 느끼기에 마물이라기보다는 식물에 불과하기 때문일까.

도대체 그 판정 기준이 뭐지?

이를테면 언데드 몬스터에게 성수를 뿌리거나 회복마법을 거는 것처럼, 본래 용도와 다르게 사용하는 것이기 때문일까. 아니면 기생 상태를 회복시키는 약이기 때문에 통하는 건지도 모른다.

모르겠다.

"이제 어떻게 한다……."

만드라고라와 플랜트리웨가 쉴 새 없이 나를 향해 무의미한 공격을 퍼붓는다.

적의 공격은 별 의미가 없었지만, 독성 꽃가루 때문에 약간 숨쉬기가 힘들다. 산성 용해액도 성가시긴 마찬가지였다. 아마도 방어력 저하 효과가 있는 듯, 스테이터스를 살펴보니 방어력이 상당히 떨어져 있었다.

그래도 결국 돌파당하지는 않으니 상관은 없지만, 문제는 「뱀의 독니(중)」가 전혀 효과를 발휘하지 못한다는 점이다.

당연하다면 당연한 일이다. 적도 독을 쓰는 데다가, 애당초 식물이니까.

"라프타리아."

"콜록……! 왜 그러세요?"

공기가 안 좋아서인지 라프타리아는 약간 숨쉬기가 힘든 모양이었다.

완치됐다고는 하지만 라프타리아는 예전에 호흡기 질병을 앓았던 탓에 아직 호흡기가 약한 건지도 모른다.

"일단 너도 제초제를 갖고 있어."

"아, 네!"

나는 라프타리아에게 제초제를 던져 준다. 만약의 사태가 벌어질 경우 사용하게 해야겠다.

덩굴이 주르륵 라프타리아에게 엉겨 붙지만 라프타리아는 태연하게 잡아 뜯어 버린다.

의외로 내구력은 약한 모양이다.

"나오후미 님? 어서 가요!"

"아, 그래."

앞으로 나아가니 마을 중심부에 커다란 나무가 있었다.

아니, 자세히 보니 나무가 아니라 커다란 덩굴의 집합체였다.

"저게 본체⋯⋯였으면 좋겠군."

그렇게 생각하며 집합체로 다가가자, 집합체 줄기에서 거대한 눈 같은 기관이 우리를 응시한다.

"!!!!!!!!!!!!!!!!!!!"

소름이 쫙 끼치는걸. 하지만 어쨌든 저게 본체가 맞는 것 같다.

"주인님~, 필로가 갈게~!"

필로가 달려가서 본체의 눈알을 향해서 도약한다. 하지만 도중에 거대한 덩굴이 덮쳐든다.

"에잇!"

필로는 강인한 다리로 덩굴을 퍽 걷어찬 후 곧바로 뛰어올랐⋯⋯지만 애석하게도 거리가 부족하다.

"주인님!"

"알았어! 에어스트 실드!"

나는 낙하하는 필로의 발밑에 에어스트 실드를 만들어내서 발판으로 사용할 수 있게 한다.

방패 위에 일시 착지한 필로는 다시 한 번 뛰어올라서 눈알 바로 앞에 도달했다.

"에잇!"

푸왁! 하는 소리를 내며, 눈알이 필로의 발차기에 박살 나

버린다.

으……. 제법 징그럽다.

"!!!!!!!!!!!!!!!!"

덩굴이 거칠게 날뛰고 대지가 뒤흔들린다. 역시 눈알을 박살 내는 것 정도로는 해치울 수 없는 모양이다.

으~음…… 이제 어쩐다…….

"안 쓰러지네~."

"그러게 말이야."

눈알이 슈욱슈욱 소리를 내며 재생해 간다.

그 도중에…… 불현듯, 눈알 속에 식물의 씨앗 같은 무언가가 눈에 띄었다.

"라프타리아, 필로. 저 본체 같은 눈알 속에 뭔가가 있어. 거기에 내가 준 제초제를 쏟아부어 봐."

쿨타임은 이미 지났다. 다시 에어스트 실드를 쓸 수 있는 상태다. 그리고 나는 현재 플랜트리웨와 만드라고라들의 총공격을 받고 있는 상황이다. 위에서 수도 없이 쏟아져 내린다.

"알았어요!"

"오~케이!"

라프타리아는 필로의 등에 타고, 재생 중인 눈알을 향해 도약한다.

눈알도 위협을 느꼈는지 수많은 덩굴이 두 사람을 향해

빗발처럼 쏟아져 내렸다.

"실드 프리즌!"

재빨리 두 사람을 보호하는 방패 감옥을 만들어낸다. 공중에 존재하는 방패 감옥, 그 안이라면 공격을 피할 수 있다.

효과 시간은 15초다.

그동안에 쏟아져 내린 덩굴들은 모조리 프리즌에 튕겨나간다.

켁……. 덩굴이 프리즌을 둘러싼다.

15초가 경과하고, 프리즌이 사라진다. 나는 그 순간에 맞추어, 필로가 발판으로 쓸 수 있도록 에어스트 실드를 전개시킨다.

"에에잇!"

발판에 올라선 필로에게로 몰려드는 덩굴을 라프타리아의 검이 번뜩여서 쓸어낸다.

덩굴은 말끔하게 절단되고, 덕분에 필로의 두 번째 도약은 성공.

뒤이어 눈알에 두 번째 발길질을 가한다.

"?????!"

재생 중이었던 부분에 추가 공격을 받는 바람에 눈알의 움직임이 순간적으로 멈추었다.

그 틈을 찔러서 라프타리아가 눈알 속에 있는 씨앗 같은 부분에 제초제를 뿌린다.

"?????!!!!"

목소리 같기도 하고 그냥 굉음 같기도 한 무시무시한 진동이 일대를 뒤흔들고, 바이오플랜트의 움직임이 우뚝 멈춘다.

"해치웠나?"

죽음을 눈앞에 둔 캐릭터들이나 주로 하는 대사인 것 같기도 하지만, 난 공격을 받아도 딱히 피해를 입지 않으니 문제 될 건 없다.

하지만 치명적인 타격은 아니었던 듯, 바이오플랜트는 다시 움직이기 시작했다.

"죄송해요, 제대로 안 뿌려졌던 모양이에요."

"아니, 제대로 뿌려졌어. 녀석을 시들게 하기에는 약의 위력이 좀 부족했던 거겠지."

그렇다면 더는 손쓸 도리가 없는데…….

그런 생각이 떠오른 순간, 머릿속에 뭔가가 번뜩였다.

내게는 약 효과 상승 기능이 있다. 아까도 그 기능을 이용해서 사람들을 구했었고.

그렇다면 내가 제초제를 쓰면 어떻게 될까?

"그럼 이번에는 내가 써 보기로 하지."

제초제를 한 손에 들고, 무리 지어 몰려드는 적을 무시한 채 걷는다.

최근 들어 깨달은 건데, 내 방어력은 적의 힘에 대해서도 영향을 미치는 듯 대량의 적들이 달라붙어도 내 이동에 아무런 지장도 주지 못했다. 그래서 대량의 마물들 속에서도 아무런 문제 없이 걸을 수 있다. 다만 공격을 할 때는 별다른 효과를 발휘하지 못하는 것 같다.

그렇게 해서 아까 그 바이오플랜트의 뿌리 부분에 도달했다.

"원래는 필로를 타고 환부에 뿌리는 게 더 효과가 높을지도 모르지만……."

나는 뿌리에 연신 제초제를 뿌려 댄다.

"??????????!!!!!!!!!!!!!!!!!!!!!!"

바이오플랜트의 움직임이 아까보다 더 격렬해졌다. 마치 단말마의 비명 같은 진동이다.

그리고 바이오플랜트가 눈알 부분부터 갈색으로 물들며 시들어 간다.

슈욱 하는 김빠지는 소리라도 날 기세로 모든 부위가 시들기 시작했다.

우두둑 소리를 내며 바이오플랜트 본체가 무너져 내리고, 우리는 서둘러 피난한다.

"오오……."

주위를 살펴보니 다른 마물들도 모조리 갈색으로 물들어 있었다. 맺혀 있는 과실을 제외한 모든 부분이 갈색으로 변하고, 우리를 제외한 모든 것들이 움직임을 멈추었다.

그리고…… 바이오플랜트들이 우뚝 서 있던 곳에 반짝이

는 씨앗들이 쏟아져 내린다.

저거, 그냥 방치해 뒀다간 위험할 것 같은데.

"이제 청소를 해야겠군. 방패에 먹일 수 있을지도 몰라. 모아다 줘."

"네."

"밥이다!"

우리가 씨앗을 모으건 말건 개의치 않고, 필로는 남은 과실과 감자를 먹어치우고 있었다.

 **17화 품종개량**

"이 정도면 되겠지?"

"네, 뒷일은 마을 분들에게 부탁하면 될 것 같아요."

기적의 씨앗…… 아니, 모토야스의 실수의 결과물인 바이오플랜트를 토벌한 우리는 씨앗을 모으고 있었다.

주먹 크기의 빛나는 씨앗을 모으고, 덤으로 시든 식물을 방패에 흡수시켜 보았다.

바이오플랜트 실드의 조건이 해방되었습니다!
플랜트리웨 실드의 조건이 해방되었습니다!

만드라고라 실드의 조건이 해방되었습니다!

바이오플랜트 실드
능력 미해방……장비 보너스, 「식물 개조」
전용효과 「후크」

플랜트리웨 실드
능력 미해방……장비 보너스, 「중급조합 레시피2」

만드라고라 실드
능력 미해방……장비 보너스, 「식물 해석」

식물계 방패에서 연결되는 스킬트리가 나타났다. 그 외에
도 개방되는 게 있는 것 같지만 스킬트리가 부족해서 해방
할 수가 없다.

"식물 개조?"

나는 바이오플랜트 실드로 변화시켜서 식물 개조가 무엇
인지를 실험해 본다.

시야에 원하는 식물의 씨앗에 마력을 부여해 달라는 아이
콘이 나타난다.

일단, 아까 주운 바이오플랜트 씨앗에 마력을 부여해 본다.

씨앗이 공중으로 둥실 떠오른다.

번식력9 생산력9 생명력9 면역력4 지능1 성장력9 변이성9

특수능력

이건 뭐지? 일단 수치를 내려 본다.

삐삐삐 하는 소리와 함께 수치가 감소한다. 으~음……

잘 모르겠다.

시험 삼아 다른 항목도 내려 보고, 하나의 항목만 상승시

켜 보았다.

번식력1 생산력1 생명력1 면역력1 지능1 성장력44 변이성1

특수능력

음, 성장력만 늘려 보면 되려나.

아, 이 기능을 사용하니 마력이 뭉텅 깎여나가 버렸다.

"나오후미 님?"

성장력만 특화시킨 바이오플랜트 씨앗을 메마른 땅에 떨

어트려 보았다.

"오오!"

순식간에 지면에 신록이 울창하게 돋아난다.

하지만…….

"어라?"

3미터가량 신록이 우거지는가 싶더니 순식간에 시들어

버렸다.

"뭐 하고 계신 거예요?"

"아아, 뭔가 식물 개조라는 기능이 나왔기에, 이 씨앗을 이용해서 실험해 봤어."

"위험한 짓을 하시면 어떡해요?!"

라프타리아에게 꾸중을 들었다. 뭐, 남이 그랬더라면 나도 화를 냈을 것이다.

그나저나 이건 꽤 재미있어 보이는 기능이다. 사용 방법만 잘 궁리해 내면 새로운 돈벌이 수단이 될 것 같다.

"나오후미 님, 뭔가 엄청나게 기분 나쁜 웃음을 짓고 계세요."

이런, 얼굴에 나타났나?

"일단 마을로 돌아갈까."

"네."

적막한 갈색 식물지대를 떠나, 우리는 캠프로 돌아갔다.

"감사합니다, 용사님!"

인간이란 참 속물적인 존재다. 내가 마을로 돌아가자마자 마을 녀석들은 기꺼이 환영해 주었다.

뭐, 마을을 청소하지 않으면 거주가 불가능할 테니 앞으로도 한참은 더 고생해야 하겠지. 그날은 시든 식물들을 처리하는 데 모조리 소모하고 말았다.

본체는 말라 죽었어도 어째 열매와 뿌리의 감자는 남아 있는 모양이라 한동안 식량 걱정은 안 해도 된다는 모양이다.

다만…… 대지가 여전히 메말라 있는 게 약간 불안하다.

"기근에 시달리던 시절로 되돌아가는 거 아냐?"

"뭐……. 그렇긴 하겠지만 말이죠."

머지않은 미래에 이 마을은 다른 곳으로 이동하게 될지도 모르겠군.

그렇게 생각하며 식물 개조를 계속한다. 특수능력이라는 게 뭔지를 아직 파악하지 못하고 있는 것이다.

조사를 해 봐도, 식물 해석이 필요하다는 아이콘만 나올 뿐이다.

만드라고라 실드에 그 기능이 있었으므로 능력이 해방되기를 기다린다.

……따져 보면 만드라고라 실드 쪽이 해방이 빠를 것 같았으므로, 그날은 만드라고라 실드로 변화시켜 둔 채로 잔다. 이튿날 아침이 되자 해방되어 있었기에, 다시 바이오플랜트 실드로 변화시켜서 개량을 속행했다.

번식력9 생산력9 생명력9 면역력4 지능1 성장력9 변이성9
특수능력
「시들 때 종자 생산」「변이 범위 확대」

그랬었군……. 다시 말해 이게 바이오플랜트가 가진 능력이었다 이거지?

원래는 식량 생산을 위해 개발된 품종이었지만, 지나치게 높은 변이성 때문에 마물로 변해 버리는 문제점을 안고 있었던 것이리라.

그 점을 주의하라는 비문을 남긴 걸 보면 옛날의 연금술사라는 녀석도 천성이 악한 녀석은 아니었는지도 모른다.

제초제가 효과를 발휘하는 건 면역력이 낮기 때문이겠지.

특수능력 아이콘을 조사한다. 그러자 다양한 항목들이 나타났다. 마찬가지로 특수 지시에도 다양한 항목들이 출현한다. 보아하니 스테이터스를 희생해서 능력과 지시 사항을 선택할 수 있는 모양이다.

이 마을 녀석들도, 이대로 두면 다시 기근에 시달리게 돼서 고생하겠지.

그런 생각에, 실험적으로 식물을 개량해 보기로 했다.

번식력……4

이건 단순히 증식하는 힘이다. 지나치게 높으니 좀 깎아 두자.

생산력……15

말 그대로 열매를 맺는 능력이리라. 기근을 없앨 수 있는 정도는 필요하다.

생명력……6

어떤 땅에서도 싹을 틔울 수 있는 힘이겠지. 좀 떨어뜨리자.

면역력……4

이건 병에 저항하는 능력. 딱 제초제가 효과를 발휘하는 정도 같으니 그냥 둔다.

지능……1

이건 대체 뭐야. 식물에게 지능? 증가시켜서 뭐가 좋은지 모르겠다.

성장력……15

심은 후에 빠르게 성장하는 힘이다. 이 부분은 좀 넉넉히 늘려 두자.

변이성……1

아마, 이게 마물화의 원인일 테니까.

특수능력

「변이 범위 확대」를 해제하고, 거기서 나온 포인트를 작물 「품질 향상」에 몰아넣는다.

「시들 때 종자 생산」「품질 향상」

"다 됐군."

"뭔가요?"

막 잠에서 깬 라프타리아가 졸린 표정으로 내 쪽을 보면서 묻는다.

"아아, 어제 하던 일을 좀 계속한 거야."

"아직까지 하고 계셨군요……."

"이대로 두면 안 되는 건 알잖아?"

이곳에는 언젠가 다시 기근이 찾아온다. 그러니 어떻게 해서든 저지해야 한다. 다른 지역에 가서 식량을 사 오면 그만이라고 생각할 수도 있겠지만, 그것만으로 충당하기에는 인구가 너무 많다. 그리고 옛날부터 한곳에서만 정착해 살던 사람이 다른 곳으로 이주하는 건 쉽지 않을 것이다.

"그럼……."

천천히 마차에서 내려서 메마른 대지에 씨앗을 떨어트린다.

부우와앙…… 하고 씨앗으로부터 식물이 성장해서, 시들어서 갈색으로 물들어 있던 마을 터 한쪽을 덮어 나간다.

"이, 이게 무슨 일이야?!"

캠프에서 쉬고 있던 자들이 놀라서 달려온다.

"아아, 미안. 실험을 좀 하느라고."

"뭘 하고 계신 겁니까?"

식물에 대한 공포 때문인지 마을 사람들은 겁에 질린 표정으로 묻는다.

"안전한 식물로 바꾸는 실험…… 이라고나 할까."

번식력이 낮기에, 식물은 일정 범위까지 땅을 덮은 후 더 이상의 성장을 멈추었다.

그리고…….

토마토처럼 빨갛고 싱싱한 열매가 퐁퐁 하고 열렸다. 원래는 토마토 같은 식물이었던 모양이다.

"일단은 성공인 것 같군."

"오오…….."

"문제는 한 종류밖에 없다는 거야. 이걸 쓸지 말지는 너희가 알아서 해. 만약 안 될 것 같으면, 이번 같은 일이 되풀이되기 전에 손을 써."

「변이 범위 확대」와 변이성은 다양한 식물의 열매를 생산할 수 있게 해 주는 반면, 마물화의 위험성을 내포하고 있는 능력이었던 모양이다.

제초제를 뿌려서 식물을 시들게 하고 씨앗으로 되돌린다. 그리고 그곳 영주로 보이는 사내에게 그 씨앗을 건넸다.

"그럼 우리는 이만 간다. 잘들 있으라고."

잠에서 깬 필로는 아직 남아 있는 토마토 같은 열매를 입에 가득 물고 마차를 끌기 시작했다.

"기다려 주십시오!"

"응? 뭐야?"

"아직 사례를 드리지 못했습니다. 부디——."

"저 녀석들, 재고 처분이 곤란해서 나한테 떠넘긴 거 아냐?"

"그, 글쎄요……."

현재, 우리의 마차는 세 개의 차량으로 이루어져 있었다.

선두에는 마차가 있고, 그 뒤로 바이오플랜트에 열려 있던 작물을 적재한 짐차 두 대가 달려 있다.

그들은 짐차째로 과실을 주면서, 어차피 열매는 다 먹지도 못해서 버려야 할 만큼 남아도니 언제든 또 오라는 말까지 건넸다.

웃는 낯으로 주는 바람에 할 수 없이 받아 오기는 했지만, 사례라는 건 그저 허울일 뿐 단순한 쓰레기 처분 아니었나 하는 의구심이 든다. 참고로 이렇게 세 대나 연결되어 있는데도, 필로는 변함없이 신나게 마차를 끌고 있다.

"묵직해서 재밌어~!"

필로리알이란 참 별난 마물이란 말이야.

마차는 달그락달그락 흔들리며 여행을 계속한다.

그리고 제초제를 무기로 사용할 수 있다는 걸 알았기에, 트렌트가 나타났을 때 뿌리려 했지만 튕겨 나오고 말았다.

……아마 기생 능력을 가진 식물에게만 쓸 수 있는 모양이다.

기준을 종잡을 수가 없다.

어쩌면 바이오플랜트는 마물이 아니라 단순한 식물이었던 건지도 모른다.

뭐, 상관없다. 라프타리아와 필로가 곁에 있는 지금, 내가 무리해서 공격할 필요는 사라져 가고 있으니까.

일단 지금은 다 먹지도 못할 이 식재료들을 처분하는 것만 생각하자. 아니, 그 이전에 필로가 뭐든 아귀아귀 먹어치우는 것부터 좀 어떻게 했으면 좋겠다.

"다음은 어디로 가 볼까."

그런 얘기를 나누면서 다음 행선지를 고민하고 있을 때, 동쪽 지방에서 역병이 유행하고 있다는 소문을 들었다.

그래서 약을 만들어서 팔러 가기로 결정했다.

"그럼 동쪽으로 출발하자."

"네~에!"

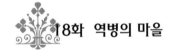

18화 역병의 마을

그날은 야숙을 하게 되었다.

여전히 식료품을 적재한 짐차를 끌고 온 상태다. 이건 먹보 새의 먹이라고 생각하자.

여기저기를 순회하다 보니 북쪽에서도 기근이 번지고 있다는 소문을 들을 수 있었다. 나중에 다시 남서쪽 마을에 들러서 식량을 얻어 갈까. 재고 처분에 골머리를 앓고 있는 것 같으니 마을 입장에서도 좋고, 비싼 값에 팔 수 있으니 나도 좋은 셈이다.

"밥이다~!"

천을 덮은 짐차에 머리를 틀어박고 그 안에 든 것을 먹어 치우는 새.

"마~앗있다~아앙!"

어딘가에서 들어 본 적이 있는 멜로디다.

필로는 성장기가 끝났는데도 여전히 대식가란 말이야. 하루하루의 식대도 무시 못 할 수준이다. 하지만 그 대신 이동 속도는 훨씬 빨라졌다. 다만 여러모로 무모한 행동을 해대는 바람에 툭하면 마차가 망가지곤 하는 게 탈이다.

"이걸 어쩐다……."

이왕 이렇게 된 거 목제가 아닌 금속제로 바꿔 버릴까. 필로도 너무 가볍다고 불평을 해 대니까. 하지만 내구성을 생각해 보면, 상당히 비쌀 것 같다.

그리고 라프타리아는 멀미를 극복했지만, 필로가 전속력으로 달리면 동승한 승객들이 순식간에 오바이트를 해 버린단 말이지. 스프링 같은 걸 넣어서 충격을 완화하는 것도 괜찮을지 모른다.

요즘에는 돈도 제법 많이 모였다. 무기상 아저씨와 만날 날이 기대된다.

이 나라를 돌아보고 알게 된 것은 역시 성 밑 도시의 무기상이 가장 좋은 물건을 팔고 있다는 점이었다. 다른 용사들이 어디서 무기나 방어구를 구입하는지는 모르겠지만, 적어도 내가 돌아본 도시며 마을에는, 아저씨의 가게보다 좋은 장비를 파는 가게는 한 곳도 없었다.

"주인님~."

푹신……. 필로의 깃털이 나에게 덮쳐든다.

"에헤헤~."

"으으……."

라프타리아가 어째선지 내게 달라붙다시피 다가와 앉는다.

"에헤헤, 다 함께 따끈따끈~."

"난 더워……."

"필로, 떨어지세요. 당신만 떨어지면 딱 적당해질 거예요."

"싫어~. 라프타리아 언니가 떨어지면 되잖아. 주인님을 독차지하면 안 된다구."

"독차지한 적 없어요!"

"둘 다! 냉큼 잠이나 자!"

"너무하세요……."

"같이 자자~, 주인님~."

"나는 동쪽 지역에 도착하기 전에 약을 만들어 둬야 해."

재고로 보유하고 있는 치료약만 가지고는 부족할 것 같다는 생각이 들었기에 대량으로 약초를 구입해서 신중하게 조합 중이다. 그래도 충분하다는 확신이 안 선다는 게 문제란 말이지……. 이게 행상의 난점이다.

"우……."

필로가 토라진 얼굴로 내게서 떨어져 밖에서 잠든다.

동시에 라프타리아도 마차 안으로 들어갔다. 땅바닥에서 자는 것보다는 마차 안이 편하겠지.

"그럼 어디……."

나는 모닥불을 지키면서 치료약 조합을 계속한다.

"나오후미 님."

"응?"

라프타리아의 목소리에 마차 쪽을 쳐다본다. 그러자 라프타리아가 마차 안에서 나를 손짓해 부른다.

"왜 그러지?"

"……같이 주무시지 않겠어요?"

"너까지 그렇게 나오기냐……. 나 참, 왜들 그렇게 외로움을 타는지. 또 무서운 꿈이라도 꾼 거야?"

예전에는 누군가 곁에 없으면 밤마다 울부짖곤 했을 정도였으니까.

……그건 부모님을 끔찍하게 잃은 기억에 의한 트라우마 때문이었을 테지만.

"아, 아니에요!"

부정하고 있지만, 외모는 어른이어도 정신은 어린아이. 부모님이 그립고 외로울 만도 하다.

"그것도 아냐? 그럼 필로를 인간형으로 변신시켜서 같이 자면 되잖아."

"외로워서 그런 게 아니라…… 저기……."

라프타리아는 어째선지 고개를 푹 숙이고 부끄러운 듯 중얼거린다.

그러고 보니 언제부턴가 밤이 돼도 안 울게 됐단 말이지……. 하긴, 그렇게 된 지도 이미 꽤 오래된 것 같다.

"나오후미 님은 원래 세계에…… 좋아하는 분이…… 계신가요?"

"엉? 딱히 없는데."

밑도 끝도 없이 무슨 소리를 하는 건지. 의도를 모르겠다.

"갑자기 웬 뚱딴지같은 소리야?"

"아뇨……. 나오후미 님은 절 어떻게 생각하고 계신가 해서요."

엉? 으~음……. 어째 빗치가 머릿속에 떠올라서 짜증이 솟구치지만, 라프타리아에게 화를 낼 이유는 없다. 왜 빗치가 머릿속에 떠올랐는지는 나 스스로도 잘 모르겠다.

"노예라는 입장 때문에 내가 너무 심하게 부려먹고 있다고 생각해."

"저기…… 그 외에는요?"

"네 부모님을 대신해서 훌륭하게 키워야겠다고 생각하고 있어."

내가 고개를 갸웃거리며 대답하자 라프타리아는 뭐라 형언할 수 없는 표정을 짓는다.

"네가 나를 믿어 주고 있으니까. 나도 너를 딸처럼 소중히 생각하고 있어."

알고 지낸 시간이 그리 길지는 않지만 나는 라프타리아가 성장하기 전부터 알고 있었다.

아까도 생각했지만, 외모는 어른이라도 정신적으로는 아직 어린아이인 것이다. 억지로 어른처럼 굴려고 애쓰고는 있지만 누군가가 지켜주지 않으면 견디기 힘든 일도 있을 것이다.

"아, 네! 아, 어라?! 뭔가 좀 이상하지 않아요?"

"이상할 거 없어. 내일도 바쁠 테니까, 푹 쉬어 둬."

"하아……."

라프타리아는 웃으며 고개를 끄덕였지만, 뭔가 수긍이 안 가는 점이라도 있었는지 마차 안 침상으로 돌아갈 때는 고개를 갸웃거리고 있었다.

나는 다음 장사를 위한 작업을 속행한다.

참고로 최근 행상 일을 하면서 겪은 싸움 덕분에, 각자의 레벨도 어느 정도 상승했다.

나 레벨 37
라프타리아 레벨 39

필로 레벨 38

필로에게까지 추월당했다. 내 레벨업 속도가 너무 더딘 거 아냐?

아니, 라프타리아와 필로는 공격수다. 특히 필로는 라프타리아보다도 더 높은 민첩성을 이용해서 적을 순식간에 해치운다. 그러니까 레벨업도 빠른 것이리라. 라프타리아도 질 수 없다는 듯 내 명령을 무시하고 앞으로 나서곤 하지만, 필로의 속도를 따라잡을 수는 없다.

"주인님~."

"왜 그래, 필로?"

약을 조합하고 있으려니, 잠이 덜 깬 눈의 필로가 인간형으로 변신해서 내게 등을 기대고 앉는다.

"주인님은 아직 안 졸려~?"

"아직 행상용 약 조합이 안 끝났어. 그것만 다 끝나면 잘 거야."

"그렇구나……."

"너는 푹 쉬어. 어쨌거나 힘을 제일 많이 쓰는 건 너니까."

마차를 끄는 일을 좋아한다고는 해도 그 일이 중노동이라는 사실까지 달라지는 건 아니다. 필로 스스로는 즐겁다고 말하지만 건강을 고려하지 않으면 위험할 것이다.

"혼자서 깨 있어도 안 외로워?"

"인식의 차이겠지. 너희의 잠든 모습을 볼 수 있으니 외롭지는 않아."

"그런가? 에헤헤."

기쁜 표정으로 웃는 필로. 뭔가 기운이 없어 보이네. 아니, 그냥 내 착각인지도 모르지만.

"왜 그러지?"

"주인님이…… 필로가 자는 모습을 보고 외로움을 잊을 수 있다면, 필로는 그걸로 충분해~."

도대체 무슨 소리를 하는 거람.

"있잖아. 주인님은, 어떤 기분으로 필로를 선택했어?"

"엉?"

딱히, 별생각 없이 무작위로 고른 거였는데.

아니, 그냥 꽝이어도 별 상관 없다는 기분으로 알을 골랐었다.

"필로는 있지…… 주인님한테 선택받아서 정말 다행이라고 생각하고 있다구~."

뭐, 결과적으로 따지자면 나도 좋은 전력을 얻게 되었다고 생각하고 있다. 어쨌거나 귀엽기도 하고. 자식을 보는 부모의 심정 같은 게 싹트기 시작한 것도 사실이다.

필로도 라프타리아도 아직 어리다. 몸은 어른에 가까워졌을지도 모르지만.

……실은 싸움에 끌어들이면 안 된다는 건 나도 알고 있

다. 아무리 이세계라고는 해도, 아직 나이도 차지 않은 여자애들을 앞장세워서 싸우게 하는 것은 양심을 가진 자라면 절대로 못 할 짓이다.

본인들이 원하고 있다는 것은 핑계일 뿐, 사실 나는 못된 놈이다.

원래는 라프타리아에게 살 곳을 마련해 주고 싸움으로부터 떨어트려 놓아야 하리라.

하지만 지금의 내게는 그럴 만한 힘도 없고 돈도 없다.

필로도 지금은 평범한 여자아이니까 싸움에 내보내서는 안 될 것이다. 마음 같아서는 마물과의 싸움에 내보내는 대신 좋아하는 일을 하게 해 주고 싶다. 이를테면…… 마차를 끄는 일? 그건 지금이랑 별로 다를 게 없지만.

으~음……. 어찌 됐건 나는 못된 녀석이군.

"있잖아, 필로는 말이야, 싸구려였대."

"응?"

필로는 얘기를 시작했다.

노예상에게 필로를 맡겼던 그날, 내가 떠난 우리에서 철창 밖으로 손을 뻗으며 울고 있는데 노예상이 가만히 뇌까렸다.

"별 희한한 일도 다 있네요. 방패 용사님께 판 알은 분명 싸구려였는데 왜 이런 변이를 일으킨 걸까요."

"크에?!"

필로가 인간의 말을 알아듣는다는 걸 알고 한 말인지 모르고 한 말인지, 노예상은 부하를 향해 말을 이었다.

"으음, 다시 한 번 확인해 볼까요? 이 필로리알은 평범한 녀석들을 조합한 식육용이었죠?"

노예상의 물음에 부하가 고개를 끄덕인다.

"알 상태의 가격은 은화 50닢. 성장해도 별다를 게 없을 텐데……."

"크에에에!"

퍼덕퍼덕 날개를 펼치며, 필로는 자신에 대한 가치 평가에 항의의 목소리를 높였다.

"이것이 용사님의 힘……일까요. 아니면 파도 때 나타난 마물의 고기를 먹었기 때문일까요. 이거 일이 재미있게 돌아가는군요. 네, 잘만 되면 한몫 단단히 벌 수 있겠어요."

"그래서 이 필로리알은 어떻게 하실 거죠?"

"조사가 필요합니다. 은화 50닢짜리가 이 정도니까 더 비싼 필로리알을 용사님에게 제공하면 더 값비싼 마물이 만들어질 가능성도 있으니까요. 꼼꼼하게 조사해서, 최악의 경우에는 이 필로리알을 숨기고 사과라는 명목으로 다른 필로리알을 드립시다. 아니, 드래곤을 제공하는 것도 괜찮을지도 모르겠군요. 네!"

"크, 크에에에에에에에에에에에?!"

"우왓! 우리가!"

그 말을 들은 필로는 그들의 얘기를 부정하고픈 심정에 우리를 부쉈다. 자신은 더 우수한 존재라고 자기주장을 했더니 이내 부서지고 말았다고 한다.

자신의 가치는 나에게 판단받고 싶다. 그러기 위해서라면 무슨 일이든 하겠다. 안 그러면 자신이 아닌 다른 필로리알에게 자리를 빼앗길 테니. 무슨 일이 있어도 내 필로리알은 자신이라고 주장하고 싶었다는 모양이다.

"주인님……. 필로를 버리지 말아 줘. 필로는 여기 있고 싶어……."

필로는 그렁그렁한 눈망울로 애원하듯이 말했다.

"너무 떼쓰지만 않으면 안 버릴 거야."

싸구려를 고른 거였다니……. 나 때문에 필로가 본래 정해져 있던 운명과는 다른 길을 걷게 된 거라고 할 수도 있겠지만.

평범한 필로리알로서 목장에서 살아가는 길도…… 있었을지 모른다. 식육용으로서의 끔찍한 일생이 되었을지도 모르지만, 필로리알이란 원래 그런 마물일 테니까.

그렇게 생각하면 필로는 나 때문에 싸움에 몸을 던지는 신세가 된 것인가.

그건…… 행복한 일일까? 선택당한다는 것이 엄청난 큰 고통을 수반하는 일이라는 것을, 나는 '방패 용사'로 선택당함으로써 뼈저리게 깨달았다.

"정말? 필로가 다쳐서 못 움직이게 돼도 다른 애를 사거나 하지 않을 거야?"

"그래, 정말이야. 내가 거짓말을 했던 적이…… 있었군. 하지만 당장 네 자리를 대신할 수 있는 녀석은 없을 거라고 생각해."

"응! 필로도 최선을 다할게!"

"기대하지."

그렇게 말하자 필로는 내 등에 기대어 앉은 자세로 새근새근 잠들었다.

나 참, 뭘 그렇게 두려워하고 있는 건지…….

따지고 보면 모든 원인은…… 나다. 원한을 사면 샀지, 감사를 받을 일은 한 적이 없다.

나한테 무가치한 존재로 여겨지는 게 두려웠던 건가……. 처음부터 그런 생각은 한 적도 없었건만.

오히려 나는…… 라프타리아나 필로가 싸움을 거부하지 않을까 하는 게 더 두렵다.

모순된 생각이라는 건 나도 안다. 하지만 나는 라프타리아와 필로가 있기에 이렇게 싸울 수 있는 것이다. 본래는 라프타리아도 필로도 굳이 싸울 필요가 없는 애들이었는데, 내가 노예상의 가게에서 고르는 바람에 운명이 뒤바뀌고 만 것이다.

그렇기에 책임을 져야만…… 하는 것이다.

세계가 평화로워졌을 때, 두 사람이 행복하게 살 수 있는 곳을 마련해 줘야겠군.

나라 동쪽 지역에 도착했다.

주위의 나무들이 시들어 있고 공기가 묵직하다. 딱히 유난히 춥거나 한 지역은 아니건만, 대지의 색깔이 검어서, 비유하자면 암흑의 대지 같은 광경이다.

하늘을 올려다보니 두텁고 커다란 산맥 같은 구름이 다가오고 있다. 뭐라 형언할 수 없이 불길한 느낌이다.

"어디 보자……."

갈림길이 나타났기에 지도를 확인한다.

"필로, 산 쪽으로 가."

"네~에!"

"혹시 모르니까 둘 다 천으로 입을 가리고 있어. 이 부근은 역병이 유행하고 있다는 모양이니까."

"네."

나도 천으로 입을 가려서 최소한의 방어를 한 채 목적지인 농촌에 도착했다.

마을의 인상을 굳이 표현하자면, 음침하다. 먹구름이 하늘을 뒤덮고 있고 마을 자체도 어쩐지 어둠침침하다.

"……행상분이십니까? 죄송하지만 이 마을은 역병이 만연

해 있으니까, 콜록……. 피난하시는 게 좋을 겁니다…….”

마을 사람이 고통스럽게 기침을 하면서 우리에게 설명한다.

“알고 있어요. 그래서 치료약을 팔러 온 거예요.”

“그, 그러셨군요! 고맙기도 해라.”

마을 사람은 약 행상이 왔다는 소식을 전하러 달려간다.

……꽤 긴박한 분위기다. 분위기로 보아 재고가 충분한 지 불안해지는데.

내 불안감은 적중해서, 온 마을에서 약 달라는 아우성이 끊이지 않는다.

“신조의 마차다! 이제 우리 마을은 살았어!”

우와아……. 이런 상황에서 내 약이 효과를 못 보기라도 하면 순식간에 신용이 곤두박질치겠는데.

할 수 없지.

“약을 먹이려는 녀석은 어디 있지?”

치료약을 구입한 녀석부터 차례대로, 가장 효과가 높은 방법으로 약을 먹이기 시작했다.

“이쪽입니다, 성인님.”

사람들이 성인이라고 불러 대는 게 어째 낯간지럽다. 방패 용사라면서 깔보는 기분 나쁜 시선보다는 낫지만.

마을 사람들이 안내해 준 곳은 병세가 위독한 환자들을 한곳에 모아 놓은 건물이었다. 격리시설 같은 건물이리라.

시설 뒤에는 묘지가 있고 세운 지 얼마 안 된 묘비들이 줄

지어 서 있다.

죽음의 냄새가 난다고 하면 짐작이 갈까. 병원이나 묘지의 공기가 섬뜩하게 느껴지는 것과 같은 이유일 거라는 확신이 든다.

치료약만 가지고 고칠 수 있을지 불안하다.

중급 레시피를 해독한 정도로 자만해서는 안 된다. 만약 이번에 치료약이 약효를 발휘하지 못한다면 더 이상은 손 쓸 도리가 없게 된다. 아니…… 돈이 좀 들겠지만, 고가의 약을 내 손으로 먹여 주면 효과가 있긴 하겠지.

그래도……. 가능한 한 내 힘으로 대처하고 싶다. 비록 해독이 어렵고 비싸다 해도, 아무런 수단도 없는 것보다는 있는 게 낫다. 상급 레시피 책을 팔아 줄 수 없는지 다음에 약재상에게 물어봐야겠다.

"아내를 살려주십시오!"

"그래."

나는 연신 기침을 해 대는 여인을 안아 일으켜서, 조금씩 치료약을 먹인다.

우웅…… 하고 여인을 중심으로 빛이 퍼져 나갔다.

여인의 혈색이 좋아진 것처럼 보인다. 다행이다. 효험이 있는 모양이다.

"다음!"

내가 고개를 들자, 나를 여기까지 안내해 준 마을 사람이 경악에 찬 눈초리로 나를 쳐다보고 있었다.

"왜 그러지?"

"그, 그게…….."

여인 옆에 누워있는 어린아이를 가리킨다.

조금 전까지 여인과 마찬가지로 기침을 하고 있었는데 어느새 기침이 멎어 있었다.

응? 죽은 건가……?

나는 그 아이의 호흡을 확인한다. 다행이다. 아직 숨이 붙어있다.

오히려, 조금 전까지 숨이 넘어갈 듯 기침을 했다는 게 믿어지지 않을 만큼 상당히 안정을 되찾은 상태다.

"어떻게 된 거지?"

"성인님께서 아내에게 약을 먹이는 것과 거의 동시에, 옆에 있던 아이의 호흡도 안정된 것처럼 보였습니다."

흐음…… 어쩌면 「약 효과범위 확대(소)」라는 게 이걸 가리키는 거였나?

범위가 넓어지다니, 우수해도 너무 우수한 기능 아닌가.

대충 보아하니 약을 먹인 자의 반경 1미터 범위 안에 있는 자들에게도 같은 약효가 나타나는 모양이다.

이 방패는 도대체 얼마나 대단한 스펙을 갖고 있는 건가.

하지만 전투 시에는 약효 범위 밖에서 싸우게 될 가능성이 높겠지. 1미터 범위 안에서 옹기종기 모여 있다가는 상대방이 아주 약한 녀석이 아닌 한 일망타진 당하기에 딱 좋다.

"그럼 길게 생각할 것 없겠군! 치료약을 먹은 자의 반경 1미터 안으로 모이면 전원에게 약효가 나타날 테니까. 서둘러!"

"아, 알겠습니다!"

일손이 모자랐으므로, 필로와 라프타리아에게도 환자 수송을 맡겨서 환자를 한곳에 모으고, 중심에 있는 환자에게 약을 먹였다.

약도 절약할 수 있었고, 격리 시설 녀석들의 치료도 생각보다 빨리 끝났다.

다만…… 약을 먹인 지 시간이 한참 흘렀는데도 병세가 완화되었을 뿐 완전히 쾌유된 사람은 없다는 점이 마음에 걸렸다.

"역시 내 치료약만 가지고는 한계가……."

"감사합니다!"

감사 인사를 듣는 거야 반가운 일이지만 나로서는 완전히 만족하기 힘든 상황이었다.

감염될 가능성도 여전히 존재하니 완전히 근절해야 한다.

"그러고 보니 이 병은 어디에서 온 거지? 풍토병 같은 건가? 아니, 그냥 유행병이겠지."

치료약으로 이 정도 효과밖에 안 나타나는 걸 보면 꽤 심각한 병이다. 우리까지 감염될 위험성이 있다. 최악의 경우, 당장 여기를 떠난다는 선택을 해야 할지도 모른다.

"저……. 실은, 치료사 말로는 마물이 사는 산에서 불어

오는 바람이 원인이라고 했습니다."

"자세히 말해 봐."

"그럼, 저 사람에게……."

치료사는 내 세계의 의사와 유사한, 회복마법과 약학에 정통한 직종이다.

그 치료사는 이 마을에 머물며 병에 효과가 있는 약을 조합하고 있었는데, 마침 우리가 치료를 행하고 있는 격리시설에 와서 치료를 돕고 있었다.

"이봐, 치료약보다 고위의 약을 만들 수 있어?"

"네. 현재 제작 중입니다만, 성인님이 조합하신 약 덕분에 증상이 대폭 개선됐기에 지금은 일단 손을 놓고 있습니다."

"빨리 작업을 재개해. 완전히 치료되지 않았다는 건 언젠가 재발할 거라는 뜻이니까."

"아, 네!"

"잠깐."

서둘러 작업을 속행하려 하는 치료사를 불러 세운다.

"너는 이 병의 원인이 산에서 불어오는 바람이라고 했다던데, 왜 그렇게 생각한 거지?"

"아, 네. 약 한 달쯤 전에, 산맥을 자기 구역으로 삼고 있는 드래곤을 검의 용사님이 퇴치하신 바 있습니다."

그러고 보니 그런 소문을 들은 적이 있었지.

"대개 드래곤은 사람들이 사는 마을에서 떨어진 곳을 근

거지로 삼아 둥지를 트는데, 이 드래곤은 별종이었던 모양이더군요."

"그게 역병과 무슨 관계가 있지?"

"한때 이 마을에는 용사님의 위업을 구경하기 위해 모험가들이 모여들었었다고 합니다. 그리고 그들은 산에 올라가서 용사님이 물리친 드래곤의 소재를 주워 갔지요."

하긴, 드래곤을 소재로 우수한 무기나 방어구를 만들면 얼마나 좋겠는가…….

살짝 부럽다.

"그래서?"

"본론은 여기부터입니다. 소재가 뜯겨 나간 것까지는 문제가 없었죠. 그 덕분에 쇠퇴했던 이 마을도 금전적으로 상당히 풍요로워졌으니까요. 하지만…… 그 드래곤의 시체가 썩기 시작했을 무렵부터 문제가 일어났습니다. 마침 그때 시체를 보러 갔던 모험가가 발병한 거죠."

"그 시체가 이 병의 원인이라는 건가?"

"아마 그렇지 않을지……."

소재를 다 뜯어 갔는데도 부패하다니……. 그 점에 대해서는 손쉽게 상상이 간다. 드래곤의 시체 중에서 남아 있을 법한 부위…… 아마 살점이겠지. 아무리 드래곤이라도 가장 쉽게 썩고 마는 부위라면 아마 그 부근이리라.

일부 미식가들이라면 탐을 낼지도 모르지만, 대개의 모험가는 썩어 가는 고기에는 관심을 갖지 않는다.

이야기 속의 드래곤 고기는 버릴 부위가 없을 만큼 맛있다고도 하지만 이 세계의 기준에서도 그럴지는 의문이다. 어쩌면 독이 있는 건지도 모른다.

그 외에 썩을 만한 부위라면 내장이 있다. 특히 간은 쉽게 썩는다.

렌은 소재를 구하려고 드래곤을 토벌했을 가능성이 높으니, 내장 부분은 무시했을 게 분명하다.

고작해야 심장이나…… 마력적 효과가 높아 보이는 부위만 가져갔겠지.

"원인을 알고 있으면 냉큼 처리해 버렸어야 할 거 아냐?"

"그게…… 원래 그곳은 모험가가 아니면 들어갈 수도 없을 만큼 흉악한 마물들이 사는 지역의 산맥이라서……. 인근 농민들의 힘만 가지고는 도저히 처리할 수가 없습니다."

"그럼 모험가한테 부탁하면 되잖아."

"사실을 깨달았을 때는 산의 생태계에 극적인 변화가 발생해서, 공기에는 독이 섞이고 병의 영향 때문에 어지간한 모험가들은 들어가기도 힘든 마당이 돼서……. 게다가 전염병을 겁내서 모험가들이 이쪽에는 얼씬도 하지 않습니다."

하아……. 렌 녀석, 마물의 시체 정도는 제대로 처리했어야 할 거 아냐.

렌은 용사 중에서 가장 어리다. 하긴 내가 고등학생이었어도 시체가 썩으면 곤란하다는 발상까지는 하지 못했을 것이다. 이것이 게임과 현실의 가장 큰 차이라고 생각하면, 이런 결과는 어쩌면 필연적이라고 할 수도 있었다.

"성인님, 어쩌면 좋을까요."

"나라에는 보고했어?"

"네. 머지않아 약이 도착할 예정입니다."

"용사는?"

"아무래도 다들 바쁘신 몸이다 보니, 뒷전으로 미뤄져 있을 가능성이 높지 않을지……."

모토야스도 이츠키도 렌도, 하나같이 짜증이 나서 견딜 수가 없다.

"국가에 의뢰비 같은 건 지불했나?"

"네……."

"취소하면 돈은 돌아오나?"

치료사 녀석은 나를 똑바로 쳐다보며 눈을 부릅뜬다.

"성인님이 가시려는 겁니까?"

"어차피 약이 완성될 때까지 시간이 걸리잖아? 성공하면 보수나 내놔."

"네……. 한나절쯤은 걸릴 겁니다."

"알았어. 그동안에 드래곤 시체를 처분하러 갔다 오지. 대신 국가에 지불했던 의뢰비를 나한테 내놔."

"아, 알겠습니다."

이렇게 해서 우리는 드래곤의 시체를 처리하러 산 쪽을 향해 떠나게 되었다.

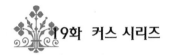

19화 커스 시리즈

"와아아…… 마물이 우글우글~."

원래부터가 불모의 대지였기 때문인지, 산은 커다란 돌들이 여기저기 나뒹구는 바위산이었다.

동쪽 나라로 이어지는 산길이 있는 덕분에 그나마 전진할 수 있었다.

현재 위치는 산을 오른 지 30분쯤 되는 지점이다.

소지품은 회복약과 만약에 대비한 치료약, 그리고 공기에 독이 섞여 있다는 얘기를 듣고 가져온 해독제.

참고로 출발 전에 마차를 두고 가려고 하자,

"싫어~! 여기에는 필로의 평생 추억이 가득 담겨 있다구~!"

라면서 필로가 죽어도 끌고 가야겠다며 떼를 쓰는 바람에 그대로 끌고 올 수밖에 없었다.

태어난 지 한 달밖에 안 된 녀석이 인생을 논하는 거야.

하긴, 필로 입장에서는 인생의 9할 가까이 마차를 끌고 다녔으니 애착을 갖는 것도 이해가 간다.

적은 포이즌 트리며 포이즌 프로그 등, 독 계통을 가진 마물이 많았다.

물리친 후에는 방패에 먹인다.

포이즌 트리 실드의 조건이 해방되었습니다.

포이즌 프로그 실드의 조건이 해방되었습니다.

포이즌 비 실드의 조건이 해방되었습니다.

포이즌 플라이 실드의 조건이 해방되었습니다.

모두 원래는 독 내성계였으나, 중복에 의한 치환으로 인해 스테이터스 상승 장비 보너스를 가진 방패로 변해 있었다.

유일하게 예외였던 것은 포이즌 비를 해체해서 얻은 방패였다.

비 니들 실드 Ⅱ

조건 미해방……장비 보너스, 공격력1

전용효과 「바늘 방패(소)」 「벌의 독(독)」

방어력은 비 니들 실드와 별반 다를 게 없고, 마비가 독으로 바뀐 게 전부인 호환되는 성능이다.

그건 그렇다 치고 적들의 출현 빈도가 엄청나다. 물리치고 또 물리쳐도 끝없이 쏟아져 나오는 식이다.

게다가 이곳에서는 바람도 독을 흩뿌리고 지면에도 독기 같은 것이 자욱하게 끼어 있어서, 어지간한 모험가들로서는 좀 버거울지도 모르겠다.

"일일이 상대하면 끝이 없어! 필로, 뛰어서 돌파해!"

"네~에!"

필로는 마차를 끌고 전속력으로 내달린다.

그것만으로도 적들이 퍽퍽 나가떨어져서 약간의 경험치가 들어온다.

도중에 진흙 같은 마물과 조우했지만 필로가 마차로 치어 버리는 바람에 방패에 흡수시킬 여유조차 없었다.

"이제야 목적지에 도착했군."

자욱하게 낀 독기와 썩은 냄새의 근원, 드래곤의 시체가 눈에 들어온다.

크기는 10미터에 약간 못 미치는 정도. 그림으로 그려 놓은 듯한 서양풍 드래곤……이었으리라. 하지만 지금은 그런 면모조차 느끼기 힘들다.

어떤 색의 드래곤이었는지를 인식하는 것조차 불가능할 정도로 부패가 진행돼서, 시커멓게 변색돼 버린 가죽만 겨우 인식할 수 있을 정도다.

치명상은 복부에 가해진 일격이었으리라. 복부에 커다란 상처가 있고 내장이 노출되어 악취를 내뿜는다. 포이즌 플라이가 드래곤의 썩은 살점에 몰려들어서 한층 더 불쾌감을 조장하고 있다.

"배고파~."

"저걸 보고도 식욕이 생기다니 너도 참 대단하다……."

필로가 마차에 실려 있는 작물을 우적우적 먹기 시작하는 걸 보고는 뭐라고 한마디 해 주지 않을 수가 없었다.

"라프타리아, 괜찮아?"

"아, 네."

라프타리아는 호흡기 계통이 약하니 공기가 안 좋은 곳에서는 컨디션이 악화되지 않을까 싶어서 물어본 거였는데, 본인은 괜찮다고 주장했다.

"힘들어지면 바로 쉬도록 해."

"네."

포이즌 플라이를 물리치면서 드래곤의 시체로 향한다.

렌이며 모험가들이 뜯어 간 것이리라. 발톱이며 뿔, 비늘, 가죽, 날개 등의 주요 부분은 거의 사라져 있다. 심지어 혀도 빼 가고 없다. 남아 있는 것은 뼈와 살점뿐이라 해도 과언이 아니다.

가죽도, 그나마 남아 있는 건 극히 일부분뿐인 것 같다.

코를 찌를 듯한 악취가 주위에 감돌고 있다. 나도 이건 견디기가 힘들다.

그나마 나는 독 내성을 가진 덕분에 별 피해는 입지 않았지만, 라프타리아에게는 고통스러울지도 모른다.

"필로는 포이즌 플라이를 제거하고 라프타리아는 나랑 같이 시체를 해체하자. 이 상태로는 너무 커서 방패에 먹일 수가 없으니까."

대지가 썩을 가능성도 있으니 섣불리 땅에 묻는 것보다는 방패에 흡수시켜서 없애 버리는 게 확실하리라.

"응."

식사를 마쳐서 배가 빵빵해진 필로가 고개를 끄덕인다.

"속이 좀 안 좋아."

"그야 너무 먹어서 그런 거겠지."

작전대로 해체를 시작하려 드래곤의 시체로 다가간다.

부스럭…….

"……내가 잘못 본 건가?"

"글쎄요……."

방금 드래곤의 시체가 움찔 움직인 것처럼 보였는데.

뭐, 포이즌 플라이가 시체에 몰려들어 있어서 그렇게 보인 거겠지.

우르릉…….

……응. 잘못 본 게 아니다.

드래곤의 시체가 움직여서, 네 발로 엎드려 임전 태세를 취했다.

"GYAOOOOOOOOOOOOOOOOOOOOO!"

드래곤이 이빨도 뿔도 없는 머리를 들어서 포효를 내지른다.

"저게 움직이다니 어떻게 된 거야?!"

"나오후미 님, 진정하세요!"

움직이는 드래곤 시체…… 드래곤 좀비를 앞에 두고, 나는 절규했다.

이게 뭐야, 아무리 그래도 지금의 우리한테는 너무 버거운 상대 아냐?

게임 속에서는 드래곤 좀비라면 살아있을 때보다도 더 능력이 향상되곤 하던데.

설마 이 세계도 그런 건 아니겠지!

드래곤 좀비는 각 부위의 기관들을 쑥쑥 재생시키면서 우리를 향해 고개를 돌린다.

재생한 부위는 날개, 그리고 꼬리다. 이빨이며 발톱 같은 기관은 재생하는 데 시간이 걸리는 건지도 모른다.

부패한 살점이 액상으로 변해 날개와 꼬리를 이루었다. 내장 부분에도 같은 일이 일어나서 치명상으로 보였던 상처 부위를 덮었다. 내 힘으로 이 녀석과 대치하는 건 도저히 역부족일 것 같다.

"도망치자!"

"하지만 필로가 벌써……."

라프타리아가 손가락으로 드래곤 좀비 쪽을 가리킨다.

아아! 그러고 보니 필로리알과 드래곤은 사이가 나쁘다고 그랬었지!

"에에잇!"

마침 필로가 드래곤 좀비에게로 도약해서 그 머리에 발차기를 날리던 참이었다.

퍽 하는 시원시원한 소리와 함께 드래곤 좀비의 몸이 홱 젖혀진다.

"의외로…… 싸워 볼 만한 상대인가?"

필로의 공격력이 높은 덕분도 있지만, 이 드래곤 좀비는 공격의 핵심인 발톱과 이빨이 없다. 어쩌면 이길 수 있을지도 모르지만…… 상대에게는 스태미나라는 개념이 없는 것 같았다.

하지만 그렇다고 우리가 여기서 도망치면 이 드래곤 좀비가 마을 쪽으로 갈 가능성이 있다.

물론 렌에게 토벌당하기 전과 마찬가지로 여기를 구역으로 삼을 가능성도 있지만 이 녀석은 아직 재생 중 아닌가. 지금 해치우지 않으면 다음에 싸울 누군가가 한층 더 애를 먹게 될지도 모른다.

"함부로 나서지 마! 물러서!"

"싫어~!"

"크윽……. 그럼 우리가 제지하는 수밖에!"

"네!"

그렇게 기세를 올려 싸운 것까지는 좋았다. 나도 방패를 가장 방어력이 높은 키메라 바이퍼 실드로 바꾸어 드래곤

313

좀비의 공격을 막았고, 여기까지는 성공적이었다.

하지만…….

"GYAOOOOOOOOOOOOOOOOOOOOOO!"

드래곤 좀비의 복부에서 뭔가가 튀어나와서, 우리를 향해 입을 벌리고는 자주색 가스를 내쏘았다.

라프타리아와 필로는 미리 의논한 대로 내 배후로 이동해서 나를 방패로 삼는다.

나도 방패를 바꾸어 상대방의 브레스에 대비했으나…….

"으……. 뭐야, 이거?!"

"콜록, 코올록!"

브레스의 정체는 고농도의 독가스였다.

독 내성이 있는 나조차도 현기증과 유사한 숨 막힘을 약간 느낄 정도였다. 배후에서 대비하고 있던 라프타리아는 숨 쉬는 것조차 고통스러운 듯 거센 기침을 반복하고 있다.

필로는 독가스에 아랑곳하지 않고, 아니, 정확하게는 아예 숨을 참고 있던 건지도 모르지만, 브레스를 내쏘는 드래곤의 빈틈을 노려 발차기를 날렸다.

"라, 라프타리아, 괜찮아?!"

"콜록콜록콜록——."

눈물이 그렁그렁한 라프타리아는, 괜찮다고 내게 대답하려 하는 것 같았지만, 기침이 멈추지를 않았다.

……이거 좀 버거울지도 모르겠는데.

나와 필로는 싸울 수 있지만 라프타리아가 버티지 못한다.

"라프타리아는 전선에서 이탈해 있어. 마차에 해독제가 있으니까. 그걸 먹고 안정을——."

"콜록콜록!"

라프타리아는 기침을 하면서 필사적으로 드래곤 좀비 쪽을 가리켰다.

그 손가락이 가리키는 쪽을 돌아본 나는, 그대로 말문이 막혔다.

마침 드래곤 좀비가 커다란 입을 벌려서, 도약 후에 낙하하는 필로를 걷어 올리듯이 집어삼키려 하는 순간이었기 때문이다.

그 광경이 천천히, 슬로모션처럼 흘러간다.

재빨리 손을 뻗는다. 하지만,

"아——."

덥석!

커다란 소리와 함께 드래곤 좀비의 입에서 진홍색 액체가 흘러내린다.

"필로오오오오오오오오오!"

그것이 내 목소리인지 라프타리아의 목소리인지, 그것조차 이해할 수 없을 만큼 내 머릿속은 백지장처럼 새하얗게 변해 버렸다.

아직 태어난 지 한 달밖에 되지 않은 까불이 새……. 태어나자마자 나에게 다가왔고, 항상 나와 함께 있고 싶어 했던 응석꾸러기. 내게 무가치하다고 판단되는 걸 두려워하던, 그저 평범한 어린아이.

필로와 함께했던 추억들이 주마등처럼 뇌리를 스친다.

지금 무슨 일이 일어난 거지?

무슨 일이…….

드래곤 좀비는 입안에 머금은 먹잇감을 몇 번인가 씹고는, 꿀꺽.

하는 커다란 소리와 함께 삼켜 버렸다.

"아아……. 필로!"

쥐어짜는 듯한 절규와 함께, 나는 넋을 잃고 말았다. 마치 벼랑에서 떨어진 것 같은 마음의 고통이 가슴을 꿰뚫는다. 그렇구나……. 이게 진정한 의미의 절망이라는 거구나, 하고 새삼스럽게 이해한다.

분노로 점철된 절망이 아닌, 다시는 되찾을 수 없다는 상실에 의한 절망.

"나오후미 님!"

라프타리아가 넋을 잃은 내 뺨을 찰싹하고 후려친다.

"정신 차리세요! 여기서 정신을 놓으시면 아무것도 못 한다구요!"

그 눈에는 눈물이 고여 있다.

여기서 울기만 하고 있다가는, 사태가 더더욱 악화되기만 할 뿐이라고 나를 다그친다.

하지만…… 소중한 동료를 눈앞에서 잃은 것에 대한 분노가 내 마음을 지배하고 말았다.

──힘을, 원하나?

방패에서 그런 목소리가 들려온 것 같은 기분이 들었다.

거의 무의식중에 방패 쪽을 쳐다보고, 목소리에 귀를 기울인다.

──모든 것이, 증오스럽나?

쿵쾅하고 심장의 고동이 격렬해진다.

방패에서 어둠이 흘러나오는 것 같은 감촉이 느껴졌다.

이건…… 모토야스와 싸웠을 때 일어났던 것과 같은 현상.

방패의 스킬트리가 내 시야 안에 나타난다.

그리고 그 트리 화면이 뒤집히고, 검은색 같기도 빨간색 같기도 한 섬뜩한 배경을 가진…… 또 하나의 스킬트리가 모습을 드러냈다.

커스 시리즈.

문득, 이 단어가 뇌리를 스친다. 단 하나, 밝게 점등되어 있는 방패가 존재했다.

커스 시리즈
분노의 방패
능력 미해방……장비 보너스, 스킬 「체인지 실드(공)」「아이언
메이든」
전용효과 「셀프 커스 버닝」「완력 향상」
마음이 만들어낸, 살의의 방패…….

특별한 설명문까지 달린 이 방패를 향해…… 스스로가
의식한 건지 무의식이 시킨 일인지…… 나는 분노가 이끄는
대로 방패에 손을 대고 마음속으로 생각했다.

분노의 방패.

방패로부터 격렬한 분노의 흐름이 해방되고, 검붉은 빛과
함께 방패가 변화한다.

그것은 섬뜩한 불길을 연상케 하는 장식이 새겨진, 새빨
간 방패였다.

쿵쾅…… 쿵쾅…….

의식이 분노에 잠식되어 간다.

그때, 모토야스와의 결투에서 패배해서 라프타리아를 잃
을 상황이 되었을 때…… 세상 모든 것이 미워서 견딜 수가
없었다.

세계에 존재하는 모든 것이 시커먼 존재, 나를 비웃는 그림자로밖에 보이지 않게 되었었다.

그 분노가 나를 지배해 간다.

"GYAOOOOOOOOOOOOOOOOOO!"

검고 거대한 그림자가 울부짖으며 나를 향해 팔을 내뻗는다.

"우오오오오오오오오오오오오오오오오오오오오오오오오오오오!"

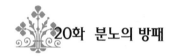

20화 분노의 방패

나는 포효에 맞서듯 소리를 내지르며 그림자의 팔을 방패로 막아낸다.

조금도 아프지 않다.

"GYA?!"

검은 그림자 놈, 나를 비웃을 때는 언제고, 이제 경악에 입가가 뒤틀려 있다.

우습다.

"뒈져라!"

나는 팔을 막아내고 그대로 검은 그림자를 내팽개친다.

검고 거대한 그림자가 경악에 찬 목소리와 함께 나가떨어졌다.

"GYAOOOOO!"

하지만 검고 거대한 그림자는 내 공격에는 끄떡도 하지 않고, 곧바로 다시 일어나서 내 쪽으로 달려온다.

……이 방패로도 적을 공격하는 건 불가능한 건가.

쓸모없는 방패 같으니.

검은 그림자는 굴하지 않고 꼬리를 뻗어서 나를 때려눕히려 한다.

"어림없어!"

까앙 하는 소리와 함께 가해지는 검은 그림자의 공격은, 내게는 아무런 효과도 발휘하지 못한다.

"소용없어!"

하지만 녀석을 쓰러트릴 수단이 없잖아.

그렇게 생각한 순간, 내 중심에서 검은 불길이 솟구쳐 올라서 검고 거대한 그림자의 팔과 꼬리를 불태운다.

"GYAOO?!"

그림자는 놀라서 자빠졌다.

"호오…… 이 정도 공격력을 가진 반격 효과가 있었단 말이지."

겁에 질린 듯 내게서 거리를 벌리려 하는 그림자.

"핫, 이제 와서 목숨 구걸이냐? 내가 그걸 용납할 것 같아?!"

나는 천천히 스킬을 암송한다.

"아이언 메이든!"

하지만 스킬은 발동하지 않고, 내 시야에 스킬 트리가 나타났다.

「실드 프리즌」→「체인지 실드(공)」→「아이언 메이든」.

발동 조건인가?

성가시군. 그렇다면 차라리 일부러 그림자에게 부딪쳐서 카운터 효과를 발동시켜야겠다.

"기다리라고……. 기필코 죽여 줄 테니까……."

내가 다가가면서 내뿜는 살의와 분노에, 그림자는 겁에 질린 듯 함부로 팔을 휘둘러댄다.

거기에 방패를 부딪쳐서 그림자를 불사른다.

살점을 불사르고, 뼈를 녹인다.

화력이 부족해……. 녀석의 존재 그 자체를 소멸시켜 버리고 싶은데.

"————!"

그렇군……. 분노의 방패라는 녀석은 내가 분노에 미치면 미칠수록 힘이 증가하는 모양이다.

그 정도는 식은 죽 먹기다.

그 녀석들에 대한 내 감정을 되새기기만 하면 된다.

마인 스피아……. 본명은 마르티라고 했던가.

이름만 떠올렸는데도 분노가 치밀어 오른다.

다음으로 쓰레기, 모토야스, 렌, 이츠키.

이 녀석들에게 당했던 일들 하나하나를 떠올린다.

밉다……. 죽여 버리고 싶다.

새빨간 방패에 내 분노가 녹아들어 검게 물들어 간다.

"다음엔 기필코 죽여 버리고 말 테다……. 모조리……."

검은 팔을 막아내고, 분노의 불길로 모든 것을 지워서 잿더미로 만든다.

불꽃은 눈 깜짝할 사이에 그림자 전체를 휘감고 모조리 집어삼킨다.

그때 내 손에, 검게 물든 분노를 녹여 버리듯이, 누군가의 온기가 느껴진다.

두근…….

그것은…… 다정한 무언가.

"세상 모든 사람이 다 나오후미 님이 한 짓이라고 몰아세운다고 해도, 저만은 아니라고…… 나오후미 님은 그런 짓을 하실 분이 아니라고 몇 번이라도 얘기할 거예요."

……응?

그 말에 검게 일그러져 있던 시야가 살짝 흔들린다.

마음속 어딘가에서, 분노에 모든 걸 맡겼다간 더 소중한 것을 잃게 된다면서, 마음이 술렁거린다.

부정은 하지 않는다. 하지만…….

"부디 믿어 주세요. 저는 나오후미 님이 아무런 죄도 저지르지 않았다고 확신하고 있어요. 귀중한 약을 나눠주고, 제 목숨을 구해주고, 살아갈 방법과 싸우는 방법을 가르쳐주신 위대한 방패의 용사님……. 저는 당신의 검, 그 어떤 고난의 길이라도 함께할 거예요."

목소리가 나에게 속삭인다.

이대로 살의에 휩싸여서는 안 된다. 지켜내야만 한다.

분노를 잊어버린 거냐?

잊지 않는다. 하지만, 그보다 나는 자신을 진심으로 믿어주는 자에게 보답하고 싶다.

나를 거스르는 거냐?

명령이라는 것 자체가 마음에 안 든다. 나는 나 스스로 내 길을 선택할 거다!

……내가 항상 빈틈을 노리고 있다는 걸 잊지 마라.

검은 목소리가 스윽 물러나고, 시야가 약간이나마 선명해진다.

"콜록! 콜록!"

정신을 차리니 라프타리아가 필사적으로 고통을 참으며 내 손을 움켜쥐고 있었다.

"괘, 괜찮아?!"

"우우, 네. 괜찮, 아요. 콜록!"

심각한 화상을 입고 있다. 여기에 불을 내쏠 수 있는 적은 없다.

도대체 무슨 일이…… 아!

분노의 방패 전용효과, 「셀프 커스 버닝」에 라프타리아까지 휘말리고 말았던 것이다.

"라프타리아! 왜 내 손을 붙잡고 있었던 거야?!"

"손을…… 붙잡지 않으면, 나오후미 님이 어딘가로 가 버릴 것만 같은, 그런 기분이…… 콜록——."

라프타리아는 미소를 머금은 채 무너져 내리듯 쓰러진다.

나 때문에…… 라프타리아가 중상을 입고 말았다.

『힘의 근원인 방패의 용사가 명한다. 다시금 이치를 깨우쳐, 저자를 치료하라!』

"패스트 힐!"

『힘의 근원인 방패의 용사가 명한다. 다시금 이치를 깨우쳐, 저자를 치료하라!』

"패스트 힐!"

『힘의 근원인 방패의 용사가 명한다. 다시금 이치를 깨우쳐, 저자를 치료하라!』

"패스트 힐!"

『힘의 근원인 방패의 용사가 명한다. 다시금 이치를 깨우쳐, 저자를 치료하라!』

"패스트 힐!"

내 마력이 다할 때까지 나는 마법 영창을 그치지 않는다.

라프타리아는…… 라프타리아는 유일하게 나를 믿어 준 소중한 사람이란 말이다!

심각한 화상이다. 초급 치료마법만으로는 치료에 한계가 있다. 한시라도 빨리 마차에 있는 힐링 연고를 써야 한다.

"GYAOOOOOO!"

돌아보니 드래곤 좀비가 포효하며 나를 향해 브레스를 내쏘는 동시에 불살라지지 않은 쪽 팔을 내리 휘두르고 있었다.

"방해하지 마!"

팔을 휘둘러 올리니 드래곤 좀비의 공격은 막아낼 수 있었다. 동시에 방패가 검게 번쩍여서 「셀프 커스 버닝」을 발동시키려 한다.

"멈춰!"

내 목소리에 호응하듯이 방패는 침묵한다.

여기서 방패가 발동하면 이번에는 정말로 라프타리아도 함께 불태워 죽이게 될 것이다. 그런 짓을 할 수는 없다. 하지만 계속 이렇게 독성 브레스를 견뎌내는 것도 라프타리아의 생명력 가지고는 버거울 것이다.

내 의지에 호응한 듯, 방패는 「셀프 커스 버닝」을 통해서 독성 브레스만을 불살랐다. 하지만 본격적으로 적을 물리치기에는 출력이 부족하다.

그럼 어쩌면 좋단 말인가.

방패로부터는 쉴 새 없이 살의와 분노가 내게 공급되고, 나는 거기 휩쓸리지 않도록 의식의 힘으로 가까스로 억누르고 있지만, 언제 다시 분노에 휩쓸려 버릴지 알 수 없다.

지금은 한시라도 빨리 마차로 돌아가서 라프타리아를 치료해야만 한다.

내 의식은 라프타리아를 지키려 하는 의지 덕분에 간신히 유지되고 있었다.

"GYA?!"

그런 공방을 벌이고 있을 때, 별안간 드래곤 좀비가 괴상한 비명을 지르고 가슴을 헤집으며 고통에 몸부림치기 시작했다.

"무, 무슨 일이……."

도대체 무슨 일이 벌어진 거지? 셀프 커스 버닝의 불꽃이 침식하기라도 한 건가?

"GYAOOOOOOOOO!!!"

이윽고 드래곤 좀비는 덜컥 움직임을 멈추고 원래의 시체 상태로 되돌아갔다.

지금은 사태를 관찰이나 하고 있을 상황이 아니다.

그리고 보니 주위에서 붕붕 날아다니고 있던 포이즌 플라이의 모습도 보이지 않는다. 드래곤 좀비가 날뛰는 통에 당분간 어딘가로 대피한 것이리라.

나는 라프타리아를 안고 마차로 돌아가서 마차 안에 있는 힐링 연고와 즉석에서 만든 화상 치료용 약초 혼합물을 라프타리아의 환부에 바른다. 그리고 라프타리아에게 해독제를 복용시켰다.

"아…… 나오후미 님."

안정된 호흡을 되찾은 라프타리아는, 눈을 뜨고 미소를 지으며 내게 말을 건다.

"괜찮아?!"

"네……. 나오후미 님의 약 덕분에……."

그래도 화상이 상당히 심하다. 단순한 화상은 약 덕분에 나은 상태지만…… 검은 마법적 효과라고 해야 할까. 검은 흉터가 남아 있다. 조금씩 낫고는 있지만, 회복 속도가 더디다.

"저, 저보다도…… 어서…… 드래곤을……."

"드래곤은 이제 쓰러져서 안 움직여."

"그게, 아니라…… 빨리 시체를 처리해야 해요."

"……알았어."

라프타리아의 시선은 내가 드래곤 시체를 처리해야 한다고 강력하게 주장하고 있었다.

"여기에 두고 가도 괜찮겠어?"

"싸워서 자기 몸을 지킬 수 있을 정도의 힘은 있어요."

"그래……. 알았어."

나는 마차에서 내려서 드래곤의 시체를 향해 걸어갔다.

저것을 해체해서 방패에 흡수시켜야만 한다.

그리고 필로……. 하다못해 시체라도 꺼내서 무덤을 만들어 줘야 한다.

시체에 다가가자 내장이 움찔움찔 꿈틀대는 것이 눈에 들어왔다.

이번엔 또 무슨 일이 일어나려는 건가……. 지금의 내게는 그래도 싸울 수 있는 수단이 있다.

분노의 방패.

마음을 침식하는 이 위험한 방패는 강대한 방어력과 강력한 카운터 공격의 힘을 갖고 있다.

상비하고 다녔다가는 내 마음이 도저히 견뎌내지 못할 것 같았기에 지금은 키메라 바이퍼 실드로 바꿔 둔 상태다. 하지만 언제든 대처할 수 있도록 경계를 풀지 않는다.

꿈틀거림은 이윽고 한곳에서 멈추었고, 뭔가가 배를 뜯어먹고 튀어나온다.

"푸하아!"

거기에는…… 온몸이 썩은 액체로 점철된 낯익은 새가 드래곤의 시체에서 몸을 내밀고 있었다.

"후우…… 이제야 간신히 나왔네~."

분명히 드래곤 좀비에게 잡아먹힌 줄로만 알았던 필로가 멀쩡한 모습으로 걸어 나왔다.

"필로? 무사했던 거야?! 다친 데 없어?"

"응. 하나도 안 다쳤어."

"그럼…… 네가 잡아먹혔을 때 쏟아져 나왔던 그 피는 뭐였지?"

"피? 필로, 드래곤에게 덥석 물렸을 때 배가 눌리는 바람에, 먹은 밥을 토해냈지 뭐야."

필로가 먹었던 건 토마토 비슷한 빨간 열매……. 그걸 토해낸 게 피처럼 보였었다는 건가?!

하긴, 전투 전에 엄청나게 먹어대긴 했지만.

"깜짝 놀랐잖아! 난 네가 죽은 줄 알았다고!"

"그 정도 공격에는, 필로는 하나도 안 아픈걸~."

이 새는 자기가 무슨 마물이라도 되는 줄 아는 건가. 아니, 마물이 맞긴 하지만.

나 원 참……. 내가 얼마나 놀랐는지 알기는 할까.

"주인님, 필로 걱정했어~?"

"알 게 뭐야."

"주인님이 쑥스러워하네~."

"이번엔 내가 아예 끝장을 내 주랴?"

"싫어~. 그치만 기뻐! 필로 대신 다른 애를 사려는 생각은 안 했잖아!"

하아……. 뭐, 무사했다면 다행이다.

싱글벙글 웃는 필로를 보고 있자니 분통이 터지는 기분이다. 나중에 한번 두고 보자고.

"그래서, 뭐가 어떻게 된 거지?"

"응. 이 드래곤의 배 속을 찢어발기면서 나아갔더니, 자주색으로 빛나는 커다란 수정이 있더라구."

혹시 그건가? 드래곤 좀비의 몸을 움직이고 있던 본체가 그 커다란 수정이었던 건가?

필로가 튀어나온 곳은 가슴 언저리……. 심장인가.

그나저나 왜 그런 게 시체에 들어있던 거지?

드래곤이라서? 죽은 후에도 몸에 깃들어 있던 마력이 방치된 시체 속에서 결정화돼서 시체를 움직이게 만든 건가?

"그래서…… 그 결정은?"

"꺼어어어어어억!"

응. 이 반응으로 보면 뻔하군. 먹어치웠단 말이지. 뭔가 복부가 빛나고 있기도 하고.

이 자식……. 후려치고 싶다.

"조금 남았어. 주인님한테 선물로 줄게."

그렇게 말하고, 필로는 작은 자주색 조각을 툭 하고 내 손에 떨어트린다.

……이걸 어떻게 할까.

일단 반으로 쪼개서 방패에 먹였다.

역시 스킬트리와 레벨이 낮아서 해방이 되지 않는다.

"라프타리아는 부상을 당했으니, 필로, 이 시체를 청소하자."

"네~에!"

나 참……. 정말이지 이 새 때문에 놀라는 게 몇 번째인지 모른다.

그때, 분노에 모든 걸 맡기지 않기를 잘했다.

필로의 원수를 갚기 위해서 방패를 바꿨던 것이었건만 후반에는 분노 때문에 이성을 완전히 상실했었다.

라프타리아가 제지하지 않았더라면 나는 필로까지 통째로 불살라 버렸을 것이다.

분노……. 저주 받은 방패.

용사의 의식까지 지배해서 뭘 하려 했던 것일까.

다만 확실한 건, 그대로 갔더라면, 나는 그 녀석들을 죽이러 갔을 것이었다.

……적어도 그때는, 그것밖에는 생각할 수 없었다.

"잘 먹겠습니다~!"

"어이, 필로, 그 고기는 썩었어! 먹지 마!"

"고기는 썩기 시작할 때가 제일 맛있다구, 주인님!"

"썩기 시작한 정도가 아냐! 완전히 썩어 문드러졌다고!"

어째 별다른 긴장감도 없이 드래곤 좀비 처리가 끝났다.

뼈며 살점이며 가죽 등 이런저런 부위가 있었지만 스킬트리가 부족했다.

그래도 드래곤 좀비의 가죽이며 드래곤의 뼈 등은 충분히

좋은 소재가 될 것 같았으므로, 일부를 마차에 싣고 가기로
했다.

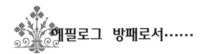

에필로그 방패로서……

"이건 저주군요."

서둘러 마을로 돌아온 나는, 곧바로 치료사에게 가서 검
은 화상을 입은 라프타리아의 진찰을 부탁했다.

"게다가 상당히 강력한 부류입니다. 산에 있는 드래곤의
시체에 이렇게 강력한 저주가?"

"아…… 아뇨……. 그게……."

나 때문에 입은 화상이라고 솔직하게 말해도 되는 걸까
싶어서 바로 말문이 막힌다.

"네. 제가 실수로 드래곤의 썩은 살점을 뒤집어썼더니,
이런 화상과 함께……."

라프타리아는 비밀로 하자는 듯, 나를 향해 웃음 섞인 시
선을 보낸다.

"어떻게 좀 안 될까? 돈이라면 얼마든지 줄 테니까."

라프타리아도 여자아이다. 이런 검은 흉터 같은 게 남으
면 너무 눈에 띄어서 마음이 아플 것이다.

"방법이 없는 건 아닙니다만⋯⋯."

치료사는 조합 작업 중이던 방으로 돌아가서 투명한 액체가 든 병을 가져온다.

"워낙 강력한 저주라서 말이죠. 바로 고칠 수 있을지⋯⋯."

"그건 뭐지?"

"성수입니다. 성스러운 힘으로 저주를 제거하는 게 최선이긴 합니다만⋯⋯."

"그렇군."

분노의 방패 때문에 입은 상처는 상처 회복을 방해하는 저주 효과까지 갖고 있는 건가.

그건 너무도 위험하다. 적군과 아군을 구분하지 않고, 게다가 동료까지 휘말리게 만드는 카운터 효과를 갖고 있는 것이다.

게다가 방패의 스킬트리를 보면 해방이 전혀 진행되지 않은 상태였다.

짧은 시간밖에 사용해 보지 않았지만, 그 방패는 해방시킬 수 없을 것이다. 그런 예감 같은 것이 느껴졌다.

"성수에 붕대를 적셔서⋯⋯."

치료사는 성수에 적신 붕대를 라프타리아의 검은 흉터가 있는 부위에 감는다.

"지금은 어디까지나 간이 처치일 뿐이라 죄송합니다. 가능하면 큰 도시에 있는 교회에서 만든 강력한 성수를 사용하시는 게 좋을 겁니다."

"낫는 데 어느 정도 걸리지?"

"솔직히…… 워낙 강력한 저주라서 말이죠. 풀 수 있을지 어떨지……. 아무래도 드래곤이 건 저주이다 보니……."

실은 내가 한 짓이지만……. 드래곤이 한 거라고 해도 믿을 정도로 강력한 저주라는 건가.

"그렇군. 약 만드는 데는 어느 정도 걸리지?"

"일단 조금은 완성됐습니다. 성인님, 부디 병으로 고통받는 이들을 도와주십시오."

"그러지."

나는 라프타리아를 치료사의 방에 남겨둔 채, 환자들이 수용되어 있는 건물로 약을 가져갔다.

역시 전문가가 만든 약은 달랐다.

치료약으로는 불가능했던 병의 완전한 근절까지 가능했다.

새근새근 잠든 환자들의 모습에 나도 마음이 놓인다.

……그런 방패에 의존하지 않아도 될 만큼의 힘을 갖고 싶다.

다른 이를 질병으로부터 구해주지 못한다는 점까지 포함해서 자신의 약함이 원망스럽다.

필로도 이번에는 그나마 별 탈 없이 넘어가서 다행이었지만 언젠가는 그렇게 넘어갈 수 없는 날이 올지도 모른다. 오늘 나는 필로가 목숨을 잃은 것 같은 모습을 눈앞에서 보고,

머릿속이 백지장처럼 하얗게 변해 버렸었다.

거듭 실감한다. 여기는 게임의 세계가 아니라는 것을.

누구든 한 번 죽으면 다시는 되살아날 수 없다. 격리시설 뒤에 있는 묘지를 바라보며 생각한다.

지금껏 수도 없이 배신당하고, 속아 왔기에…… 나는 나를 믿어 주는 사람들을 잃지 않도록 지켜주고 싶다.

치료사의 방으로 돌아가서, 흉터가 생긴 부위에 붕대를 두르고 있는 라프타리아에게 사과했다.

"미안해."

"괜찮아요."

"하지만……."

"저는, 나오후미 님이 어딘가 멀리 떠나 버리실 것만 같아서, 그게 더 무서웠어요."

"응?"

"그 힘은 나오후미 님을 어딘가 먼 곳으로 데려가 버릴 거라는 그런 느낌이 들어요. 그러니까 나오후미 님을 붙잡아두는 대가라고 친다면 이 정도 흉터쯤은 오히려 값싼 거예요."

그렇게 웃는 라프타리아의 표정이 내 마음을 찌른다.

기필코 지켜내야만 한다. 절대 그딴 방패에게 져서는 안 된다고, 나는 굳게 다짐했다.

그리고…… 도망치려 하고, 상실하지 않으려 물러서다가

결국 상실하고 마는 것의 무서움을 깨달았다.

"라프타리아는…… 이렇게 되는 게 두려워서 앞으로 나섰던 거였군."

"네……?"

"드래곤 좀비와 싸웠을 때, 나는 후퇴를 지시했어. 하지만, 그런 식으로는 지켜줄 수 없었어."

그릇된 선택을 했다. 지키기만 해서는, 도망치기만 해서는 안 된다.

나는 지키는 일밖에는 할 수 없다.

하지만 그렇기에 더더욱, 동료를 보호하면서도 동료가 소중한 것을 지키기 위해 싸울 수 있도록 도와줘야만 한다.

내가 도망친 것이 모든 일의 원인이었다.

"아니에요! 제가…… 나오후미 님을 돕고 싶다는 자신의 욕망을 못 이기고 주제넘게 나섰던 것뿐이에요."

라프타리아는 단호하게 앞으로 나서서 내 말을 가로막는다.

"용기와 무모함은 달라요. 나오후미 님은 무모했던 저를 제지하려고 고심하셨는데, 저는……."

나는, 당장에라도 울음을 터뜨릴 것 같은 라프타리아의 뺨을 저도 모르게 어루만진다.

"용기와 무모함이 다른 것처럼, 신중함과 겁을 내는 것도 달라. 겁만 내고 있다가는 지켜줄 수 있는 사람도 못 지켜주게 돼."

그러니 나는 라프타리아와 필로를 지킬 수 있도록 앞으로 나서겠노라고 마음먹었다.

그때, 나는 좀 더 앞으로 나서서 에어스트 실드로 필로의 발판을 만들고 드래곤의 입을 틀어막을 수도 있었을 터.

잃는 게 두려워서 하지 못했던 것뿐이다.

"그러니까 마음에 두지 마. 이번에는 아무도 희생되지 않고 교훈을 얻을 수 있었어. 그 교훈을 다음에 살려 나가자. 지금의 우리는 어제의 우리보다 강해졌으니까."

내 말에 라프타리아는 눈물을 훔치고 고개를 끄덕였다.

"네. 너무 앞으로 나서지도 말고, 너무 물러서지도 않는다……. 꽤 어렵네요."

"그러게 말이야. 하지만 난 그게 불가능한 일은 아니라고 믿어. 그리고 최전선에 서는 건 방패인 내 역할이니까. 자신의 몸을 지키면서 여유가 생기면 다른 사람도 지켜 주면 그만이야. 어때, 간단하지 않아?"

"그렇게 말씀하시니까, 이상하게도 간단한 일처럼 들리네요."

"당연하지. 간단한 일이니까."

"언니, 괜찮아?"

불쑥 방 안에 들어온 필로가 걱정스러운 얼굴로 라프타리아에게 묻는다.

"괜찮아요."

오늘은 라프타리아를 치료사의 집에서 쉬게 하기로 하고, 나는 필로와 함께 밖으로 나온다.

"주인님~."

"왜 그래?"

"필로 있지, 이 모습이 되고 싶다고 계속 염원했더니 이렇게 된 거야. 주인님이 언니랑 정답게 지내는 걸 봐 왔으니까."

필로는 인간의 모습으로 얼굴 가득 미소를 짓는다.

"그치만…… 소용없었어. 이 모습이 돼도 마차를 끌면 즐거운 건 똑같았구, 주인님한테 소중하게 대접받고 싶어서 나 자신을 속여야 했어. 주인님을 흉내 내 보려고도 했지만 도저히 제대로 되지가 않더라구."

"……."

"그치만, 주인님은 필로가…… 어떤 모습이라도 태도가 달라지지 않는 거 있지."

"뭐, 그건 그렇지."

처음 인간형으로 변했을 때는 놀라긴 했지만, 그렇다고 해서 대하는 태도를 바꾼 기억은 없다. 다만, 말을 할 수 있게 된 후로는 자식처럼 여기고 있다.

"필로는 필로, 주인님은 주인님이구, 언니는 언니니까. 다른 누군가가 될 수는 없고, 필로도…… 완전한 인간이 될

수는 없겠지. 그치만 주인님한테도 필로를 대신할 수 있는
존재는 없잖아?"

인간의 모습으로 변하게 된 원인은 거기에 있었던 건
가……

나는 필로의 물음에 고개를 끄덕인다.

"주인님을 좋아하는 마음은 언니한테 안 질 거야! 필로
는…… 필로로서 최선을 다할 거라구!"

"그래……."

다른 사람도 아닌 필로한테서 이런 말을 듣다니.

지키는 건 내 역할이건만, 그 역할을 빼앗기고도 싫은 기
분이 들지 않는 게 신기할 따름이다.

"필로는 있지, 주인님이랑 언니를 위해서, 열심히 노력할
거야!"

"적당히 해 둬. 너를 지키는 게 내 역할이기도 하니까."

"응!"

이렇게 해서, 우리는 그날은 마을에서 쉬었다.

다음 날도, 우리는 역병 근절을 위해서 최선을 다해 뛰었
다.

치료사의 일을 도울 방법이 없는지를 물어보아서 약의 재
료를 조합하는 작업에 매달렸고, 그 작업은 예정보다 빨리
끝났다. 약이며 치료에 대해서 배워 볼까 하는 생각도 했지

만 지금 내 실력으로는 오히려 방해만 될 것 같았다.

"고맙습니다! 성인님!"

격리 시설에서 쉬고 있던 마을 소녀가 밝은 얼굴로 내게 감사를 표한다.

나는…… 지켜낸 걸까?

이제 도망가지 않겠다고 다짐했다. 도망만 쳐서는, 지킬 수 있는 자도 지키지 못한 채 한심한 인생만 살아가게 될 것이다.

나는 더 이상 혼자가 아니다.

라프타리아와 필로의 부모 된 자로서 이 세계를 평화롭게 만들고, 지켜주고 싶은 사람들이 행복하게 살 수 있는 세상을 만들어야만 한다.

"나오후미 님?"

"주인님~?"

"응? 왜들 그러지?"

마을 소녀의 감사를 받고 나서 평화를 되찾은 마을을 멍하니 산책하고 있으려니, 라프타리아와 필로가 말을 걸었다.

"무지 심란한 표정을 하고 있어서."

"맞아요."

"신경 쓰지 마."

"에…… 신경이 쓰이는걸~. 주인님은 항상 걱정이 태산인 성격이니까."

"걱정이 태산이라고?"

"응. 요즘엔 틈만 나면 언니랑 필로한테 괜찮으냐고 물어보고 있잖아."

"맞아요. 이제 너무 신경 쓰지 않으셔도 괜찮아요."

"그래도 말이지……."

"너무 어린애 취급하시면 섭섭하다구요. 저희도 저희 일은 알아서 생각할 수 있어요."

"필로도~."

"나오후미 님이 저희를 소중히 여기고 계신 것처럼, 저희도 나오후미 님을 정말 소중하게 여기고 있어요. 그러니까 다 함께 노력하자구요."

"응!"

"……그래, 네 말이 맞아."

어째 라프타리아는 눈에 보이는 연령에 걸맞게 똑 부러지는 생각을 갖게 된 것 같아 보인다.

마냥 어린애처럼 취급할 수는 없겠는데, 하는 느낌이 든다.

다 함께 노력하자…….

혼자서 끙끙 앓고 고민해 봤자 부질없는 짓이다. 세계 평화는 용사의 힘만 가지고 이룰 수 있는 일이 아니다. 그 점은 파도 때만 봐도 일목요연하게 알 수 있고, 하물며 공격이 거의 불가능한 방패 용사인 나는 더더욱 그렇다.

모두가 힘을 모아서 평화로운 세상을 만들어 나가면 된다.

"그럼 잘해 보자고."

"아, 주인님이 웃었다~."

"그러게요. 이상한 웃음이 아니라, 이제야 평소처럼 웃어 주셨어요."

라프타리아와 필로가 들뜬 웃음을 지으며 말한다.

끄응…… 내가 그렇게 안 웃는 녀석이었던가?

뭐, 아무려면 어떤가.

이렇게 웃을 수 있게 됐지 않은가.

나는, 이제 혼자가 아니다.

믿음직한 동료가 생겼으니까.

번외편 그 사람에 대한 선물

"나오후미 님, 김 피어오르는 게 보이기 시작했어요."

그날, 저는 필로가 끄는 마차를 몰면서 나오후미 님께 그렇게 말씀드렸습니다.

나오후미 님 말씀으로는 다음번에 갈 도시가 온천 도시라고 하니 어떤 곳인지 벌써부터 기대되네요.

"오? 그래?"

"뭔가 이상한 냄새 나~."

마차를 끌던 필로가 냄새가 불쾌한 듯 떨떠름한 표정으로 투덜댑니다.

"그러고 보니 유황 냄새가 나는군. 가까이서 온천이 솟고 있는 거겠지."

"온천이라는 거 맛있어?"

"온천 자체는 맛있지는 않을걸. 온천 달걀은 맛있지만."

"온천이 알을 낳아?"

"그게 아냐. 온천물에 삶은 알을 말하는 거야. 그것 말고도 온천 만두가…… 이 세계에는 없겠지만."

그렇게, 나오후미 님이 필로의 질문에 대답해 주십니다.

"여기서 약을 파실 건가요?"

"그래. 숙소는 내가 알아볼 테니까 라프타리아는 약 판매를 맡아 줘."

"알았어요."

"모처럼 온천에 왔으니 여기서 푹 쉬는 것도 나쁘지 않

아. 2, 3일 머물면서 쉬다 갈까."

저와 필로의 얼굴에는 저절로 미소가 떠올랐습니다.

왜냐하면 요즘은 행상 일이 워낙 바빠서, 놀 시간이 별로 없었으니까요.

특히 나오후미 님은 매일 약 조합이며 행상의 돈 계산, 거기에 마법 공부까지 하느라 쉴 틈이 없습니다.

이 부근에서 휴식을 좀 취하는 건 건강을 위해서도 좋을 것 같아요.

"그거 묘안이네요, 나오후미 님."

"그럼 내일은 주인님도 같이 놀아 줄 거야~?"

"조합을 해야 하니까 그렇게 많이 놀 수는 없지만 느긋하게 온천욕 정도는 하고 싶은데. 자, 필로, 이제 슬슬 멈춰."

"네~에."

온천 마을에 요양을 와 계신 분들이며 치료사 분들이 약을 사 가셔서, 나오후미 님이 만드신 약은 생각보다 잘 팔렸습니다.

그래서 일찌감치 여관에 들어가서 느긋하게 온천에 몸을 담그게 되었지요.

"주인님 있는 곳에 갔다 올게."

"안 돼요. 나오후미 님께 폐가 된다구요."

"에…… 괜찮아. 주인님이라면."

"뭐가 괜찮다는 거예요?! 그리고 저쪽은 남탕이라구요. 필로는 여자아이잖아요?"

그렇게 말리는 저를 뿌리치고, 필로는 온천 울타리를 넘어가 버렸습니다.

"주인님~, 같이 목욕하자~."

"뭐야, 필로였어? 그래, 알았어, 알았어. 어깨까지 푹 담그고."

"응."

울타리 너머에서 나오후미 님과 필로의 목소리가 들려왔습니다.

우우……. 왜 이런 걸까요. 좀 패배한 것 같은 기분이 드는걸요.

온천에 몸을 담그고 있으려니 온천의 유래가 적혀 있는 간판에 눈길이 갑니다.

은색의…… 멧돼지라구요? 그 멧돼지를 물리친 곳에서 온천이 솟아 나왔다는 전설이, 어린아이라도 읽을 수 있도록 옛날이야기 형식으로 적혀 있었습니다.

더불어 연애 성취의 온천이기도 하다고…… 이야기 속에 적혀 있습니다.

이 온천에 함께 몸을 담근 남녀는 영원히 이어지게 된다.

그건…… 필로와 나오후미 님의 지금 상태 그대로잖아요?!

"우……."

간판을 보며 온천에 몸을 담그고 있으려니 머리가 어지러워져서, 일찌감치 목욕을 마쳤습니다.

여관의 방으로 돌아오니 나오후미 님은 이미 입욕을 마치고 방에서 액세서리 세공 공부를 하고 계셨습니다.

이것저것 배우기는 했지만, 요즘에는 기자재 문제 때문에 좋은 물건이 안 만들어져서 고민이라면서 생각을 짜내고 계십니다.

"아아, 라프타리아 왔어? 잠깐 이리 와 봐."

제가 방에 들어온 걸 눈치채신 나오후미 님은, 약을 찾아들고 침대에 걸터앉으라고 제게 지시하셨습니다.

"네."

나오후미 님은 제 등에 있는 흉터를 많이 걱정하셔서, 약을 발라서 고쳐 주려고 하십니다.

그 덕분에 등의 피부가 당기는 느낌은 이제 사라진 상태입니다.

저는…… 아까 읽었던, 함께 목욕한 커플은 영원히 이어진다는 기술을 떠올리고,

"나오후미 님……."

용기를 쥐어짜서 몸에 두르고 있던 타월을 풀고 나오후미 님께 몸을 보여드렸습니다.

이렇게 말하긴 좀 그렇지만, 나오후미 님께선 여성에 대한 트라우마를 갖고 계시니 이런 건 싫어하실지도 모릅니다.

하지만 제 마음을 알려드리고 싶었기에, 과감하게 행동에 나선 것입니다.

"어, 어때요?"

저, 매력적인가요? 나오후미 님……

나오후미 님이 제 등을 보고 조금이라도 당황해 주시거나, 혹은 제 결의를 알아채고 이해해 주실 것을 기대했습니다만.

"뭐, 이제 꽤 괜찮아진 것 같은데? 그나저나 처음 만났을 때와는 완전히 천지 차이군."

으음…… 나오후미 님은 제 알몸을 보고도 안색 하나 변하지 않은 채, 왜 그러냐는 듯이 쳐다보고만 계십니다.

오히려 제가 더 민망해질 지경입니다.

"네? 저기…… 그게 다인가요?"

"그것 말고 뭐가 더 있어?"

"아, 아뇨."

"그리고, 계속 알몸으로 있다가는 감기에……"

"아~! 언니가 홀딱 벗고 있잖아!"

필로가 방으로 들어와서 목청을 높입니다.

원피스를 벗고 알몸이 되어 이쪽으로 돌격해 왔습니다. 그런 놀이가 아니라구요!

"필로도 끼워줘~!"

"안 끼워줘요! 도대체 뭐 하는 거예요?!"

아아…… 나오후미 님, 제 일생일대의 고백 예행연습이…….

밤이 깊어 취침할 시간이 되고, 필로는 제 옆에서 새근새근 잠들어 있습니다.

"저기, 나오후미 님."

"왜 그러지?"

나오후미 님은 아직 약 조합 중이시라, 주무시려면 아직 멀었습니다.

이 기회를 노리지 않으면 나오후미 님과 이어질 날은 찾아오지 않을 거예요!

"저기……."

"응?"

나오후미 님이 저를 바라보고 계십니다.

온천욕 때문인지, 얼굴이 달아올라서…… 끓어올라 버릴 것 같지만 힘을 내야죠.

"나오후미 님, 저는…… 나오후미 님을 좋아해요."

"그래?"

통했어! 제 마음은 하늘을 날 듯 드높이…….

"나도 좋아해. 딸처럼."

순식간에 찬물이 끼얹어지고, 저는 땅속 깊은 나락으로 처박히고 말았습니다.

아아, 나오후미 님은 항상 저를 어린애처럼 취급한다고 할까, 부모 자식 같은 감각으로만 대하십니다.

저는 이제 어린애가 아니라구요! 그렇게 몇 번인가 말씀 드려 보았지만,

"그래, 그래~. 라프타리아는 이제 어른이고말고."

이런 식으로, 상대도 해 주지 않으십니다.

정말이지…… 어쩜 이리 둔감하신지……. 그 점이 매력 적이기도 하지만요.

다만, 한 발짝 더 나아가고 싶은데 좀처럼 기회가 찾아오 지 않아서 뜻대로 되질 않습니다.

나오후미 님에게서 고백을 받는 게 가장 이상적일 거라 는 생각도 하고 있긴 하지만, 나오후미 님은 과거에 이런저 런 일을 겪으시는 바람에 여성에 대한 강한 트라우마를 갖 고 계십니다. 그러니까 제가 먼저 고백해서 연인 사이가 되 려는 거죠.

하지만 어떻게 해야 나오후미 님이 제 마음을 알아주실까 요?

그래서 저는 어린 시절에 들었던 얘기를 떠올렸습니다.

엄마는 아빠한테서 선물을 받은 걸 계기로 사랑에 눈을 떴다고 했었습니다.

네. 그 얘기를 떠올린 순간, 저는 방법은 이것뿐이라고 결론을 내렸습니다.

이제 근사한 선물을 드려서 나오후미 님이 저를 돌아보시게 만드는 수밖에 없습니다!

나오후미 님은 강해지기 위해서 다양한 것들을 방패에 흡수시키고 계십니다. 그렇다면 강해지는 데 필요한 물건을 조달해서, 유능하다는, 이제 어엿한 어른이 다 됐다는 인정을 받은 후에 고백하면 제 마음을 알아주실 터!

이튿날, 저는 온천 마을을 돌아다니며 정보를 수집하기로 했습니다.

"저, 이 부근에서 나는 진귀한 물건은 뭐가 있나요?"

너무 흔한 물건이라면 나오후미 님의 인정을 받기 힘들 것 같았기에, 근처의 전설 같은 게 없는지를 물어봅니다.

예전에 필로의 옷을 만들기 위해서 유적을 찾아갔을 때 같은, 그렇게 구하기 힘든 물건을 가져오면…… 분명히.

"진귀한 물건이라~, 이 부근에서 유명한 거라면, 가곳코의 온천 달걀이 맛 좋기로 유명하지."

여관 점주는 제 질문에 고민하다가 대답해 주었습니다.

"아뇨, 그런 물건이 아니라, 더 진귀한 걸 찾고 있는데요……. 예쁜 돌이라든가."

"그런 거라면, 라튬 정도가 있으려나?"

"그건 뭐죠?"

"아아, 이 부근에서 채취되는, 무지하게 귀한 광석이란다. 마법사나 연금술사들이 비싼 값에 매입하곤 하지. 그뿐만이 아니라, 이 부근에서는 연애 성취의 부적으로 대접받는 물건이기도 하고."

이거예요! 이런 진귀한 광석을 저 혼자 힘으로 찾아오면, 나오후미 님도 저를 인정해 주시겠죠!

게다가 연애 성취라니, 지금의 제게 딱 맞는 광석이에요.

"그건 어디서 채취할 수 있죠?"

"저 산 깊은 곳에서 채취할 수 있긴 한데, 좀 고될 거야."

"각오하고 있어요."

"그럼, 라튬이 있는 곳은, 가굣코 둥지에서——."

저는 점주를 잡아먹을 듯 질문 공세를 퍼부은 끝에, 라튬이라는 광석을 캘 수 있는 곳을 알아냈습니다.

그리고 준비를 갖추고, 출발합니다.

"이 부근이란 말이죠……."

저는 한 손에 지도를 든 채 화산을 올라갑니다.

유황 냄새가 자욱하고, 솔직히 덥습니다.

점주의 얘기에 따르면, 라튬을 찾으려면 높은 곳에 사는 마물만 찾으면 된다고 하며 그 마물의 둥지 밑에는 반드시 라튬이 있다고 합니다.

그 마물 자체는 그리 희귀한 마물은 아니지만 둥지를 트는 경우는 상당히 드물다고 하는데, 라튬이 뿜어내는 마력인지 뭔지에 끌려서 둥지를 만든다는 것이었습니다.

한참 탐색을 하다 보니, 그 마물의 둥지를 발견할 수 있었습니다.

"아──."

곧바로 그곳으로 가려고 시선을 높이 들었던 게 잘못이었을까요.

푹신푹신하고 커다란 뭔가와 부딪히고 말았습니다.

"아야야……."

나가떨어져서 엉덩방아를 찧고는 부딪힌 상대를 쳐다봅니다.

"아, 언니!"

놀랍게도 필로가 저와 마찬가지로 한 손에 종이를 든 채 거기에 서 있는 게 아니겠습니까.

손에 든 종이는, 아마도 지도겠지요.

"왜 필로가 이런 곳에 있는 거예요?"

"그건 내가 할 소리라구~."

""…….""

뭘까요. 뭔가 여자의 직감 같은 게 저에게 속삭입니다.

필로는 적이라고. 나에게서 나오후미 님을 앗아가려 하고 있다고.

그러고 보면, 예전부터 필로는 주인님을 제게 넘길 수 없다고 입버릇처럼 말하곤 했었습니다.

이럴 땐 사실을 캐내는 게 선결과제입니다.

"필로, 다시 한 번 물을게요. 왜 여기에 있는 거죠?"

"그게 말이지~, 신기한 음식이~, 이 산에 있다고 그러지 뭐야~."

그러고 보니 점주가 가곳코의 온천 달걀 얘기를 했었더랬지요.

아마, 그걸 두고 하는 말인가 봅니다.

"그 맛있는 음식을 주인님한테 가져다주면 분명히 주인님이 필로를 쓰다듬어 주고, 필로의 짝이 돼 줄 것 같아서 말이야~."

"안 돼요!"

도대체 머리가 어떻게 돼 먹은 걸까요, 이 아이는!

"그러는 언니는 왜 온 건데~? 필로 몰래 뭔가 찾으려고 여기에 온 거잖아~?"

……도발하듯이 고개를 갸웃거리는 필로를 보고 저는 뭔가 귀엽다고 느끼고 말았습니다. 나오후미 님이 이 깜찍함에 농락당하기라도 한다면, 저는 참으로 비참한 신세가 되겠지요.

무슨 일이 있어도 절대로 질 수는 없어요!

"그럼, 누가 준비한 걸 나오후미 님이 더 좋아하실지 대결하는 거예요!"

"응! 언니한테는 안 질 거라구~."

필로와의 대결이 그 막을 열었습니다.

"와아아아아아아아아아아아아아아아아아!"

"질 수 없어요!"

고함 소리와 함께 비탈을 달려 올라가는 필로에게 지지 않으려고, 저도 쉴 새 없이 달립니다.

언젠가 이런 날이 찾아올 줄 알고 평소에 틈틈이 몸을 단련해 둔 것이 빛을 발휘하는 순간입니다!

"필로에게는 죽어도 안 질 거예요!"

"굿구가?!"

가곳코라는 이름의 뭔가 동글동글하고 새하얀 새가, 돌진해 오는 우리를 보고 비명을 지릅니다.

"길 비켜~!"

"죄송해요!"

필로는 가곳코의 둥지를 향해, 저는 그 둥지 밑에서 반짝이는 광석을 향해 손을 뻗습니다.

그런데 그때, 저희의 등 뒤에서, 저희의 살기에 이끌린 마물 한 마리가 쫓아왔습니다.

"이런……!"

서로가 서로를 견제하느라 알아채는 데에 지나치게 시간이 걸렸습니다.

"부르히━━━━━━━━━━━━━━━━━━!"

은색 멧돼지. 실버 레이저백이라는 마물이, 저희의 살의에 이끌려 돌진해 온 것입니다.

체격은…… 필로보다도 더 크네요.

그런 거대한 마물이 가곳코의 둥지를 향해서 돌진해 온 결과 어떻게 되었느냐 하면.

저희가 있던 자리가 모조리 날아가 버리고, 저희는 공중으로 내팽개쳐졌습니다.

저는 보았습니다. 가곳코 둥지 밑에 있던 커다랗고 아름다운 광석 하나. 아마도 라튬이라는 광석이겠지요.

그것이 공중으로 내팽개쳐져서 산산이 부서져 날아가는 모습을.

동시에…… 필로가 찾고 있던 가곳코의 알도 무참한 몰골로 공중에서 깨져 버렸습니다.

"굿구가! 굿구가!"

가곳코라는 마물은 곧바로 날갯짓을 해서 날아가 버렸습니다.

척 하고 비탈에 착지한 저희는…….

"아아……."

"우우…… 내 알~! 밥!"

저마다가 원하던 것이 사라져 버렸음을 깨닫고…… 그 원흉에 대해 살의를 발산하며 서로를 마주 보았습니다.

"언니······."

"네······."

실버 레이저백은 저희의 살의를 감지하고, 자신이 얼마나 위험한 입장에 처했는지를 뒤늦게 깨달은 것 같았습니다.

"부르히?!"

멧돼지라면 앞으로밖에 걸을 수 없을 텐데, 뒷걸음질을 치며 물러나려 하고 있습니다.

함부로 뒤를 돌아보았다간 확실한 죽음이 그 앞에 도사리고 있으리라는 걸 알고 있었겠지요.

하지만 뒤를 돌아보지 않는다고 해도 달라질 건 없습니다.

실버 레이저백은 뒤로 돌아서고——.

"아, 도망가지 마~!"

"저희가 살아서 돌려보내 줄 것 같아요?!"

"부르히이이이이이이이이이이이이이이이이이이이이이이!"

절망에 찬 비명을 목청껏 내질렀습니다.

"하아······ 꼴이 말이 아니네요."

"우······ 알~."

그 후로 필사적으로 산속을 뒤지고 다녔지만, 결국 우리가 찾던 물건은 발견하지 못했습니다.

그나마 최소한의 선물이라도 될까 해서, 해치운 실버 레이저백을 필로에게 걸머지게 한 채 산을 내려갑니다.

"둘 다 어딜 갔다 온 거야? 얼마나 찾았는지 알아?"

나오후미 님이 온천 마을 입구에서 기다려 주고 계셨습니다.

"그냥 좀……."

"응? 그건 웬 거지, 필로? 처음 보는 마물인데. 해체해서 방패의 소재로 흡수시켜 볼까."

"그렇게 해 주세요."

"있잖아. 필로가 산에서 뭘 좀 찾고 있었는데 이 마물이 방해하지 뭐야. 언니랑 같이 해치웠어."

"호오……. 차라리 해체해서 잡아먹어 버릴까? 멧돼지처럼 생겼으니 고기전골을 만든다거나."

"응! 맛있겠다~, 만들어줘~."

""""아아아아아아아아아아아아아아아아아아아!"""

온천 마을 사람들이 우리를 삿대질하며 달려오고 있습니다.

"이런, 튀자!"

"네!"

나오후미 님과 저는 곧바로 달음질치기 시작했습니다.

그럴 수밖에 없는 것이, 저희는 메르로마르크 안에서는 인상이 별로 안 좋아서 온 나라 사람들에게 여러모로 미움을 사고 있기 때문입니다.

그러니까 이런 문제에 직면하는 건 일상다반사이기에 반

사적으로 도망친 것이었습니다.

그런데…….

"기다려 주십시오! 멈추세요! 제발 부탁입니다! 제발 좀 서 주세요!"

이상한 분위기를 감지하고, 저희는 멈춰 섭니다.

그러자 온천 마을 분들이 기쁜 표정으로 저희를 손짓해 부르며 말했습니다.

"설마 이 시기에 은님을 사냥해 주실 줄이야."

"은님?"

"네, 이 온천 마을의 번영을 기원하는 의식을 올릴 때 사용하는 마물입니다. 부디 저희에게 주실 수 없겠습니까?"

그러고 보니…… 온천욕을 할 때 그런 그림 같은 걸 본 적이 있었던 것 같습니다.

설마, 그 멧돼지가 이 녀석이었을 줄이야…….

온천 마을 분들의 말에 의하면 소재로서의 가치는 거의 없는 마물이지만 비싸게 사 주겠다고 하셨습니다.

결과적으로 나오후미 님께 칭찬을 받게 되어 필로도 저도 정말 기뻤습니다만, 나오후미 님은 마물을 판매하고 받은 돈을 그대로 저희에게 주셨습니다.

"저기……."

"모처럼 휴일인데 너희가 스스로 사냥해서 손에 넣은 돈이잖아? 너희도 사고 싶은 물건이 있을 테니까, 마음대로 써."

"언니."

"……알았어요."

저와 필로는 생각을 하나로 모아서 나오후미 님이 주신 돈을 받았습니다.

그리고 나오후미 님이 갖고 싶어 하셨던, 액세서리 제작에 필요한 기자재를 구입해서 선물해 드렸습니다.

"이건 웬 거야? 너희가 사고 싶은 걸 사라니까……. 이거 값이 제법 나갈 텐데?"

"평소에 소중히 대해 주시는 나오후미 님께 저희가 드리는 선물이에요."

"웅! 주인님한테 주는 선물~."

필로 몰래 저만 돋보이는 선물을 할 수도 있었겠지만, 이번에는 필로와 둘이서 힘을 모아서 얻은 돈이니까 평등하게……. 나오후미 님에 대한 평소의 감사를 담아서, 이런 형태로 마무리 짓기로 했습니다.

"그렇단 말이지……."

나오후미 님은 어색하게 웃고, 저희를 다정하게 쓰다듬어 주셨습니다.

"라프타리아, 필로, 고맙다. 소중하게 쓰도록 할게."

나 참……. 또 어린애 취급하시구.

언젠가 기필코, 어엿한 여자라는 걸 인정하게 만들고 말 거라구요.

그치, 필로?

"응!"

그렇게 해서 저희는 서로를 마주 보며 고개를 끄덕였습니다.

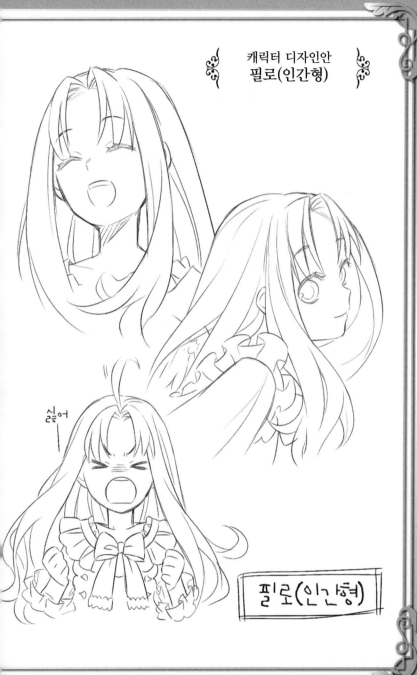

캐릭터 디자인안
필로(인간형)

실어

필로(인간형)

필로(필로리알형)

발톱

필로(퀸형)

올트 크레이

노예상

방패 용사 성공담 2

2014년 09월 15일 제1판 인쇄
2020년 04월 20일 제10쇄 발행

지음 아네코 유사기 | **일러스트** 미나미 세이라

옮김 박용국

발행 영상출판미디어(주)
등록번호 제 2002-000003호
주소 21311 인천광역시 부평구 평천로 132 (청천동)
전화 032-505-2973(代) | FAX 032-505-2982

ISBN 979-11-319-0172-4
ISBN 979-11-319-0033-8 (세트)

Tate no yuusha no nariagari 2
ⓒ Tate no yuusha no nariagari by Aneko Yusagi
Edited by MEDIA FACTORY
First published in Japan in 2013 by KADOKAWA CORPORATION, Tokyo.
Korean translation rights arranged with KADOKAWA CORPORATION, Tokyo.

구매 시 파손된 도서는 구매처에서 교환하실 수 있습니다.
기타 불편사항, 문의사항이 있으신 독자님께서는 노블엔진 홈페이지
[http://novelengine.com] 에서 Q&A 게시판을 이용해 주시기 바랍니다.

3일간의 행복

나의 삶에는, 앞으로 뭐 하나 좋은 일 따위는 없다고
한다. 수명의 "감정 가격"이 1년에 겨우 1만 엔뿐이였
던 것은 그 때문이다.
미래를 비관해 수명의 대부분을 팔아버린 나는, 얼마
안 되는 여생에서 행복을 잡으려고 혈안이 되지만
무엇을 해도 엉뚱한 결과를 낳는다. 헛돌기만 하는
나를 차가운 눈으로 바라보는 "감시원" 미야기. 그녀
를 위해서 사는 것이야말로 가장 행복한 것임을
깨달았을 때, 나의 수명은 2개월도 남지 않았다.

**인터넷에서 엄청난 화제를 모았던
에피소드가 마침내 서적화.
(원제 :『수명을 팔았다. 1년당 1만 엔에.』)**

nePop   미아키 스가루 지음/ 현정수 옮김
문학으로 탐닉하는 엔터테인먼트

아직은 서투른 초등학생 소녀들의 '친구 만들기'.

자신이 벌써 다 성장했다고 믿었던 우리들의 조금은 부끄러운 과거.
친구란 무엇일까? 친구는 어떻게 만드는 것일까? 친구란 필요한 것일까?
누구나 한번쯤은 생각해 보았을 우정과 친구의 진정한 의미를 다시 묻는 이야기!

노자키 마도의 유쾌하고 신비한 〈우정〉 미스테리

퍼펙트 프렌드

© MADO NOZAKI illustration : kashmir
/KADOKAWA CORPORATION ASCII MEDEA WORKS

'친구라는 건 멋진 것이다.'

주위에 있는 동년배들보다 조금 머리가 좋은 초등학교 4학년생 리자쿠라.
담임인 치리코 선생님에게도 인정받는 그녀는 등교를 거부하고 있는 소녀 '사나카'의 집에 찾아가 볼 것을 부탁받는다.
리자쿠라는 낙천적인 소녀 야야야, 소극적 사고방식을 지닌 히이라기코와 같이 그녀의 집으로 찾아갔는데, 모습을 나타낸 사나카는 이미 대학교 졸업까지 끝내서 학교에 갈 가치를 느끼지 못하는 엄청나게 조숙한 천재 소녀였다.
그런 그녀에게 리자쿠라는 학교와 친구가 얼마나 중요한지에 대해 설명하는데……

초등학생 소녀들이 자아내는
〈우정〉 미스터리!

노자키 마도 지음 / 구자용 옮김
문학으로 탐닉하는 엔터테인먼트

『제6회 노블엔진 대상』
노블엔진 팝 첫 〈대상〉 수상작

〈기담奇談을 좇아 떠도는 아련한 방랑기〉

流浪畫師
유랑화사
1

♥

기담奇談을 좇아 떠도는 정체불명의 화술사畵術士.
세간에서는 그를 일컬어──「유랑화사」라 한다.

"이 세상은 말하자면 한 폭의 커다란 그림이지.
멀쩡한 것 같아도 구석구석 잘 살펴보면 이상한 곳이
많다니까. 난 그런 이상한 부분을 발견할 때마다 새로
고쳐 그릴 뿐이야."

상자 속에 든 여우, 불꽃에 휩싸인 채 밤마다 찾아오는
신부, 선녀를 죽인 나무꾼, 도련님을 공격하는 목각인
형. 일상과 이상의 경계에서 기이한 일들이 벌어지
고…….

"상관없어. 난 엄마를 꼭 찾아야 돼."

엄마를 찾아 헤매는 여우 소녀와
신묘한 그림을 그리는 떠돌이 화사는
애절한 정한과 감춰진 사연을 밝혀 나간다.

정연 지음 / R. 알니람 일러스트
문학으로 탐닉하는 엔터테인먼트

화조풍월(花鳥風月) 시리즈 제2탄, 「별」의 이야기 출간!

왜 그녀는 나를 좋아하게 되었을까?
왜 내가 아니면 안 되게 되었을까?

이 모든 것에 이유 따윈 없다.
좋아하니까 어쩔 수 없다,
그저 그것뿐이다.

애련한 첫사랑, 뒤얽힌 운명. 혜성이 전하는 네 남녀의 우정과 사랑.

초련혜성 (初戀彗星)

© AYASAKI SYUN   illustration : Wakamatsu Kaori
/KADOKAWA CORPORATION ASCII MEDEA WORKS

「혜성」에 기도하는
애절한 첫사랑 이야기.

어느 날 밤, 아이자카 유즈키와 소꿉친구 사유키는 중대한 범죄를 저지르려던 마이바라 호노카를 구한다. 그 이후로 호노카는 사유키의 집에서 함께 살기 시작하고, 이윽고 자연스럽게 유즈키에게 끌렸다.
그로부터 1년 뒤, 호노카가 이사를 가게 되고, 세 사람은 다음 혜성을 함께 보자고 굳게 약속했다. 하지만 호노카와 사유키에게는 결코 유즈키에게 밝힐 수 없는 슬픈 비밀이 있었으니⋯⋯.

정교한 구성, 미칠 듯 가슴 아프게 어긋나는 마음이 이끄는 「별」의 청춘연애 미스터리.

아야사키 슌 지음 / 한신남 옮김
문학으로 탐닉하는 엔터테인먼트

내가 일하는 곳은 A종합병원이야. 꽤 오래된 병원이고 그런 만큼 괴담도 많아.
내가 지금부터 얘기할 건 그중에서도 엘리베이터를 타는 유령에 관한 이야기야.
A종합병원은 두 개의 병동으로 나뉘는데 원래 있던 11층짜리 동관이 있고,
나중에 신축한 20층짜리 서관이 있어.
그중 동관을 보통 구병동이라고 부르는데 바로 그 구병동 엘리베이터에 대한 이야기야.

메멘토 모리

그 소설은 김영재만을 위한 소설이야.
6년 만에 어릴 적 살던 동네로 돌아오게 된 김영재.
전학 온 학교에서 우연히 노트 한 권을 줍게 되지만,
'김영재'라고 써 있는 노트는 자신의 것이 아닌 누군가의 습작
노트였다.
노트 주인인 소녀가 나타나 습작 소설의 감상을 들려 달라며
귀찮게 굴자
김영재는 그 소설을 인터넷에 올리게 되고,
실수로 보낸 쪽지를 받은 것을 계기로 알게 된
편집팀장에게 소설에 대해 상담하게 된다.
그런데 그 소설은 김영재 주변의 실제 괴담을 다루고
있었는데……!

어느 순간,
소설이 주인공의 행동을 반영하고 현실을 앞서가기 시작하고,
소설과 현실의 경계는 갈수록 무너져 내린다.

보르자의 신감각 미스터리 스릴러!

보르자 지음 / 이태웅(EHOTO) 일러스트
문학으로 탐닉하는 엔터테인먼트